ARIANNE MARTÍN

Juntos somos magia

EDICIONES KIWI, 2022
Publicado por Ediciones Kiwi S.L.

Primera edición, mayo 2022
IMPRESO EN LA UE

ISBN: 978-84-19147-16-5
Depósito Legal: CS 242-2022
Copyright © 2022 Arianne Martín
Copyright © de la cubierta: Borja Puig
Copyright © de la ilustración de cubierta: @laranna_art
Corrección: Merche Diolch

Copyright © 2022 Ediciones Kiwi S.L.
www.edicioneskiwi.com

NOTA DEL EDITOR
Tienes en tus manos una obra de ficción. Los nombres, personajes, lugares y acontecimientos recogidos son producto de la imaginación del autor y ficticios. Cualquier parecido con personas reales, vivas o muertas, negocios, eventos o locales es mera coincidencia.

Para Lander, Alain y Judith, porque solo con haber existido, habéis hecho que este mundo merezca la pena.
Lo sois todo para mí.

«Siempre».

Severus Snape

Capítulo 1

¿Puedo hacer algo para que te quedes?

Me había cansado de sentir que no era suficiente.

Me había cansado de que mi vida no fuese como yo quería.

Me había cansado de estar estancada en un sitio que no era mi lugar, y sabía que Washington no lo era.

Hacía mucho tiempo que me había dado cuenta de que la ciudad que me había visto crecer ya no tenía nada para mí. Ni yo tampoco lo tenía para ella. Estaba tan convencida de ello, que hacía unos meses había comenzado a mover los engranajes que me ayudarían a salir por fin de allí.

De hecho, en esos momentos, sostenía entre mis manos el papel que iba a sacarme de la ciudad. El papel que me iba a obligar a hacerlo de una vez por todas. Era el pequeño, o gigantesco empujón, que necesitaba para hacerlo. Todo se había puesto en marcha hacía meses. Cuando había solicitado plaza en la universidad de Yale. En la universidad que estaba en la otra punta del país, a dos mil ochocientas sesenta millas de casa, a cuarenta y cinco horas en coche, a nueve horas en avión. Era casi lo más lejos que podía irme sin salir de América.

Todo me había empujado a esa universidad. Que estuviera tan lejos de casa, que fuese una de las mejores universidades del país, que mi tío viviese allí y fuese entrenador de *hockey* en ella, que mi madre hubiese estudiado allí... Todo.

Levanté la vista de la carta de aceptación y la fijé en la única persona que podía retenerme en Washington: mi mejor amigo Dan.

Le miré con una disculpa dibujada en la cara. Le miré suplicándole sin palabras que no lo hiciera. Necesitaba que me apoyase, que me ayudase a salir de este sitio en el que era tan infeliz, de este sitio que no era el mío.

—¿Puedo hacer algo para que te quedes? —preguntó, pero no había fuerza en sus palabras porque sabía que yo lo necesitaba.

Lo sabía, aunque no le gustase.

—Dan, ya sabes que sí que puedes, pero no quiero que lo hagas. Necesito irme de aquí. Lo necesito —dije casi suplicándole, con la cara contorsionada por la pena y la vergüenza de estar fallándole, por elegirme a mí misma antes que a él. Por ser una mierda de mejor amiga—. No me lo pongas más difícil por favor —le pedí.

Dan cogió aire frente a mí haciendo un gesto exagerado con la boca y, después de poner los ojos en blanco como si estuviera siendo demasiado dramática, se sentó a mi lado en la cama.

Cuando me envolvió entre sus brazos tatuados y me apretó contra su cuerpo, supe que se había rendido y que no me lo pondría difícil. Me apoyaría en esta decisión igual que lo había hecho antes, igual que yo hubiera hecho por él. Igual que habíamos hecho siempre.

—Espero que esto no sea por el imbécil de Marco.

—Ya sabes que no.

Dan se rio y sentí su aliento traspasar mi pelo, y golpear contra mi cabeza.

—Le dejaste en ridículo delante de todos —comentó riéndose.

—Se lo merecía.

—Cierto. No solo se estaba acostando con otras, sino que encima te llamó frígida.

Me reí.

—Al igual que le confesé, la semana pasada en el club, que la razón por la que conseguía excitarme tenía más que ver con él que conmigo.

—Solo espero que nadie me diga eso nunca. —Ambos nos reímos un poco más relajados a pesar de que el momento era tenso.

Después de ese intercambio nos quedamos en silencio.

Por la habitación que me había visto crecer y que seguía pintada con el mismo tono rosa que cuando todavía jugaba con muñecas, sobrevolaba un aura de pérdida, de abandono, de miedo... De miedo a lo desconocido, de miedo a estar solo en el mundo. Pero, a la vez, esas mismas emociones estaban entretejidas con la esperanza de un nuevo comienzo, con la posibilidad de encontrar tu lugar en el mundo, con las ganas, con la fuerza.

En ese momento no hubiera sido capaz de quedarme con una sola emoción de todas las que estaban hirviendo en mi interior, ni con todas las que había visto reflejadas en la cara de Dan cuando le había dado la noticia. Sabía que se alegraba por mí, sabía que entendía que necesitaba irme, así como también sabía que estaba enfadado conmigo, decepcionado en cierta manera y que, por su cabeza, se había pasado la posibilidad de pedirme que me quedase.

Era curioso como una persona podía tener sentimientos tan opuestos entre sí a un mismo suceso y, a la vez, que todos ellos fuesen reales. Supongo que cada uno podía elegir con cuál de los sentimientos quedarse. Y, en buena medida, de eso dependía la calidad de las personas que éramos: de elegir el sentimiento correcto con el que quedarnos.

Ese día, Dan me demostró, una vez más, lo buen amigo que era, eligiendo estar a mi lado y apoyándome.

—Ahora en serio, Sarah, te has recuperado muy bien de la ruptura con Marco —me dijo separándose un poco de mí para que pudiéramos mirarnos. Supuse que para poder calibrar cuán sinceras eran mis palabras.

—Nunca nos habíamos querido lo suficiente el uno al otro —contesté encogiéndome de hombros como si nunca me hubiera importado.

Hubo un tiempo en el que lo había hecho. Me había enamorado de la idea de que una persona se preocupara por mí, de que fuera lo primero para él, pero había sido una mentira.

En el mismo momento en el que Marco consiguió que nos acostáramos, las cosas cambiaron de manera radical.

Pero yo tampoco había sido mejor que él.

Me había quedado con Marco porque quería que alguien me hiciera caso, y no se podía tener un motivo peor que ese para mantener una relación, o por lo menos yo no lo conocía.

Después de esa relación fallida, me había dado cuenta de que quería ser especial para una persona, pero especial de verdad, que me antepusiera a los demás, que se desviviese por mí. Me había dado cuenta de que yo quería sentir lo mismo por alguien.

Nunca lo había hecho, pero no perdía la esperanza.

Si alguna vez volvía a tener una pareja, sería porque existía un amor verdadero entre nosotros. Sería porque para él yo lo sería todo, y él también lo sería a su vez para mí. Quería alguien con el que poder compartir todo.

Me había prometido a mí misma que no me conformaría con menos.

—A ti es imposible no quererte.

—Dan... —le llamé y le sostuve la mirada para que no se perdiese lo que le iba a pedir—, ven conmigo.

—Sabes de sobra que lo voy a hacer —contestó como si fuera algo que estaba claro desde el principio y respiré aliviada—, pero primero tengo que acabar el curso aquí. No puedo marcharme sin más. El año que viene estaremos los dos juntos en New Haven. Promesa de mejor amigo —dijo tendiéndome el dedo meñique para que lo entrelazásemos y sellásemos el pacto de esa manera.

—Eres el mejor —indiqué abrazándole todo lo fuerte que era capaz.

—Ya era hora de que lo reconocieses. No me puedo creer que te tengas que ver en la otra punta del país para darte cuenta —comentó fingiendo indignación, lo que hizo que se ganase un golpe en el brazo.

Ya no quedaba mucho más por decir. Después de eso nos quedamos durante un tiempo tumbados juntos en la cama, cada uno con su móvil en la mano viendo lo que le apetecía.

Algunas veces nos enseñábamos alguna chorrada que nos había llamado la atención, pero el resto del tiempo cada uno estaba a su aire.

Estar con Dan era fácil. Me hacía sentirme en paz y querida. Le iba a echar muchísimo de menos; más de lo que me gustaba pensar. Pero no podía permitirme centrarme en eso. No si quería irme.

—¿Cómo crees que se lo tomará tu padre? —preguntó él rompiendo el silencio en el que nos habíamos sumido y sacándome de golpe de mis pensamientos.

Fruncí el ceño ante su pregunta. No me apetecía nada hablar de ese tema. Más bien, no me apetecía tener que pasar por esa conversación porque sabía que, en el mismo momento en el que se lo dijese, su reacción me iba a decepcionar.

También sabía que, a pesar de esperarlo, de igual manera me iba a molestar. Era mi padre, al fin y al cabo.

Tomé la decisión en una milésima de segundo. Iría a hacerlo ahora. Le había escuchado llegar hacía unas horas. Estaba en casa y yo tenía ya la carta de aceptación: era el escenario perfecto. Necesitaba quitarme esa conversación de encima cuanto antes.

—Voy a averiguarlo. Quédate aquí —le ordené señalando la cama porque sabía que, cuando terminase de hablar con mi padre, iba a necesitar a mi mejor amigo.

Tenía que quitarme de en medio esta charla cuanto antes y no quería estar sola después de hacerlo.

Ese era el mejor momento.

Odiaba dilatar las obligaciones, odiaba la sensación de tener que hacer algo y no hacerlo.

Salí de la habitación llena de convicción, bajé las escaleras casi corriendo y, para cuando llegué frente a la puerta cerrada de su despacho, mi determinación se había desinflado.

Me sentí de golpe de nuevo como una niña pequeña necesitada de atención y amor. Algo que mi padre nunca había sido dado a regalar y mucho menos en los últimos años. La relación que tenía con él murió el día que dejé de ser patinadora profesional.

Pasé a un segundo plano.

Su nueva mujer e hija, que sí que quería ser patinadora profesional, fueron lo que terminaron por rematarnos, por dar la estocada final, pero lo nuestro ya estaba terminado desde hacía mucho tiempo.

Desde el mismo día que enterramos a mi madre, desde el día que colgué los patines.

¿A quién quería engañar? La decisión de marcharme ya estaba tomada y daba igual lo que él dijese. Solo necesitaba coger impulso para hacer algo que me aterraba tanto. Para irme a la otra punta del país a vivir mi vida. Si quería encontrar mi lugar en el mundo, tenía que salir de mi zona de confort y saltar sin paracaídas.

Apreté con fuerza la carta en mis manos como si fuese un salvavidas, como si en su contacto fuese a encontrar la fuerza para sobrevivir a esa conversación. Levanté la mano y llamé a la puerta.

Después de unos segundos, se escuchó al otro lado la voz de mi padre dando paso a la habitación.

Cerré los ojos con fuerza, cogí aire y bajé la manilla de la puerta para entrar.

Él apartó la vista del ordenador donde segundos antes había estado escribiendo y la clavó en mí.

—Sarah —dijo, al ver que era yo la que había entrado a su despacho.

—Papá.

Me quedé mirándole sin añadir nada más y en su cara se empezó a dibujar la impaciencia. Le molestaba y ni siquiera se preocupaba en ocultarlo.

Su actitud me dolió mucho más de lo que me hubiera gustado. Cualquiera podría decir que después de años de desplantes ya debería de estar acostumbrada, pero no lo estaba. Una pequeña parte de mí aún conservaba la esperanza de que un día se diese cuenta de que se comportaba como una mierda de padre y cambiase de actitud.

—¿Querías algo, Sarah? —preguntó por fin cuando se cansó de tenerme delante de él sin hacer nada.

—Sí, quiero decirte que me acaba de llegar la carta de aceptación de la universidad.

Le tendí el papel para que lo viera mientras le miraba fijamente. No quería perderme ni un solo detalle de su reacción cuando viese cuál era. Cuando viese que estaba en la otra punta del país.

La reacción que tanto me había preocupado no se hizo esperar.

Mi padre levantó la vista con el ceño fruncido y clavó su mirada en mí.

—Así que vas a estudiar Medicina.

Esas fueron sus únicas palabras. Ni un «esta universidad está muy lejos, hija. No puedo permitir que te vayas a un lugar tan distante». Ni un «quédate, por favor».

A él solo le importaba lo que iba a estudiar.

—Sí —le contesté con seguridad, porque tenía claro que no iba a hacer con mi vida algo que no quería solo para agradarle. Era mi

15

padre. Se suponía que debía quererme por lo que era, no por lo que él deseaba que fuera.

—Pagaré la carrera, pero no pienso darte ni un centavo para caprichos —sentenció con rotundidad, como si eso fuera lo realmente importante.

Debería haberle dicho muchas cosas en ese momento, pero no pude. Tenía un nudo enorme en la garganta que apenas me permitía tragar, como para poder hablar.

Me acerqué al escritorio, le arranqué la carta de las manos y salí del despacho con el corazón hecho añicos.

Cerré la puerta y me apoyé contra ella deshecha. Las lágrimas que había conseguido aguantar hasta ese momento comenzaron a derramarse por los laterales de mis ojos al principio, pero, a los pocos segundos, se desbordaron por completo cayendo en ríos calientes que atravesaron mis mejillas y se juntaron en mi barbilla para luego descender por mi pecho.

Con los ojos borrosos, salí corriendo de allí escaleras arriba.

En ese despacho se había quedado mi esperanza de que alguna vez pudiéramos volver a tener una relación de padre e hija.

Sabía que una vez que me marchase de esta casa, no volvería nunca.

Desde que mi madre había muerto ya no quedaba nada para mí en ella.

Capítulo 2

No era que no me gustase el sexo

Cada vez me costaba más fingir.

Me di cuenta de ello al traspasar las verjas de la mansión de mis padres.

Antes, cuando todavía vivía con ellos, solía empezar a agobiarme cuando estaba dentro de casa, pero que el agobio empezase tan pronto, era nuevo.

Lo había sentido en el mismo momento en el que me había sentado en el coche.

¡Qué narices! ¿A quién quería engañar? Llevaba días agobiado por tener que ir a cenar con ellos. Exactamente, desde el momento en el que mi padre me había llamado y me había pedido, por decirlo de alguna manera, porque había sido una orden, que fuese a cenar a casa ese viernes.

Aparqué el coche y me apoyé sobre el volante, mirando a través del cristal hacia la casa, mientras trataba de encontrar la fuerza suficiente como para poder pasar por aquella visita.

Después de dos minutos, comprendí que no iba a encontrarla nunca.

Solo me quedaba la opción de enfrentarme a ello.

Así que, salí del coche y subí la muy ostentosa escalinata de piedra que llevaba hasta la puerta de entrada.

La casa en la que me había criado, que había pertenecido a nuestra familia durante generaciones, siempre se había parecido más a un museo que a un verdadero hogar, y parecía que era al único que le molestaba.

Aunque tenía llaves, llamé a la puerta por educación, ya que para mi suerte ya no vivía allí. Ni siquiera sabía muy bien cómo había convencido a mi padre de ello.

—Buenas noches, Daira —dije al ama de llaves cuando abrió la puerta.

—Matty —me saludó con una enorme sonrisa y se abalanzó sobre mí para darme un beso en la mejilla con apretón incluido.

—Daira... —me quejé. Odiaba que me llamasen Matty, pero le devolví el abrazo.

—Alguna ventaja debería tener haberte visto crecer. No me quites el placer de llamarte como me gusta.

—Tienes toda la razón. No lo haré.

Le lancé una mirada cargada de cariño. Me gustaba mucho ver a Daira. No todas las personas que vivían en esa casa eran frías, y debía recordármelo.

—Entra, anda —me ordenó apartándose de la puerta para que pasara.

—¿Sabes dónde está mi padre? —le pregunté al pasar por su lado.

—Está en su despacho.

—Gracias, Daira —le dije dándole un suave beso en la mejilla antes de encaminarme hacia allí.

El despacho de mi padre estaba en la planta baja de la casa, al fondo del ala derecha.

Cuando llegué frente a su puerta de madera no me permití ni un segundo de duda y llamé.

Sabía que si me paraba a pensarlo, no lo haría. No me apetecía hablar con él. Toda nuestra relación no era más que una actuación. No había nada de real en ella. Al menos, por mi parte.

—Adelante —me dio paso, desde dentro, a los pocos segundos de llamar.

Bajé el pomo de la puerta y entré.

La oficina estaba construida en su mayoría por rica madera. Era un lugar impresionante. Lleno de esculturas, cuadros en las paredes y un montón de adornos innecesarios. Era tan impresionante que bien podría haber estado en cualquier universidad, despacho de abogados, o en la gerencia de una gran empresa.

Sin embargo, era desmesurada para ser la oficina particular de una persona. Por mucho que esa persona fuera el propietario y director general de una gran empresa del país.

Me abstuve de poner los ojos en blanco. A nadie le interesaba conocer mi opinión.

—Matthew —me saludó cuando entré a su oficina.

¿En serio? ¿Por qué seguía llamándome por mi nombre completo, si sabía que lo odiaba? Era el único que lo hacía. De hecho, en más de una ocasión había llegado a plantearme que lo hacía para tensar la cuerda. Para ver cuánto era capaz de aguantar sin explotar. Nuestros encuentros eran siempre tan ridículos.

Mientras miraba a mi padre, el tatuaje que tenía en el brazo, y que solo me había hecho por el placer de hacer algo que yo quería, de hacer algo que si se enterase, haría que se volviese loco, me quemaba.

A veces sentía la tentación de enseñárselo, de enseñarle la clase de persona que era de verdad, lo que realmente me gustaba, lo que de verdad quería, pero nunca me había atrevido a hacerlo. No sabía si alguna vez osaría hacerlo.

—Padre —le devolví el saludo y fui a sentarme en una de las sillas colocadas frente a su escritorio.

—Ya te queda poco para empezar el curso —dijo quitándose las gafas de metal que llevaba, dejándolas sobre la mesa de madera maciza y echándose hacia delante en la silla para mirarme—. ¿Has estado repasando la materia que te mandó mi secretaria y que deberíais tratar en el siguiente curso?

Me abstuve de poner los ojos en blanco. ¡Como si yo pudiese decidir qué temas íbamos a tratar en la universidad el siguiente semestre! Tuve ganas de responderle que había borrado sus correos de mierda, en los que ni siquiera me preguntaba cómo estaba, según me habían llegado a la bandeja de entrada, pero en vez de eso, respondí:

—Claro. Me ha parecido un tema muy interesante. Estoy seguro de que nuestro profesor lo tratará durante este trimestre. ¿Qué otra materia nos iba a enseñar si no? —le pregunté con sarcasmo, aunque mi padre no lo pilló.

No le interesaba si estaba o no de acuerdo. A él solo le interesaba que hiciese lo que quería. Nada más. No me conocía, pero no lo hacía porque tampoco le interesaba. No quería descubrir quién era yo. No quería descubrir qué me gustaba, qué me motivaba, qué hacía que me levantase cada día de la cama, cuál era el sentido de la vida para mí.

Ambos éramos unos extraños el uno para el otro.

No sabíamos comportarnos de otra manera.

No queríamos comportarnos de otra manera.

Después del intercambio de palabras, nos quedamos en silencio.

Unos años antes hubiese tratado de llenar el silencio con preguntas o comentarios, pero dado que él siempre se mostraba distante y molesto por mis interrupciones, hacía tiempo que había comprendido que solo servía para gastar mi tiempo y energía, por lo que había dejado de intentarlo.

Cuando llegaba a casa e iba a su despacho, me sentaba frente a su silla y me dedicaba a mirar mi teléfono, ver un vídeo en

YouTube, mirar Instagram o mandar unos mensajes, hasta que, por fin, llegaba la hora de cenar. Porque, por algún extraño motivo que no alcanzaba a descifrar, mi padre quería que estuviera allí con él, pero que no lo molestase.

Puede que sí que me quisiera de una manera retorcida.

Lo triste era que hacía tiempo que había desistido de tratar de averiguarlo. Solo quería pasar el mínimo tiempo posible en esa casa.

Cuando sonó el timbre de la puerta, después de lo que se me antojó una eternidad, di gracias al señor y me levanté de la silla como un resorte. No aguantaba ni un segundo más dentro de esa oficina con ese ambiente opresor sobrevolando por encima de nuestras cabezas e impregnando cada rincón.

Sentí que mi padre se levantaba también de su silla, pero no me detuve a esperarlo. De hecho, casi salí corriendo hacia la entrada.

Necesitaba una distracción, necesitaba que la noche acabase de una vez.

Cuando llegamos a la puerta principal, Daira ya había abierto a mi novia y a sus padres.

Cuando Macy me vio, me dio un beso en la mejilla, y, aunque el gesto me extrañó, no dije nada. Supuse que lo había hecho porque nuestros padres estaban delante.

Me di cuenta de que llevábamos sin vernos más de una semana.

Mi madre se acercó hasta donde estábamos y la envolvió en sus brazos con la misma efusividad que si llevase meses sin verla.

A pesar de que mi progenitora no me había visto todavía, decidió saludar a Macy antes que a mí. Lo cual no era nada extraño, pero no por eso me hacía gracia.

Reconozco que unos años antes me habría molestado su forma de comportarse, pero ahora no lo hacía. Ya había asumido que no era una mujer cariñosa. Al menos, no con su familia.

Sin embargo, en ese momento, me sentí aliviado de que, con la llegada de Macy y de sus padres, la atención se desviase de mí y pudiese pasar desapercibido.

En ese momento, ser invisible habría sido un superpoder de la leche. No me apetecía nada estar allí y cada interacción me costaba un mundo.

Después de los saludos, abrazos y palmadas en la espalda entre nuestros padres en el recibidor, pasamos al comedor.

La estancia era grande, llena de muebles antiguos y ornamentados. La mesa estaba puesta con infinidad de cubiertos y adornos inservibles. Parecía una mesa preparada para una boda, más que para una cena informal entre amigos. Lo que me recordó que mis padres no hacían nada informal. Para ellos todo contaba, para ellos solo importaba la imagen que proyectasen en los demás.

Mientras cenábamos con los padres de Macy, que eran los mejores amigos de los míos, apenas era capaz de concentrarme en la conversación. Todo me parecía demasiado impostado.

Odiaba que mi padre se esforzase por parecer perfecto delante de todos. Delante de todos los que no fueran su familia, claro. El resto del tiempo, cuando no había ninguna visita, mi padre se dedicaba a vivir su vida y a comunicarse con mi madre o conmigo lo mínimo imprescindible.

Hubo un tiempo, siendo pequeño, en el que eso me molestaba. Hubo un tiempo en el que solo quería la atención de mi padre sobre mí, y no la atención de las muchas niñeras que me habían criado a lo largo de los años. Muchas veces me preguntaba si nunca le había dicho que era lo que realmente quería hacer con mi vida porque, en cierta manera, me gustaba que me aprobase. Que, aunque fuera en pocas ocasiones, algunas veces su mirada orgullosa recayera sobre mí.

Esas ocasiones eran tan escasas y duraban tan poco tiempo, que muchas veces me había planteado si solo me había imaginado que me miraba con orgullo; si solo veía en sus ojos lo que quería ver.

Lo que mi padre quería de mí se resumía a tres gigantescas cosas: que estudiase Empresariales y dirigiese la empresa familiar cuando acabase la universidad, que me casase con Macy, mi novia de toda la vida, y que no salpicase nuestro apellido con ningún escándalo.

Podía parecer sencillo, pero para mí era todo un mundo.

Yo solo deseaba una cosa para ser feliz: ser jugador de *hockey* profesional. Competir en las grandes ligas.

Era fácil. El *hockey* era mi pasión y estaba dispuesto a esforzarme todo lo que fuese necesario para lograrlo.

Como ahora, mientras los escuchaba hablar o, mejor dicho, mientras los oía de fondo. Casi como si fueran una música molesta, que no me dejaba pensar en ganar a Princeton. Los muy cabrones nos habían arrebatado el título en la Frozen Four del año anterior. Ganarles este año era lo único que tenía en mente. Aunque, antes de llegar a ello, tenía que conseguir que nuestro equipo derrotase a un montón de rivales importantes.

—¿Te apetece que veamos una película después de cenar?

La pregunta de Macy, que estaba sentada a mi lado, me sacó de golpe de mis pensamientos.

La observé por primera vez en toda la cena.

Llevábamos tanto tiempo juntos que muchas veces me olvidaba de ella. Estábamos tan acostumbrados a estar el uno con el otro, que muchas veces llegaba a sentir que estaba solo cuando nos encontrábamos juntos.

Prácticamente nos habíamos criado juntos. Nuestros padres siempre habían sido amigos. Habíamos ido a la misma guardería, al mismo colegio y a la misma universidad. Siempre habíamos tenido los mismos amigos y, cuando nuestros padres empezaron a insinuar que deberíamos estar juntos, nos dimos una oportunidad, y, aquí estábamos. Cinco años después.

Al mirarla, me di cuenta de que parecía tener tantas ganas de estar allí como yo.

—Vale —le respondí sin mucho interés. La verdad es que no me apetecía quedarme con ella. Me apetecía regresar a mi casa y tumbarme en el sofá con mis compañeros de piso y equipo, para ver unos partidos juntos—, pero no quiero llegar muy tarde —se me ocurrió añadir en el último momento.

Cuando terminó la cena, Macy y yo nos fuimos a su casa. Vimos la película que ella quiso, ya que no me apetecía discutir, y las dos horas que duró se me hicieron eternas.

Cuando terminó, y ella intentó que nos acostáramos, tuve que decirle que no me encontraba bien para poder marcharme.

No era que no me gustase el sexo.

Me gustaba.

Solo es que no me parecía tan maravilloso como todo el mundo decía.

Cuando por fin llegué al piso que compartía con mis amigos, me lancé en la cama y cerré los ojos.

Ya no tenía ganas de nada. Estaba exhausto de tanto fingir.

Capítulo 3

Hala, ahora ya puedes volver

Lo primero que hice cuando me bajé del avión, tras pasar más de siete horas seguidas sentada allí dentro, después de estirarme, por supuesto, fue encender el teléfono y llamar a Dan.

Contestó al teléfono a los dos tonos.

—Sarah —dijo con voz alegre—, me alegro mucho de que hayas llegado viva. Hala, ahora ya puedes volver.

Me reí porque no podía hacer otra cosa.

—Si tienes tantas ganas de verme, lo mejor será que te cambies de universidad ya.

—Muy graciosa, pero no cuela.

—Bueno, ahora que ya te he llamado según he aterrizado como prometí, te dejo, que acabo de ver la cinta con las maletas. Voy a ver si soy capaz de pescar las mías.

—Suerte. Llámame cuando estés en la residencia.

—Lo haré. Te quiero.

—Y yo a ti.

Colgué, bloqueé el teléfono y me lo guardé en el bolsillo para tener las dos manos libres. A continuación, me metí entre toda la gente que esperaba para poder estar cerca de la cinta. Tener que cazar las maletas era una de las cosas que más me había preocupado de mi viaje, pero, la verdad, fue bastante sencillo, con la cantidad de cintas de colores que les había atado a las asas. Así no me costó ningún trabajo distinguir mis maletas de entre todas las de los demás.

Me sentí un poco más segura cuando las tuve, como si tuviera un problema menos que resolver.

Con una bolsa colgada cruzándome el pecho y una maleta gigante a cada lado de mi cuerpo, me dirigí hacia la salida, al otro lado de los tornos, al sitio donde estaba esperándome mi tío.

Cuando llegué, no me hizo falta esforzarme para encontrarlo. Sobresalía por encima de todos los demás. No solo porque era mucho más alto y guapo que cualquiera de los que esperaban allí, sino por lo especial que era para mí.

Cuando sus ojos azules se encontraron con los míos verdes, sentí una punzada en el corazón. Se parecía tanto a mi madre que era casi doloroso mirarle, pero, a la vez, me hacía sentirme en casa. Algo que hacía años que no sentía.

No tengo muy claro cuál fue el primero en correr hacia el otro. Solo recuerdo que, en un segundo le estaba mirando de lejos, y al segundo siguiente, estaba envuelta en sus brazos.

—Sarah… —susurró contra mi pelo.

Solo pude retener las lágrimas que llevaban un tiempo amenazando con desbordarse de mis ojos.

—Tío —dije. Esa simple palabra estaba cargada de significado.

Estaba cargada de un *te quiero*, de un *cuánto tiempo llevábamos sin vernos*, de un *te he echado de menos*.

No nos dijimos nada porque no hacía falta. Sobraban las palabras. En ese aeropuerto, al que ni siquiera había echado un vistazo, a dos mil ochocientas sesenta millas del lugar donde había crecido, en los brazos de mi tío, me sentí lo más cerca del hogar que había estado desde la muerte de mi madre.

Sentí, no por primera vez, que había tomado una buena decisión yéndome allí.

Había dejado todo atrás. No volvería a pensar en mi padre. No cuando tenía todo un nuevo futuro en blanco ante mí. No cuando la historia de mi vida estaba a punto de ser escrita por mi puño y letra.

Cuando nos separamos del abrazo, luchamos entre nosotros por quien iba a llevar las maletas.

Mi tío quería encargarse de llevarlas todas y que yo no hiciera nada.

Era tan ridículo.

Le recordé por millonésima vez que ya no era una niña y que no podía tenerme entre algodones. Quería vivir mi propia vida por encima de todo. Tomar mis propias decisiones, aunque no fueran acertadas. Había pasado demasiado tiempo haciendo lo que otros querían, solo por el hecho de tenerles contentos y, encima, ni aun así había conseguido que me valorasen. Había aprendido la lección. Iba a vivir de ahora en adelante por y para mí, y, si de verdad le importaba a alguien, estaría a mi lado por cómo era yo.

Caminamos hasta el coche sumidos en una agradable conversación. Poniéndonos al día de las muchas cosas que nos habían sucedido.

Él me habló sobre todo de lo mucho que le gustaba ser el entrenador de los Bulldogs de Yale. Había sido su sueño desde que era muy joven y, por fin lo había conseguido hacía unos años.

Yo le repetí lo contentísima que estaba de que me hubieran aceptado en Yale para estudiar Medicina.

Fue maravilloso hablar con una persona que no fuese Dan y que realmente estuviese encantado de escuchar lo que quería y necesitaba.

Seguimos hablando incluso cuando guardamos las maletas y nos montamos en el coche camino de la universidad.

—Esta es tu residencia —dijo mi tío Mike agachando la cabeza para poder mirar a través del cristal delantero del coche.

Miraba la residencia con el ceño fruncido. No había que ser muy avispado para darse cuenta de que no le gustaba que me quedase allí. Tampoco era que se hubiese preocupado de ocultarlo.

—Pareces encantado —comenté—. ¿Se puede saber qué te ha hecho mi residencia para que la mires con esa cara? —pregunté tratando de aligerar el ambiente.

—Ya sabes lo que pienso —dijo lanzándome una mirada—. Creo que deberías vivir en casa conmigo.

—No. Quiero vivir la experiencia universitaria de verdad. No quiero estar debajo del ala de mi tío.

—No iba a estar encima de ti. Mi casa es enorme y hay sitio de sobra para los dos.

—No. Bastante he hecho aceptando ayudarte con tu equipo de *hockey*.

—Ya, claro. Después de rechazar que te diese dinero, casi me obligaste a buscarte un empleo.

—Ya sabes cómo soy.

—Sí, eres igual de inteligente, luchadora y divertida que ella — indicó antes de envolverme en un abrazo apretado.

Las lágrimas se me acumularon en los ojos de nuevo. Todavía dolía tanto pensar en mi madre. De hecho, no imaginaba un tiempo en el que pensar en ella no me doliese.

Nos quedamos en silencio dentro del coche. Proporcionándonos el uno al otro el cariño que necesitábamos.

Después de unos minutos nos separamos.

—Vamos a sacar las maletas —me dijo acariciando mis mejillas con la voz cargada de amor.

—Perfecto —respondí encantada. Empezaba a emocionarme.

Sacamos las maletas y, cuando me colgué la tercera en el pecho, mi tío se dio cuenta de que no quería que me acompañase.

—Quieres subir sola, ¿verdad? —Más que una pregunta era una afirmación.

—Sí —respondí haciendo el gesto con la cabeza—. No me apetece que mi nueva compañera de habitación piense que necesito a mi tío para subir tres maletas. ¿Cómo me haría ver eso? —le pregunté con una media sonrisa.

—No te vas a librar del todo de mí.

—No quiero hacerlo.

—Más te vale. ¿Vienes a cenar el viernes a casa?

—Me apetece mucho —le respondí sonriendo.

—Te llamo el jueves para concretarlo.

—Vale. Venga, vamos. Vete —le dije haciendo gestos con las manos hacia el coche.

Mi tío resopló y puso los ojos en blanco, pero luego se acercó a mí para despedirse.

—Te quiero, pequeña —me indicó depositando un beso sobre mi frente.

—Y yo a ti.

—¡Las llaves! —exclamé de pronto cuando recordé que no me las había dado.

Había tenido la suerte de que mi tío, al trabajar para la universidad, le habían dado mis llaves para que no tuviera que ir a Administración a recogerlas.

—Toma —dijo sonriendo con picardía mientras se las sacaba del bolsillo. No parecía que se hubiera olvidado de dármelas, sino más bien que no había querido dármelas. Era tan tonto…, como si eso fuese a evitar que viviese en la residencia.

Le observé mientras se alejaba de la acera y se metía en el coche.

Después me quedé mirándole mientras se alejaba por la preciosa calle.

Y, entonces, solo entonces, me permití mirar a mi alrededor.

La calle era estrecha, con aparcamientos a ambos lados de la carretera. En la acera había árboles cada tres o cuatro metros también a los dos lados.

Me di la vuelta y miré el edificio de piedra rojiza y me maravilló. Era una construcción preciosa, antigua, pero conservada de una manera impecable. Agarré fuerte las maletas y, tomando una bocanada de aire, me armé del valor suficiente para entrar dentro.

Este era el primer día de mi nueva vida.

Entré a la residencia.

Como todavía faltaban un par de semanas para que empezasen las clases, no me crucé con muchas personas por el pasillo e, incluso, subí sola en el ascensor hasta la tercera planta.

Cuando me bajé del ascensor, caminé hasta la puerta de la que sería mi casa durante por lo menos el próximo año. Metí las llaves pensando en si mi compañera de cuarto estaría ya y, sobre todo, pensando en cómo sería. Quizás, me di cuenta, esa debería haber sido una de mis mayores preocupaciones, pero ahora era demasiado tarde para ponerme a pensar en ello.

Cuando abrí la puerta del cuarto, lo primero que vi fue a dos chicas semidesnudas besándose como si se quisieran comer. Una de ellas tenía a la otra en brazos y la apretaba contra la pared.

Cuando escucharon que alguien había entrado, dejaron de besarse y me miraron con los ojos abiertos como platos.

No lo pude evitar y me eché a reír; no solo por la cara con la que ambas me observaban, sino porque me parecía que no se podía conocer a una persona por primera vez de manera más íntima.

Una de las dos, la que era más baja, cogió un par de prendas del suelo y salió disparada a lo que supuse que era el baño; a juzgar por los azulejos que vi antes de que cerrase la puerta.

Cuando se encerró dentro, desvié la mirada para clavarla en la otra chica, en la que permaneció frente a mí, con las tetas al aire y el ceño fruncido.

Me estudiaba con curiosidad.

No es que su mirada fuese amistosa, pero tampoco era del todo hostil, más bien daba la sensación de que no tenía muy claro cómo comportarse conmigo.

Estaba esperando a que fuese yo la que diera el primer paso.

—Hola, me llamo Sarah —saludé tendiéndole la mano, justo cuando la puerta del baño se abría y la chica morena salía del él sonrojada hasta las puntas de los pies.

—Amy —dijo estrechando mi mano.

—Yo soy Ellen —se presentó la otra chica cuando llegó frente a nosotras.

Nos quedamos en silencio, durante unos segundos, hasta que no pude evitar volver a reírme a carcajadas. Les acababa de pillar acostándose juntas y Amy todavía estaba con las tetas al aire. No era así como esperaba conocer a mi compañera de piso.

—Esto tiene que contar por lo menos, como si nos conociésemos desde hace un mes —les dije entre risas.

Pude ver que ambas se relajaron ante mi comentario. Incluso Amy, que parecía mucho más tensa que Ellen, se relajó y se agachó para recoger su camiseta y el sujetador, y ponérselos.

—Se diría que sí —respondió Ellen avergonzada, pero en el fondo se veía que, cuanto más se relajaba, más gracia le parecía que tenía el asunto.

Decidí quitarle hierro a la situación pasando a otro tema. Tampoco es que fuera nada del otro mundo pillar a una pareja a punto de acostarse.

—¿Esa es mi cama? —pregunté señalando la que estaba vacía.

—Sí —respondió Ellen asintiendo con la cabeza.

Me acerqué a la cama y dejé la maleta que tenía colgada del cuello.

—Hay que ver cómo pesa. No aguantaba ni un segundo más —comenté.

—Odio los momentos tensos —dijo Ellen mientras le daba la mano a Amy y se acercaba un poco más hacia mí—. ¿Podemos olvidarnos de lo que acabas de presenciar? —preguntó en voz baja y llena de esperanza.

Me reí.

—¿Por qué íbamos a hacerlo? El amor hay que disfrutarlo y parecía que os lo estabais pasando muy bien —indiqué divertida, y hasta mis oídos llegó la risa de Amy—. Era solo cuestión de tiempo que acabásemos viéndonos desnudas. Es lo que tiene convivir con la gente. Lo que puedo prometer es que a partir de ahora llamaré a la puerta antes de entrar.

—Llevábamos un par de días solas y, claro, es lo que pasa —se excusó Amy.

Pero no hacía falta. Me parecía de lo más normal del mundo que estuvieran actuando como si no tuviese compañera, porque, de hecho, hasta ese momento no la tenían.

—¿Cuál de las dos es mi compañera de cuarto? —pregunté más relajada. Daba la sensación de que toda la tensión que había existido en el ambiente se había empezado a disipar cuando comenzamos a hablar.

Me alegraba mucho de ello. Quería poder estar a gusto en mi nuevo hogar y con mi compañera. Estaba segura de que si, las dos poníamos de nuestra parte, la convivencia sería mucho más sencilla.

—Yo —dijo Ellen lanzándome una sonrisa.

—Maravilloso —respondí.

—Pero yo también estaré mucho por aquí —apuntó Amy mientras evaluaba mi reacción—. ¿Qué? —preguntó cuando Ellen le dio un codazo para reprenderle por su dureza—. Me gustaría dejar las cosas claras, cariño.

—Me gustan las cosas claras —respondí—. No tengo inconveniente mientras nos respetemos.

—Bien —dijo Amy sonriendo por primera vez desde que nos habíamos conocido—. ¿Qué vas a estudiar?

Supuse que había reaccionado de una manera que a ella le gustaba, porque su actitud cambió por completo y empezó a interesarse por mí.

Desde ese momento comenzamos a hablar entre las tres.

Me pusieron al día de todo lo que había que saber sobre el campus. Me explicaron muchos trucos que me parecieron interesantes, mientras deshacía las maletas y hacía de ese espacio anodino que me correspondía, un hogar para mí.

Descubrí que Amy era de segundo año y estaba estudiando Bellas Artes; que Ellen era de primero y estaba estudiando Medicina, como yo, aunque todavía no sabía qué especialidad de todas le gustaba más; que llevaban juntas cuatro años, y que era muy sencillo estar con las dos.

Eran agradables, de conversación fácil y muy diferentes la una de la otra.

También me di cuenta, por la forma en la que se miraban, que estaban enamoradas de la otra hasta la médula.

Sentí envidia de ellas, pero no envidia de la mala que te hace querer destruir algo. Envidia porque me moría por saber cómo se sentiría que alguien te mirase como si fueses su todo, y envidia por saber cómo se sentiría mirar así a alguien.

Tenía la esperanza de poder sentirlo alguna vez.

La tarde se pasó muy rápido y, para cuando quise darme cuenta, acabábamos de cenar unas pizzas y me estaba metiendo en la cama.

Mientras estaba tumbada bocarriba, mirando el techo con las manos sobre el estómago, no podía dejar de pensar en cómo sería mi vida a partir de ahora. Sabía que adaptarme a un sitio nuevo, tan lejos de lo que conocía, no resultaría fácil. Podía notar el miedo, el vértigo en el estómago, pero sabía que merecería la pena. No era feliz con la vida que había llevado hasta ese momento, ni en el lugar en el que había estado. Así que, ahí estaba ahora, dispuesta a cambiarlo.

No más vivir para los demás, viviría para mí misma.

Lucharía por cambiar lo que no me gustaba de mi vida.

Lucharía por convertirme en médica.

Lucharía por ser feliz.

Capítulo 4

Fascinante. Me pareció fascinante

La mente es caprichosa.

Los sentimientos son caprichosos.

La prueba de ello era cómo me sentía ese día.

Me había levantado triste. Sin ganas de hacer nada. Con el único deseo de colocarme la almohada sobre la cabeza para que la luz que se empeñaba en señalar que había nacido un nuevo día se ocultase y pudiera seguir durmiendo hasta el día siguiente.

Me estaba costando adaptarme más de lo que había pensado.

No entendía cómo era posible que, estando en el lugar que había decidido que quería estar, aun así, fuera incapaz de sentirme feliz y plena.

Supuse que se me había juntado todo.

Traté con todas mis fuerzas de no pensar en la fecha que era.

No debería de importar.

La pérdida de mi madre dolía cada día. Incluso tenía miedo de que un día dejase de doler. Me daba miedo que eso significase que la había olvidado y ella no se merecía eso.

Había sido lo mejor de mi vida. La amaba. Casi me gustaba sentir ese dolor sordo en el centro de mi pecho que me recordaba que ella había sido real, que había vivido conmigo, que había existido.

Ese era uno de esos días en los que necesitaba mantenerme ocupada. Necesitaba empujarme a mí misma para seguir adelante. Obligarme a hacer cosas, incluso cuando no me apetecía.

Me levanté de la cama. Me enfundé unos pantalones cortos, una camiseta de tirantes y las deportivas. Cogí las llaves de mi bolso y salí a correr.

Si algo podía conseguir animarme ese día, sería una buena dosis de endorfinas.

Cuando regresé a casa, después de correr seis millas, me sentía mucho mejor. Mucho más enérgica y animada.

Charlé un rato con Ellen que acababa de despertarse.

Me gustaba su manera pausada y suave de ser.

No pudimos hablar durante mucho tiempo porque yo tenía una necesidad real de pasar por la ducha.

Fui hasta mi armario, cogí el neceser que contenía todo lo que me hacía falta para darme una buena ducha relajante, y me encerré en el baño.

Ese día necesitaba consentirme para mejorar mi estado de ánimo.

Al principio, todo lo que hice funcionó.

La primera parte del día la pasé bastante bien. Tuve la cabeza ocupada y el cuerpo lo suficiente cansados como para que no me diese guerra, pero, a medida que el día avanzaba, la tristeza comenzó a colarse de nuevo en mi interior.

Cuando, a eso de la seis de la tarde, comprendí que igual lo que tenía que hacer era sentir mi tristeza para poder superarla, supe cuál era el mejor lugar del mundo para hacerlo: la pista de hielo.

Cogí mis patines, me puse ropa de abrigo y caminé hasta allí.

Una de las primeras cosas que había mirado antes de mudarme, era dónde estaba la pista de hielo de la ciudad. Estaba un poco lejos de donde vivíamos, pero el paseo me vino bien.

Pagué la entrada y me puse los patines sentada en un banco.

Cuando puse el primer pie en la pista, cuando el sonido de la cuchilla sobre el hielo llegó hasta mis oídos, cuando sentí el suave deslizar de mi cuerpo libre como si no pesase nada, y el viento a mi alrededor, mi mente se vació.

Me quedé sola en mi mundo sintiéndolo todo.

Había tenido un día de mierda.

La noche anterior mi padre me había llamado para decirme que quería presentarme a los hijos de unos nuevos accionistas de su empresa.

Por supuesto, aunque no me apetecía nada hacerlo, había tenido que decir que sí.

No sabría decir si había sido la única persona de la reunión en el puto club de golf —en serio, ¿se podía ser más esnob?— que se había dado cuenta de que no encajaba allí.

Por lo menos, para mí, había sido muy obvio.

No me interesaba nada de lo que hablaban. Por supuesto que me enteraba. No por nada estaba haciendo la carrera de Empresariales, pero la verdad era que casi no los escuchaba, o por lo menos trataba de hacerlo lo menos posible.

Me sentía mucho más a gusto con mis amigos a los que más o menos les gustaban las mismas cosas que a mí y que, sobre todo, no llevaban la vida ni tenían la mentalidad de unas personas de cuarenta años.

Quizás, mi padre debería coger a uno de esos chicos bajo su ala y enseñarle a manejar la empresa cuando él se jubilase. Puede que no fuesen de la familia, pero desde luego lo harían muchísimo mejor que yo. Sobre todo, porque querían hacerlo.

Las casi cuatro horas que duró la reunión se me antojaron eternas.

Cuando por fin acabamos, pasé por casa a cambiarme de ropa y me largué a la pista de hielo de la ciudad a patinar.

Necesitaba desahogarme. Necesitaba sentirme en casa y nada me hacía sentirme más así, que estar sobre el hielo.

Patinar era a la vez mi pasión y mi terapia. El hielo era mi vida.

Solo me hizo falta poner una cuchilla sobre la pista para notar como toda la tensión que tenía sobre los hombros se me relajaba.

Patiné durante unos minutos absorto en mis pensamientos. Disfrutando de la sensación del frío golpeando mi cara. De la sensación de vacío y placer en mi mente. Era como si todos mis problemas se quedasen atrás cuando estaba sobre el hielo. Como si patinase tan rápido que no pudieran alcanzarme. Era liberador.

Después de unos minutos de introspección, me fijé un poco más en lo que me rodeaba.

No sabría decir lo que me llamó la atención de ella. Si fue la manera sosegada y fluida con la que patinaba, la forma en que los movimientos de su cuerpo parecían casi estar contando una historia. Si fue porque por su postura y forma de patinar diese la sensación de que le resultaba tan natural patinar como respirar, o la tristeza y fuerza que emanaba de su ser.

Pero el hecho fue que, desde el momento en el que la vi en la pista, fui incapaz de apartar los ojos de ella.

No dejaba de preguntarme qué era lo que le sucedía.

Con cada vuelta que daba, mi curiosidad crecía.

Hubo vueltas en las que fui detrás de ella. Vueltas en las que fui por delante, e, incluso, hubo algunas, en las que fui a su lado.

En ningún momento dio la sensación de que fuese consciente de que yo existía, ni tampoco que ninguno de los que estaban en la pista lo hicieran.

Daba la sensación de que estaba sola allí.

Era doloroso mirarla.

Tenía el pelo marrón claro; a veces rubio, dependiendo de cómo la luz reflejase sobre él, y lo llevaba recogido en un moño encima de la cabeza. Algunos de los mechones se le habían soltado y caían por su cuello, por su cara.

Me picaban las manos de ganas de apartárselos.

Mientras la miraba, recordé que había quedado y levanté la vista para ver la hora en el reloj gigante que había en uno de los laterales de la pista. Eran más de las nueve de la noche. Pronto cerrarían. ¿Es que se iba a quedar allí hasta entonces?

Salí de la pista para poder mandar un mensaje. Quería avisar a Erik de que me había surgido un imprevisto y que llegaría un poco más tarde.

Cuando terminé de mandar el mensaje, me quedé sentado en las gradas observándola. ¿Por qué parecía tan triste?

Después de unos veinte minutos y de darle muchas vueltas a la cabeza, me armé de valor y salí al hielo con la misión de descubrir qué era lo que le pasaba. Si era el único que me había dado cuenta de que estaba mal, era casi mi obligación ayudarla. Averiguar qué era lo que le sucedía.

Me deslicé por el hielo hasta casi ponerme a su lado.

De nuevo, no reparó en mi presencia.

Di un par de vueltas fijándome en las pocas personas que quedaban ya en la pista. Apenas faltaba tiempo para que cerrasen.

Me sorprendió que nadie la mirase. ¿Cómo podía no darse cuenta el resto de la gente de lo triste que parecía?

Cuando por fin me armé de valor, me puse a su lado y la miré.

Me impactó ver que tenía lágrimas corriendo por sus mejillas.

Ahí fue cuando no pude contenerme más.

—¿Por qué estás llorando? —me interesé sin poder retenerme.

Quizás, lo más prudente habría sido saludarla primero. No sé. Hacer algo menos agresivo. Pero mi boca actuó más rápido que mi mente. Era algo que me sucedía muy a menudo.

—¿Qué? —preguntó ella mirándome como si no supiera muy bien de dónde había salido.

Como si justo en ese momento se hubiera dado cuenta de que no estaba sola.

—Te he preguntado que por qué estás llorando —repetí con suavidad. No quería asustarla. Quería conseguir que confiase en mí.

No sabría decir por qué tenía esa necesidad, pero la tenía. Tampoco era el momento de analizarlo. No cuando tenía entre manos un misterio que resolver.

—Ah... —dijo y la observé mientras se llevaba las manos a la cara, atrapaba una lágrima y se miraba los dedos llena de incredulidad. Era como si no fuera consciente de que lloraba, hasta que se lo había indicado.

Fascinante. Me pareció fascinante.

—¿Un día duro? —le pregunté para tratar de hacerla hablar cuando deduje que no iba a añadir nada más.

—Algo así —respondió haciendo un gesto con los hombros, como si no quisiera darle importancia.

Se pasó las mangas de la camiseta por la cara para deshacerse de la prueba de su dolor.

—Está bien. Si no te apetece hablar, empezaré yo.

La chica giró la cabeza sorprendida por mi comentario y estrechó los ojos sobre mí como si tratara de analizarme.

Me reí. No pude evitarlo. Era yo el que la quería analizar a ella, no al revés.

—Hoy he tenido un día de mierda. Mi padre, al cual solo le importo para que lleve la empresa familiar cuando se jubile, me ha hecho tener una reunión interminable con los estirados de los nuevos accionistas y sus hijos. Ha sido una experiencia terrible. Me he sentido como un mono delicioso, en medio de un rebaño de lobos hambrientos —le confesé sin poder evitar que se me escapase una sonrisa.

—¿Rebaño? Querrás decir jauría —me corrigió con una sombra de sonrisa asomándose a sus labios.

Solo por eso, sentí que había merecido la pena contarle todas mis mierdas.

—¿Con eso es con lo que te has quedado? Yo que te acabo de abrir mi corazón —dije con fingida indignación señalándome el centro del pecho.

—No nos conocemos de nada —respondió, pero, aun así, por su tono noté que estaba divertida.

Había conseguido distraerla.

—Pues, por eso mismo. ¿Hay algo más fácil que contarle tus mierdas a un completo desconocido?

Ella me clavó los ojos y por mi mente se cruzó que nunca había visto un verde tan profundo como el suyo. Me dejó impactado.

—¿Sabes qué? Puede que tengas razón.

—Suelo tenerla —respondí esbozando una sonrisa gigante.

Sentí que había conseguido conectar con ella y no recordaba otro momento cercano en el que me sintiera tan feliz. En el que sintiera que había ganado algo. Me recordó al subidón que experimentaba después de ganar un partido. Fue electrificante.

Hasta que él no me indicó que estaba llorando, no me di cuenta de que lo hiciera.

Fue desconcertante darme cuenta de eso: de que había estado tan metida dentro de mí misma que no había sido capaz de ver más allá. Pero, lo más desconcertante que me había resultado, era su manera de actuar conmigo. Parecía sincero. Parecía que de verdad le interesaba saber qué me pasaba, y tenía razón. ¿Qué más daba lo que le contase si éramos dos desconocidos?

Así que me lancé.

—Vengo de Washington. Me he ido de casa porque no aguantaba ni un segundo más allí. Tenía un novio al que no quería y que me puso los cuernos. Un padre que quiere que sea algo que yo no quiero ser y, desde que decidí que iba a perseguir mi sueño, en vez del suyo, se ha dedicado a ignorarme. Tampoco es que antes fuese más cariñoso. Estoy cansada de no ser suficiente para las personas. Y, ¿sabes qué? Lo que más me fastidia es que he venido hasta aquí, estoy haciendo todo lo que he soñado, y, aun así, me siento sola. Estoy triste. Es una mierda —terminé por fin. Una vez que había abierto la presa de mis emociones, habían salido todas a la vez.

—Es increíble —dijo con un tono lleno de incredulidad y algo parecido a la admiración.

Su tono hizo que girase la cabeza y le observase. Deseaba entenderle.

—¿El qué?

—Que te hayas atrevido a desafiar a tu padre y que te hayas largado de casa. Que sigas tus sueños.

Me encogí de hombros.

—No es increíble. No podía vivir ni un segundo más allí.

—Sigue siendo muy valiente. Yo no aguanto a mi padre. No quiero hacer lo que tiene pensado para mi futuro, pero, aun así, lo hago.

—A mí eso me parece más difícil que lo mío.

Ambos nos reímos.

Patinamos durante unos minutos en silencio. En un silencio cómodo, y eso me hizo que sintiese la imperiosa necesidad de decírselo. No sabría decir por qué. Solo que me hizo sentirme escuchada. Como si de verdad le interesase saber lo que me pasaba.

—Hoy es el aniversario de la muerte de mi madre.

—Joder... —Le escuché maldecir—. Eso es una mierda.

Que no me dijese que lo sentía, y que pareciese realmente molesto, tratándolo con normalidad, me hizo sonreír.

—Era por eso más que nada por lo que estaba llorando. Todavía sigue doliendo —confesé y sentí que era tan natural decírselo que me asusté.

Cuando salimos de la pista, con los patines colgados del hombro, no pude dejar de pensar en que ella se había atrevido a hacer todo lo que yo no podía.

¿Cómo coño había sido tan valiente de irse a miles de millas de su casa para estudiar lo que ella quería, en lugar de lo que su padre esperaba que hiciera?

Me parecía impresionante.

Desde que me lo había contado, no podía evitar mirarla de otra manera. Desde el respeto y la admiración.

Empezaba a ponerme ansioso. Estábamos a punto de despedirnos, a punto de que cada uno se fuese por su lado y no podía permitirlo sin antes asegurarme de que tendría la capacidad de volver a verla. Necesitaba conseguir su número o conseguir una manera de poder localizarla.

Joder, ni siquiera sabía su nombre, pero tenía claro que podíamos ser grandes amigos.

Los dos habíamos terminado ahogando nuestros problemas en la pista de hielo. Solo ese hecho nos hacía mucho más compatibles que el noventa por ciento de la población.

Cuando salimos a la calle había empezado a anochecer.

Ambos caminamos sin decir nada. Sumidos en nuestros pensamientos.

Yo iba pensando en la mejor manera de proponerle que volviéramos a vernos.

Cuando los dos nos quedamos en la acera mirándonos y vi que ella abría la boca, imaginé que para despedirse, comprendí que tenía que hacer algo. Era entonces o nunca.

—¿Qué te parece si me das tu número y te enseño la ciudad? —le pregunté de sopetón con voz estrangulada.

Maldije para mis adentros, ya que la pregunta sonó como sacada de una mala película de amor. Como si estuviera ligando con ella cuando solo quería conocerla más, que fuésemos amigos.

No tuve tiempo de explicarme mejor, ya que justo en ese momento mi teléfono comenzó a sonar. Lo saqué del bolsillo y vi que era Macy. Había quedado en llamarla hacía unas cuantas horas. Tenía que contestar.

—Dame solo un momento —le dije levantando el dedo índice, indicándole que no tardaría.

Me di la vuelta y me alejé unos pasos para tener privacidad.

—Macy.

—Matt.

El tono de su voz era cortante. Se notaba que estaba enfadada.

—Se me ha pasado llamarte.

—Ya lo he visto. ¿Vas a venir a ver algo esta noche?

—No, he quedado con los chicos, pero me puedo pasar mañana, si te apetece —le ofrecí tratando de suavizar el enfado que tenía.

La entendía: era un desastre.

Solía olvidarme muchas veces de llamarla y no tenía muchos detalles con ella. Si alguien me preguntaba, le diría que tener que novia era muy difícil. Tenía que hacer grandes malabarismos para sacar tiempo para estar con ella y siempre lo sentía como una obligación.

—Hecho. Me apetece mucho.

Sentí alivio de que pareciese más tranquila. Odiaba cuando se enfadaba.

—Mañana te llamo y quedamos —le dije ansioso, ya que quería acabar rápido.

—Hasta mañana.

Cuando al girarme descubrí que la chica de la pista de hielo no estaba por ningún lado, que se había marchado sin decirme nada, me asaltó de golpe una sensación de pérdida.

Me quedé allí de pie, en medio de la calle, como un idiota. Replanteándome de pronto toda mi vida. Pensando en cómo podría conseguir volver a verla.

Capítulo 5

Chica del hielo

«Dios, Sarah. Esto es patético», me dije por cuarta vez esa mañana cuando me di cuenta de que estaba pensando de nuevo en el chico que había conocido en la pista de hielo.

Juro que en el momento, había estado demasiado afectada, y luego demasiado sorprendida por su manera de ser, como para ser consciente de la huella que iba a dejar en mí. Pero, ahora, unos días después y serena, me moría de vergüenza cada vez que lo recordaba.

Nunca había visto a un hombre más guapo que él. Ni en persona ni en la televisión. Con ese cuerpo enorme y esa sonrisa deslumbrante.

No es que eso fuera importante, pero no ayudaba a que me sintiese mejor.

Su mirada había hecho que me sintiese a gusto, segura.

Moví la cabeza a ambos lados para tratar de salir del trance en el que me había sumido y borrar de mi mente sus ojos azules con las esquinas achicadas por una sonrisa.

En vez de estar pensando en él, en el chico de la pista de hielo —como le llamaba en la cabeza—, tenía que estar pensando en mis clases. Debería estar nerviosa porque era mi primer día.

Lo único que me consolaba era que había sido lo suficientemente inteligente como para largarme cuando me había pedido mi número de teléfono.

No quería tener que volver a verle.

Me moría de vergüenza cada vez que pensaba en nuestro encuentro.

¿Por qué se lo había tenido que contar todo? Me había hecho sentirme muy vulnerable hacerlo. No me sentía cómoda siendo tan vulnerable. Lo odiaba. Yo era una mujer fuerte y segura que luchaba por sus sueños. ¿Por qué le había tenido que mostrar esa faceta de mí?

Unos golpes en la puerta de nuestra habitación me sacaron de los tontos pensamientos que tenía.

Corrí a abrir solo por tener algo que hacer.

—Buenos días —saludé a Amy.

—¿Cómo está Ellen?

—Bueno —le respondí apartándome hacia un lado para que pudiera pasar—. Antes de que entrase al baño tenía cara de ir a vomitar.

—Suena muy como ella —me dijo lanzándome una sonrisa que dejaba claro que Ellen le parecía la mujer más adorable del mundo.

Una sonrisa que dejaba claro que le encantaba su forma de ser. Una sonrisa que dejaba claro que ella iluminaba su vida. No hacía falta conocerlas mucho para saberlo: Ellen era la luz de Amy, así como Amy era la fuerza de Ellen.

Me encantaba. Yo quería a alguien que me mirase así. Quería sentir ese amor por alguien.

La observé mientras caminaba hacia la puerta del baño y comenzaba a andar en círculos frente a ella. Nerviosa, pero dándole su tiempo.

Cuando Ellen salió del baño, Amy la envolvió entre sus brazos y la tranquilizó durante un rato. Dándole ánimos.

Me senté al lado de ellas en la cama.

—Estás consiguiendo que me tranquilice yo también —comenté riéndome.

—Es que soy la mejor dando ánimos —se regodeó Amy besando la sien de Ellen.

—Y la más humilde también.

—Hay que quererse a uno mismo —dijo antes de encogerse de hombros—. ¿Vamos, cariño? —le preguntó a Ellen.

—Vale —respondió esta, asintiendo con la cabeza—. Me alegro tanto de que vayas a estar en clase conmigo —dijo mirándome, haciéndome sonreír.

Me encantaba lo dulce y sincera que era.

—Yo también me alegro.

—Casi no me puedo creer que hayamos sobrevivido al primer día —dijo Ellen mientras comíamos en una de las cafeterías del campus.

—Ha sido mucho más fácil de lo que pensaba —respondí antes de beber de mi botella de agua.

Estábamos con las amigas de Amy que eran muy simpáticas.

Nos habíamos sentado en una mesa larga que cada vez se llenaba de más gente.

La verdad es que estaba disfrutando. Para nada me imaginaba que iba a hacer amigas tan rápido una vez que llegase a la universidad.

—Te lo juro, llevo todo el verano pensando en Matthew Ashford —dijo una de las amigas de Amy tumbándose hacia atrás en la silla, de manera soñadora—. Necesito volver a ver a ese chico. ¿Cómo se puede estar tan bueno?

—¿Seguirá con su novia? —preguntó otra.

—Espero que no. Como esté soltero, pienso ir detrás de él.

—Venga, Emily, no digas tonterías. Ni siquiera sabe que existimos.

—Seguro que sigue con su novia. Es mi única esperanza de que un hombre sea decente. Nunca le he visto ligando con nadie. Es tan perfecto —dijo en un tono soñador que me hizo reír.

—¿De qué sirve que sea perfecto si es el novio de otra?

—Sirve para alegrarnos la vista.

—Y tanto que sí.

Todas se empezaron a reír después de ese comentario y yo ya no pude aguantar la curiosidad:

—¿Quién es el chico del que hablan? —pregunté en bajo a Amy.

—Es el capitán del equipo de *hockey*. Es una celebridad por aquí. Tiene a todas las chicas del campus locas —respondió poniendo los ojos en blanco.

Si jugaba en el equipo de *hockey* de la universidad, no tardaría en conocerlo.

Sentí como el teléfono me vibraba en el bolsillo y lo saqué para ver de quién era la notificación que me había llegado.

Sonreí al ver que era un mensaje de Dan.

¿Cómo va el primer día?

Mucho mejor de lo que me esperaba.

Ya solo me queda una clase.

Entiendo que eso quiere decir que no vuelves a casa.

Entiendes bien.

Había que intentarlo.

¿Esta noche te apetece una película?

Claro.

¿A la misma hora que ayer?

Yes.

Entro a clase.

Pórtate bien.

Sonreí con cariño. Echaba mucho de menos a Dan. No estaba acostumbrada a estar lejos de él, aunque esta manera nueva que habíamos probado de ver películas juntos en videollamada era maravillosa. Hacía que sintiera que lo tenía más cerca.

Habíamos hecho eso las dos últimas noches.

—Chicas, está allí —dijo la emocionada voz de una de las amigas de Amy, captando mi atención.

Por supuesto, no pude evitar buscar por toda la cafetería a un hombre que pareciese salido de una revista de modelos. Nunca había visto al chico en cuestión, pero, si hablaban así de él, tenía que ser muy guapo. No podía negar que sentía curiosidad, aunque fuera solo por saber si de verdad era tan guapo o su fama era inmerecida. ¿Quién no la tendría?

Cuando mis ojos barrieron la enorme cafetería y se encontraron con el chico de la pista de hielo, me olvidé de todo lo demás.

Durante unos segundos me quedé mirándolo atascada sin ser capaz de reaccionar.

Ver su enorme cuerpo sorteando al resto de personas que había en la cafetería, sonriendo a un chico que acababa de decirle algo y que estaba a su lado, hicieron que mi corazón se pusiera a latir frenético en mi pecho.

51

Cuando comprendí que el verlo allí, significaba que estudiaba en la misma universidad que yo, casi me da un infarto.

No me podía creer que le hubiese contado toda mi vida, por muy resumida que fuese, a ese chico.

No lo conocía de nada.

Era el hombre más guapo que había visto nunca. Mucho más guapo de lo que lo recordaba. Y no es que eso fuera de verdad importante, pero hacía que todo pareciera mucho mejor.

Quería que la tierra se abriese bajo mis pies y me mandase a las antípodas. Puede que estuviese exagerando, pero la idea que tenía sobre irme a una universidad en la otra punta del país era tener más suerte en la vida, y no quedar como una loca llorona con verborrea delante de un hombre como él.

Antes de que se girara y mirara en dirección a la mesa en la que nos encontrábamos, me doblé sobre mí misma para que no pudiera verme.

No estaba preparada para encontrarme con él.

—¿Sarah? ¿Estás bien? ¿Se te ha caído algo? —preguntó Amy metiendo la cabeza debajo de la mesa para poder mirarme.

—Sí, claro. Estoy estupenda. Se me ha caído... —Me estrujé el cerebro tratando de pensar algo que decir—. ¡La lentilla! —grité emocionada al ocurrírseme semejante idea.

—No sabía que llevaras lentillas —comentó extrañada doblándose a mi lado para ayudarme a rebuscar en el suelo.

Aparté la silla de detrás de mí y me acuclillé para meterme debajo de la mesa encantada de estar pasando desapercibida.

Eso fue hasta que mi brillante idea se convirtió en una idea pésima en cuestión de segundos, cuando, poco a poco, más personas se fueron metiendo bajo la mesa para ayudarme a buscar la lentilla inexistente.

Estábamos montando un circo.

Estaba segura de que llamábamos mucho la atención del resto de la cafetería, teniendo en cuenta que había más de seis personas debajo de la mesa.

Maldije para mis adentros. Tenía que salir de allí.

Cuando decidí que estaba dando demasiado el cante, hice como que cogía algo del suelo, cerré el puño en torno a la nada y me levanté del suelo dando la espalda al sitio en el que le había visto.

—Voy al baño —farfullé antes de dirigirme hacia la puerta de salida.

Caminé unos pasos y el alivio comenzó a atravesarme. Un alivio que duró hasta que escuché una voz que conocía.

—¡Oye, espera! —Habría dudado de si se trataba de mí o no. Podía imaginarme el tono de su voz; desde luego no lo conocía suficiente como para estar cien por cien segura y distinguirla entre el barullo de la atestada cafetería, pero sus siguientes palabras hicieron que no tuviera lugar a duda de que hablaba de mí, y de que era él—. ¡Chica del hielo!

Cerré los ojos con fuerza y apreté el paso.

La puerta de salida estaba muy cerca. Podía hacerlo.

Después de diez pasos la alcancé.

Cuando la atravesé, no me avergüenza decir que eché a correr en dirección a uno de los baños que había visto a la izquierda de la cafetería.

Estaba actuando como una loca. Lo sabía. Pero no quería empezar la universidad dando explicaciones a nadie de mi vida. No quería que me recordasen un momento de debilidad. No quería a ese chico cerca. Me ponía demasiado nerviosa. Esta era la segunda vez que me escapaba de su lado.

¿Durante cuánto tiempo sería capaz de seguir evitándolo?

Hoy era un gran día. Que empezase el curso quería decir que también lo hacían los entrenamientos.

Había esperado este momento todas las vacaciones de verano.

Me encantaba patinar, pero, sobre todo, me gustaba entrenar. Me gustaba estar en la pista con mis compañeros.

Esta tarde teníamos el primer entrenamiento y, a partir del día siguiente, entrenaríamos todas las mañanas y todas las tardes.

Me moría por empezar con esa rutina.

Cuando me machaba desde la mañana, me sentía mucho más relajado y satisfecho el resto del día. Era como si estuviera haciendo bien las cosas y trabajara en mi futuro.

Además, me vendría bien distraerme durante un rato, y dejar de pensar en la chica que había conocido el otro día.

Odiaba que se hubiese ido sin decirme nada. Odiaba que no me hubiese dado la oportunidad de ser amigos. ¿Cuál era el problema?

Esa mañana, después de desayunar, los cuatro salimos de la casa que compartíamos y fuimos andando hasta la universidad. El piso de dos plantas que teníamos alquilado estaba muy cerca del campus.

Fuimos despidiéndonos los unos de los otros según llegaban a sus edificios, hasta que solo quedamos Andrew y yo que estudiábamos lo mismo.

La mañana se me pasó relativamente rápida, para las muchas ganas que tenía de que se acabase.

El primer día de universidad era una jornada de muchas presentaciones, de conocer profesores nuevos y tener que escuchar cómo ellos manejaban las clases, y lo muy superiores que eran sobre los que habíamos tenido el año anterior.

Siempre era la misma mierda.

Cuando se terminó la última hora de la mañana estuve a punto de celebrarlo.

Guardé el ordenador en la mochila y Andrew y yo salimos del edificio.

Kent y Erik nos esperaban fuera.

Los cuatro juntos nos dirigimos a la cafetería. Era la hora de comer.

Cuando entramos a la cafetería, empezaron a rugirme las tripas. Estaba muerto de hambre. Estudiar me daba hambre. Todo me daba hambre. En mi favor, debía decir que era un chico grande y que solo el hecho de tener que mover todo ese cuerpo suponía un gran gasto de energía.

Sonreí para mis adentros cuando tuve ese pensamiento tan chulesco, ya que le habría dado un puñetazo a alguien que se atreviese a decir en alto una cosa así.

—Espero que haya salchichas. Me muero de hambre, joder. Hace días que no como una comida decente —dijo Erik con voz de circunstancias.

Sonreí divertido.

—Si eso es lo que piensas que es una comida decente, estás jodido —le repliqué.

—Ya le gustaría estar jodido —añadió Kent.

—Cállate —le devolvió Erik—. Como si tú estuvieses follando todos los días.

—Lo haría si quisiera.

—¿Quién te dice que yo no lo haga?

Se miraron el uno al otro con cara de molestia. Evaluándose.

Tenía que cortar esta mierda. Eran peor que los niños.

—Oh, vamos chicos. Siempre estáis igual. Vamos a pillar algo para comer y a estar un rato tranquilos sin discutir.

Nos pusimos en la cola mientras Kent y Erik seguían molestándose el uno al otro.

Me dieron ganas de poner los ojos en blanco. Siempre estaban igual. No eran capaces de estar el uno alejado del otro, pero siempre estaban discutiendo. Estar con ellos era agotador. Ser su capitán lo era todavía más. La mitad de las veces tenía que meterme para que no acabasen pegándose el uno al otro.

—¿Pero qué coño están haciendo en esa mesa? —preguntó Andrew llamando mi atención.

Seguí su mirada, lleno de curiosidad. Quería saber qué le había llamado la atención, ya que Andrew no era una persona que se preocupase en exceso por los demás. Él no era alguien que se molestase mucho en hablar.

Cuando encontré la mesa, vi que había un montón de personas metidas debajo.

Entrecerré los ojos, lleno de curiosidad.

Mientras miraba, una de las chicas que había debajo se levantó.

Solo hicieron falta unas décimas de segundo para que la reconociese. A pesar de que estaba de espaldas, a pesar de que ese día, en vez de en patines, llevara zapatillas.

Era la chica de la pista de hielo.

Lo supe sin lugar a duda.

Aquel día la había mirado durante tanto tiempo que me había aprendido la forma de su cuello, el contorno de su espalda... Llevaba el pelo recogido en un moño en lo alto de la cabeza, igual que la otra vez. Sonreí encantado porque estuviera allí. Había conseguido encontrarla mucho más rápido de lo que pensaba. El universo estaba de mi parte.

La emoción se apoderó de mí. El corazón empezó a latirme acelerado, sentí un burbujeo en el estómago y muchas, muchas ganas de reírme a carcajadas. La había pillado.

Verla me había dejado tan paralizado que, para cuando quise reaccionar, ya estaba cerca de la puerta y supe que se iba a ir.

Empecé a caminar en su dirección.

—¡Oye, espera! —grité para tratar de evitar que se marchase—. ¡Chica del hielo! —añadí para que supiera que estaba hablando con ella.

Que la llamase así, surtió el efecto contrario, ya que empezó a caminar más deprisa.

Su reacción me hizo reír.

Sin ser muy consciente de lo que hacía, salí corriendo detrás de ella para tratar de alcanzarla.

Llegué hasta la puerta de la cafetería y la empujé para salir, pero, cuando estuve en el pasillo, no la vi por ningún lado.

Sonreí muy a mi pesar. Había vuelto a escabullirse de mí.

A pesar de la decepción, me sentí feliz y aliviado.

Había imaginado miles de formas para conseguir volver a verla y en ninguna de ellas la solución venía por sí sola. Había pensado, por la manera en la que le había visto patinar, que era solo cuestión de tiempo volver a encontrarla en la pista de hielo.

Durante la temporada no solía ir a la de la ciudad, ya que entrenábamos en la pista del campus, en Ingalls Rink, pero, para volver a encontrarme con ella, habría ido todas las tardes hasta allí.

Me había dejado fascinado todo de ella. Su manera de actuar, de patinar, de hablar... El destino me acababa de hacer un gran regalo.

Que estuviese en la cafetería solo podía significar que estudiaba en esta universidad.

Mi vida acababa de volverse mucho más emocionante.

Necesitaba descubrir el motivo por el que se alejaba siempre corriendo de mí para solucionarlo, ya que sabía que podíamos ser muy buenos amigos. Lo notaba cuando la miraba, lo sentía cuando la miraba.

Me di la vuelta para volver a entrar en la cafetería.

De camino a donde estaban comiendo los chicos miré hacia la mesa en la que había estado sentada para ver si conocía a alguna de sus compañeras. Para conseguir ubicarla mejor. Pero no me sonaba ninguna de ellas.

No había problema. Estaba seguro de que la volvería a ver pronto. Cuando algo se me metía en la cabeza, era muy determinado.

No iba a parar hasta conseguir encontrarla.

No iba a parar hasta conseguir que fuese mi amiga.

Capítulo 6

Esto no podía estar pasando

Cuando llegué a Ingalls Rink estaba emocionada. No podía negarlo. Una parte de mí estaba encantada con la idea de volver a patinar, aunque fuera para ayudar a mi tío. Me gustaba volver a estar en el hielo sin que fuese de manera profesional, sin que fuese yo la que tenía ese peso sobre los hombros. Quería disfrutar del hielo sin que fuese una obligación.

Caminé por los pasillos interiores de la pista, mirando fascinada a todos los lados. Pasé por delante del vestuario del equipo, que tenía la puerta cerrada, pero, aun así, se escuchaban gritos desde el interior.

Puse los ojos en blanco y sonreí, un grupo de hombres juntos siempre era sinónimo de mucho ruido.

Pasando el vestuario, estaba el gimnasio. Me paré frente a las cristaleras y miré maravillada todo el espacio que tenía. Dentro había un montón de máquinas de todas las clases que existían para fortalecer cada uno de los músculos del cuerpo.

Me encantaba. Sabía que pasaría mucho tiempo allí, ya que una de las rutinas que todavía mantenía de mi vida como patinadora profesional era la de hacer ejercicio a diario. Me hacía sentirme fuerte. Me hacía sentir que era capaz de levantar una montaña. No iba a dejar eso de lado. Estaba en el mismo nivel de importancia que los estudios. Como muy bien decían: «mens sana in corpore sano».

Al final del pasillo estaba el despacho de mi tío.

Llamé una vez a la puerta, que estaba entreabierta, antes de entrar.

—Sarah. —Se levantó y me acercó a él para envolverme en un abrazo—. ¿Qué tal llevas el primer día de universidad? —preguntó depositando un beso en mi sien.

En ese momento, me pregunté por qué mi propio padre no podía ser la mitad de cariñoso y de encantador de lo que era mi tío.

—Está siendo interesante —contesté sin querer entrar en muchos detalles.

—¿Eso es bueno o malo? —interrogó entrecerrando los ojos para analizarme.

—Eso depende de lo que suceda mañana —le contesté pensando en el chico de la pista de hielo; ahora, más conocido en mi cabeza como el chico de la cafetería.

—Sabes que no te entiendo, ¿verdad?

—Cuento con ello —respondí sonriendo.

Mi tío me lanzó una mirada de «eres adorable», marca de la casa, y se puso de nuevo en modo profesional a los pocos segundos.

—¿Estás preparada para conocer al equipo y comenzar a ayudarnos? —me preguntó con los ojos llenos de alegría.

Sonreí. Sabía que le hacía muy feliz que hubiera venido a esta ciudad y que estuviera trabajando con él. Lo sabía porque entre otras cosas no había parado de decírmelo y de demostrármelo.

—Lo estoy —contesté emocionada.

—Pues vamos.

Salimos de su despacho y caminamos hasta la entrada de la pista.

Nos sentamos en el banco y ambos nos calzamos nuestros patines.

Salimos al hielo y esperamos de pie en el centro de la pista a que empezasen a llegar los jugadores.

Me mantuve firme y evité entrecerrar los ojos con curiosidad para poder observarlos mejor desde lejos. La verdad era que me interesaban mucho. Estos chicos iban a ser parte de mi vida durante al menos el siguiente año, si es que era su último curso en la universidad, o más, si acababan de entrar.

Los observé a todos con su uniforme blanco y azul. Patinaban con la seguridad de alguien que ha nacido con unos patines pegados a los pies. Alguno también lo hacía con soberbia.

Era fácil saber, por la forma de patinar de la gente, cómo era su personalidad. Hablaba mucho de su forma de vivir la vida.

Los fui observando uno a uno mientras se colocaban en fila frente a nosotros, y, cuando ya casi estaban todos, el penúltimo de la fila llamó mi atención.

Al principio pensé que lo había hecho porque era uno de los más altos. Sobresalía por lo menos por un palmo de altura por encima del resto.

Tuve la extraña sensación de que conocía su manera de moverse.

Le observé con curiosidad tratando de ubicarle. Fueron segundos antes de que se girase y su mirada azul se clavase sobre mí, cuando me di cuenta de quién era.

Era el chico de la pista de hielo. El chico de la cafetería.

Probablemente una de las pocas personas que conocía en el país y, desde luego, una con la que no quería tener que estar todos los días.

El estómago me dio un vuelco y maldije por lo bajo por mi mala suerte.

Los ojos de él brillaron cuando me reconoció, haciendo que todavía me pusiera más tensa.

Patinó hasta el lugar donde estaban sus compañeros sin apartar su mirada de la mía ni un segundo. Casi como si fuéramos las dos únicas personas que estábamos en la pista.

Al menos, así fue como me hizo sentir.

Esto no podía estar pasando. ¿Acaso el destino se cachondeaba de mí? Había huido dos veces de este chico y ahora lo tenía de nuevo delante. Era jugador del equipo de *hockey* de mi tío. Del equipo de *hockey* para el que era ayudante y que era mi sustento para todo lo que no fuesen gastos relacionados con los estudios. Un trabajo que no podía dejar.

Pero ¿qué estaba pensando? Por supuesto que no podía dejar un trabajo por un chico. ¿Por qué estaba exagerando tanto? ¡¿Qué tenía este hombre que hacía que me alterase tanto?!

Me puse un poco más recta y aguanté su escrutinio con elegancia. Con la cabeza fría. No pasaba nada porque le hubiera hablado de mis sentimientos. Estaba exagerando. Tampoco pasaba nada porque me hubiera escabullido de él esa tarde en la pista de hielo, ni este mediodía en la cafetería. Seguro que ni siquiera se había dado cuenta.

Las miradas del resto de personas del equipo tampoco me molestaron.

Miré sin poder apartar la vista de la chica de la pista de hielo mientras el entrenador nos explicaba quién era.

Sarah…

Repetí su nombre en mi cabeza. Me gustaba cómo sonaba. Le quedaba bien.

El día se ponía cada vez más interesante.

El universo me acababa de volver a hacer un regalo e iba a cogerlo para disfrutarlo.

Cuando vi que todos mis compañeros empezaban con el entrenamiento no pude resistirme en acercarme a ella.

Patiné con sigilo, aprovechando que estaba distraída, ya que iba hacia la salida de la pista para recoger el material que necesitábamos para los ejercicios que haríamos ese día en el entrenamiento.

—Por lo que he visto se te da muy bien escabullirte, pero, después de lo que le he oído decir al entrenador, veo difícil que seas capaz de seguir haciéndolo durante toda la temporada, Sarah —repetí su nombre con retintín. Podía notar como mis ojos brillaban llenos de diversión. Lo sentía.

Sarah se dio la vuelta de golpe como si estuviera sorprendida de que la siguiese.

¿Cómo no iba a hacerlo? Era el mayor misterio al que me había enfrentado nunca.

Cuando nuestras miradas se encontraron, vi que sus ojos estaban llenos de vergüenza. Descubrir eso me hizo sonreír como un tonto. Era adorable.

—¿Cómo puedo tener tan mala suerte? —Escuché que decía muy bajo mientras se ponía la mano en la cara como si no se pudiese creer lo que sucedía. Como si se quisiera esconder y desaparecer de allí.

—Oye —le dije ofendido—, que soy un tío estupendo. ¿Cuál es el problema?

—Que te he contado todas mis penas y tú estás aquí ahora, delante de mí, para recordármelo. —Dejó escapar un pequeño gemido de fastidio—. No estaba en mi mejor momento. Me pillaste con la guardia baja. ¿Por qué no lo olvidamos y hacemos como que nunca ha sucedido?

—No. Ni de coña —respondí con firmeza. Eso era lo último que quería. Puede que todavía no nos conociésemos lo suficiente, pero quería que lo hiciéramos. No iba a renunciar a lo único que nos unía—. Eso no es lo que hacen los amigos. Los amigos se lo cuentan todo.

—No somos amigos.

—Desde luego que si te empeñas en actuar como si no me conocieses, va a resultar bastante difícil.

Sarah se quedó mirándome como si le hablase en un idioma alienígena y estuviera tratando de descifrarme.

—¿Qué es lo que quieres de mí? —preguntó.

—¿Que seamos amigos?

—¿Por qué?

—Porque el destino nos ha puesto en el camino del otro para que nos ayudemos. Somos lo que el otro necesita. Tú eres todo lo que yo no soy —le dije señalándola, y luego a mí—. Y yo voy a ser todo lo que necesites aquí. Nada de estar triste y sola.

—No tenemos nada en común —insistió cabezona.

—Venga, eso no es verdad. Los dos amamos el hielo. Amamos patinar.

La forma en la que me miró, con los ojos abiertos y sorprendidos, me hizo reír.

—No sabes si yo amo el hielo —indicó muy bajito.

—Olvidas que te he visto patinar. Amas el hielo tanto como yo —por alguna extraña razón acabé susurrando esas palabras en su oído, casi como si fueran un secreto entre nosotros dos.

Me separé de ella un poco sorprendido cuando un escalofrío recorrió todo mi cuerpo.

Juro que durante unos segundos dudé de si no se estaría riendo de mí.

Pero no.

Su sonrisa y palabras eran sinceras. Todo en él irradiaba buenas intenciones y calor.

Este hombre dolorosamente guapo y demasiado popular para lo poco que me gustaba a mí llamar la atención, de verdad quería ser mi amigo.

Sopesé durante unos segundos lo que me decía y pensé que la mejor manera de librarme de esta situación tan rara era seguirle la corriente. Estaba segura de que era un chico que no estaba acostumbrado a que le rechazasen y que, como yo estaba haciendo justo eso, ese era el motivo por el que se interesaba en mí.

Estaba segura de que, en cuanto le prestase atención, se alejaría y todo esto quedaría como una anécdota graciosa.

Más me valía que se cansase pronto, porque me costaba estar a su lado sin que me temblasen las piernas. Era todavía más guapo de lo que recordaba.

—Tienes razón —dije jugando mi papel—. ¿Quién soy yo para negarle al destino lo que pide?

Matthew sonrió de oreja a oreja antes de pasarme el brazo por el hombro.

—Esto va a ser la hostia.

«Lo sería si no me moría antes».

—Ashford, tienes que dar vueltas a la pista de patinaje igual que todos tus compañeros. —Escuché ordenar a mi tío con su voz autoritaria.

—Ese soy yo. No te escabullas cuando acabe el entrenamiento —me dijo con una sonrisa traviesa—. ¡Voy, entrenador! —gritó para que mi tío le escuchase.

Cuando acabó el entrenamiento los chicos se marcharon a los vestuarios.

Mientras ellos se duchaban, terminé de recoger todos los materiales que habíamos usado para el entrenamiento.

Me divertí mucho haciendo piruetas y vueltas absurdas en el hielo mientras recogía conos y fichas.

Aproveché para ponerme los cascos y disfrutar del hielo y de la música.

Cuando acabé, me calcé y me acerqué a los vestuarios femeninos que estaban al lado de los masculinos para guardar mis patines en la taquilla. Era mucho más cómodo dejarlos allí que llevarlos y traerlos todos los días. No quería quedarme sin espalda, muchas gracias.

Todavía no había dado un paso fuera del vestuario cuando la enorme figura de Matt se puso a mi lado.

—Vamos a ir por ahí a tomar algo todos juntos. Vente con nosotros —me invitó de una forma que me dio la sensación de que no quería que me negase.

Me sentía demasiado abrumada. Todavía era reacia a que fuéramos amigos. No le veía ni pies ni cabeza. No terminaba de creerme lo que decía o que fuera algo que quisiera de verdad.

—Estoy muy cansada. Otro día —le contesté con lo que esperaba que fuese un tono de convicción y no que sonase tan desubicada como me sentía.

—Venga, vente. Solo vamos a estar un rato —insistió.

—Matty —lo llamó uno de sus compañeros que, si no me equivocaba, se llamaba Erik—, deja a la chica en paz. Otro día vendrás con nosotros, ¿a que sí?

Sonreí por la ayuda que me prestaba y observé, tragándome una sonrisa, como Matt ponía mala cara por su comentario.

—El próximo día no te vas a librar —me aseguró señalándome con el dedo serio, pero, justo cuando acabó la frase, me guiñó un ojo haciendo que mi corazón se saltase un latido.

Tenía que salir de allí rápido.

Durante todo el camino hasta la residencia mi mente fue un hervidero de pensamientos y sensaciones. Era incapaz de quedarme con una sola. Había sido un día lleno de emociones.

Cuando por fin llegué a la residencia y abrí la puerta de la habitación que compartía con Ellen, no me dio tiempo ni siquiera a dejar la mochila sobre la silla que tenía al lado de la cama, antes de que me interrogara:

—¿Se puede saber por qué te perseguía Matthew Ashford esta mañana?

No es que fuese una pregunta difícil de contestar, pero sí que era una que no quería responder.

Dejé la mochila con toda la tranquilidad del mundo y perdí el tiempo todo lo que pude antes de girarme para contestarle algo porque ¿qué era lo que le podía decir? Ni siquiera yo tenía muy claro por qué me perseguía. ¿Cómo iba a decirle que quería ser mi amigo? Sonaba tan estúpido viniendo de alguien al que ni siquiera conocía y que había conocido por primera vez en unas circunstancias tan extrañas.

—Sarah, estoy esperando —me dijo Ellen con impaciencia.

Me di la vuelta y la miré.

—Quería hablar conmigo.

—Ya. Me he dado cuenta, pero ¿por qué? ¿Cómo es posible que lo conozcas? Es como un dios aquí y tú llevas dos días, como quien dice, en la ciudad —insistió, señalándome con incredulidad.

—Lo conozco porque entrena en el equipo de mi tío —mentí. Por alguna razón no quería contarle la forma en la que nos habíamos conocido.

Me parecía un momento demasiado íntimo y ni siquiera sabía la razón.

Si me paraba a pensarlo, lo que le había contado esa tarde en la pista de hielo, no había sido tan comprometido. Era más bien la manera en la que él me escuchó, la forma en la que se preocupó por mí y se interesó, lo que hizo que ese encuentro fuese algo especial. Era también ese mismo hecho el que hacía que todo lo que sentía se magnificase.

—Ah, vale. Eso lo explica todo. Nos hemos quedado de piedra cuando hemos visto que te perseguía —comentó con una sonrisa divertida mientras se sentaba sobre el centro de mi cama con las piernas cruzadas, observando cómo vaciaba la mochila—. Este semestre va a ser muy divertido. Creo que ninguna te va a dejar en paz hasta que no les presentes a todo el equipo de *hockey*. Son como una celebridad en el campus.

—Esto no deja de empeorar —dije llevándome una mano a la cara.

—Esto va a ser muy divertido —repitió.

Hasta mis oídos llegó su risa burbujeante. Me lancé hacia atrás en la cama con los brazos abiertos y la mirada fija en el techo.

«Menudo semestre me esperaba».

Capítulo 7

Ten cuidado, pequeña

Cuando sonó el despertador me levanté de la cama mucho más contento y enérgico de lo que solía hacerlo. Me apetecía muchísimo ir a entrenar. Amaba estar solo en el hielo. Amaba hacer a mis músculos contraerse por el esfuerzo. Me encantaba el sudor corriendo por mi frente, la frescura del hielo aliviándome, dándome el aire y la energía que necesitaba para continuar. Amaba jugar.

Pero ese día me notaba mucho más feliz de lo habitual. Mucho más ansioso. No solo tenía ganas de ir a entrenar. Había algo más, pero, por muchas vueltas que le daba a la cabeza, era incapaz de descubrir el qué.

Pero daba lo mismo.

Estaba muy emocionado e iba a usar esa emoción para dar todo lo mejor de mí. Para conseguir todos los objetivos que me había propuesto para ese año.

A esa lista, desde hacía unos días, se había sumado conseguir que Sarah fuese mi mejor amiga, e iba a lograrlo como fuese.

Justo cuando pensé en ella, el estómago me dio un vuelco y tomé nota de comer algo antes de irme.

Sería refrescante tener una amiga por primera vez. Ella me intrigaba mucho y hacía que desease conocerla más. Era muy interesante, pero en ese momento tenía que centrarme en otras cosas. Tenía que centrarme en el *hockey*.

Deseaba ganar a Princeton. Era mi mayor objetivo. Era para lo que había entrenado en solitario cada puto día del verano. Sería para lo que entrenaría cada día de esa temporada hasta que llegase el día del partido.

Era una persona muy determinada. Siempre lo había sido y me gustaba pensar que siempre lo sería. Esa faceta de mí era lo que me había llevado a conseguir ser el capitán del mejor equipo de la liga universitaria. Porque, los Bulldogs de Yale, éramos los mejores y lo íbamos a demostrar ese año, cuando ganáramos a Princeton. Ganar la Frozen Four era solo cuestión de tiempo.

Con esa determinación en mi cabeza cogí la bolsa de entrenamiento, la mochila con los libros de la universidad y me colgué cada una sobre un hombro. Bajé las escaleras de casa sin hacer ruido, ya que no quería despertar a ninguno de mis compañeros.

Siempre me había gustado estar un rato solo en el hielo por las mañanas, antes de que nadie apareciera. Era uno de los momentos más especiales para mí. Cuando llegara la hora del entrenamiento, ya todos nos veríamos allí.

No tardé más de cinco minutos en llegar a la pista.

Habíamos alquilado precisamente esa vivienda para poder estar cerca de allí y cerca de la universidad. Todos mis compañeros de casa, que también lo eran de equipo, amaban jugar, aunque era a mí con diferencia al que más le gustaba.

Cuando llegué a la pista entré por unas de las puertas laterales que usaba el personal de mantenimiento, casi todas las luces estaban apagadas. Solo uno de cada tres fluorescentes del techo estaba encendido. Todo estaba en silencio. La quietud de ese momento, el estar solo en la pista, era algo mágico. De lo que más me gustaba. Era, en esos momentos, cuando más me encontraba conmigo mismo.

Entré en el vestuario y me cambié sin encender las luces. Solo entraba el brillo del pasillo por la puerta abierta.

Cuando tuve las protecciones y la equipación puesta, caminé hacia la pista.

Me encantaba cuando los asientos estaban llenos de gente y de ruido, de alegría, de nervios y de diversión. Pero también me gustaba cuando todo estaba en silencio y vacío. Ese era mi momento con la pista, con el hielo.

Mientras me acercaba, me sorprendió ver que ya había luz en ella. No todos los focos estaban encendidos, pero sí los suficientes para que alguien que patinara pudiera ver.

Apreté el paso lleno de curiosidad, preguntándome quién estaría a estas horas entrenando.

Nunca me había encontrado con nadie.

¿Habría entendido por fin alguno de mis compañeros que para ser los mejores teníamos que esforzarnos más que nadie? ¿Sería uno de los chicos nuevos?

Me paré en seco cuando vi a esa persona en la pista. Su manera de moverse, su forma de bailar me dijo al segundo que no era uno de mis compañeros. Ni siquiera era la misma disciplina.

Era una chica.

Me quedé fascinado mirando cómo giraba sobre sí misma, cómo movía los brazos de una manera en la que lo expresaba todo.

Cada uno de sus movimientos eran arte. Eran perfección.

No me hizo falta verle la cara para saber que era Sarah.

No sabría precisar el tiempo que me quedé observándola, ni aunque mi vida hubiera dependido de ello. Solo me di cuenta de que estaba sentado y de que no quería que parase nunca. Tenía la piel de los bazos de gallina y no tenía nada que ver con el frío. No.

Era todo ella. Todos sus movimientos, su forma de expresar con su cuerpo…

La observé dar una vuelta sobre sí misma, en la que empezó a girar de pie y acabó agachada agarrándose uno de los patines para luego volver a elevarse. Se detuvo de golpe con una mano extendida hacia el techo.

«Increíble».

Cuando entendí que no iba a seguir patinando, y mientras todavía tenía los ojos cerrados y su pecho subía y bajaba alterado por el gran esfuerzo que acababa de hacer, me levanté del asiento y me puse a aplaudir como un loco, hasta que salté a la pista.

—Bravo. Impresionante —dije mientras patinaba hacia ella.

Sarah dio un respingo cuando escuchó mi voz y me observó con cara de horror, lo cual solo consiguió que yo sonriera todavía más fuerte. Me encantaba producir algún tipo de reacción en ella.

—¿Qué haces aquí tan pronto? —pregunté mirándole con cara de horror.

Se suponía que iba a estar sola. Eran las seis de la mañana, demonios. ¿Por qué siempre tenía que encontrarme a Matt en los momentos en los que estaba más expuesta? ¿Por qué?

—Primero tú.

Por su forma de mirarme supe que no daría su brazo a torcer. La curiosidad y la sorpresa estaban escritas por toda su cara. Casi me hizo reír.

—He venido a patinar.

—Muy graciosa. Responde a por qué patinas tan bien. Me has dejado alucinado. —Sus palabras y su gesto transmitían tanta admiración que hicieron que el estómago se me llenase de maripo-sas—. Vamos, Sarah. Puedes decírmelo. Somos amigos.

Me sentí agradecida de estar de pie y no moviéndome porque me temblaban tanto las piernas que en ese momento no habría sido capaz de patinar.

Fruncí el ceño y contra mi buen juicio clavé la mirada en sus almendrados ojos azules.

Me sorprendió que eso me ayudase a tranquilizarme. ¿Era normal que la misma persona que te alteraba te tranquilizase a la vez?

Me armé de valor. Tampoco podía ser tan malo compartirlo con él. Parecía sinceramente curioso.

—El otro día te conté que mi padre no estaba contento conmigo, con lo que había decidido hacer con mi vida, pero no te he explicado qué es lo que dejé de hacer para disgustarle. —Me quedé en silencio. Costaba más de lo que me habría gustado pasar las palabras por mi garganta—. Era patinadora artística profesional. Él es un entrenador muy afamado, y quería que siguiera patinando. Quería que dejase todo en la vida para dedicarme en cuerpo y alma al patinaje —dije y, para cuando me quise dar cuenta, Matt había llegado hasta mi lado.

—Y tú no deseabas lo mismo —añadió él terminado mi frase.

—No lo hacía —afirmé mientras negaba con la cabeza.

—Creo que te lo he dicho en más de una ocasión, pero eres muy valiente.

—Yo también te he respondido antes que no lo soy. Simplemente, no podía seguir patinando de forma profesional cuando murió mi madre. Quería hacer otras cosas con mi vida.

Como si fuera lo más normal del mundo, como si no estuviera de nuevo desnudando mi alma y mis sentimientos para este chico, ambos patinamos muy cerca el uno del otro alrededor de la pista. Como si fuéramos amigos de toda la vida y, por un lado, se sentía extraño, pero, por el otro, me parecía tan natural como respirar.

Estuvimos durante largo rato patinando así, en silencio, cada uno sumido en sus pensamientos. De vez en cuando hablábamos para decirnos alguna cosa sin importancia.

No me apetecía marcharme. Estaba muy a gusto. Me sentía acompañada de una forma profunda.

Estuve relajada hasta que, de repente, las luces de la pista se encendieron por completo y esta cobró vida.

Los compañeros del equipo de Matt y el resto de los técnicos empezaron a entrar haciendo que cada uno de nosotros tuviera que meterse en su papel.

Cuando el entrenamiento terminó, vi que Matt se acercaba a mí, pero fui más rápida.

Me marché corriendo de la pista con la excusa de ducharme.

Necesitaba salir de allí. Necesitaba alejarme de Matt. Tenía algo que me ponía nerviosa. Quizás fuera su talento para hacer que le contase cosas que no me gustaba contarle a nadie más.

Desde luego, ese era un buen motivo.

Solo esperaba no tener que arrepentirme de haberlo hecho; que dentro de unos días se empezase a reír de mí porque le hubiera contado mis asuntos personales a todo el mundo.

Cuando llegué a casa, lo primero que hice fue buscarla en Internet.

No pude evitarlo.

Necesitaba saber mucho más de ella. Mucho más de lo que era elegante preguntar el primer día. Necesitaba respuestas, necesitaba información.

Poco a poco iría conociéndola, pero ahora necesitaba saciar mi hambre.

Tecleé su nombre y su apellido en el buscador, y me salieron un montón de resultados.

Busqué entre las noticias y comprobé que había sido una patinadora muy reconocida, con un futuro muy prometedor. Había muchos rumores sobre por qué lo había dejado, que eran un montón de mierda, ya que ninguno hablaba de la verdad. Ninguno apuntaba a que fuese la muerte de su madre lo que hizo que perdiera la ilusión.

Su padre era el entrenador de estrellas muy reconocidas del mundo del patinaje.

No pude evitar mirarlo con desprecio. No podía ser de otra manera teniendo en cuenta que se había comportado de manera que su hija pensaba que no la amaba, que no la amaba tal y como era.

Era un hombre muy guapo y grande, pero no me sorprendió eso, teniendo en cuenta lo preciosa que era Sarah. Lo perfecta que era. Era evidente que sus padres tenían que ser guapos.

Ver el icono de Instagram me hizo sonreír.

Esto tenía muy buena pinta.

Le di al botón del navegador y su perfil se abrió.

Me di cuenta de un solo vistazo que era oro. Todo era oro puro.

Como me resultaba muy incómodo verlo en el ordenador, lo cerré y la volví a buscar en la aplicación del teléfono.

Empecé a revisar su perfil publicación por publicación, leyendo cada cosa que había escrito.

Había muchas fotos de su época de patinadora, y otras muchas con un chico que se llamaba Dan, que era su mejor amigo. Parecía simpático, pero yo iba a ser su nuevo mejor amigo. Y, si no, que no la hubiera dejado escapar.

Después de más de una hora revisando todo, en la que me dolía las mejillas de tanto sonreír, ya podía decir tres cosas de Sarah: era una chica muy divertida, estaba enganchada al café y amaba cocinar.

Me encantó poder conocerla un poco mejor.

Ahora solo esperaba poder hacerlo en la vida real.

Martes

Sarah

Esa mañana, mientras patinaba en la pista a una hora de locos, también llegó Matt.

Ese día no me pilló desprevenida y, aunque noté que me observaba de vez en cuando, me hice la despistada.

Era mucho más fácil eso que enfrentarme a él. A sus ojos, a sus preguntas interesadas que me desarmaban.

Llevábamos entrenando cada uno a sus cosas como una media hora, cuando se acercó a mí frenando en seco con una cantidad de precisión y chulería que se salían de las tablas.

Estaba bastante segura, por lo poco que le conocía, de que no tenía un hueso arrogante en su cuerpo, pero era tan guapo y bueno en el hielo que parecía un chulo.

—Tengo que hacer algo de cardio, ¿te vienes? —me preguntó como si fuese lo más normal del mundo. Como si hiciéramos cosas juntos todos los días.

Empezaba a creer que de verdad quería que fuéramos amigos.

—Claro —me encontré respondiendo.

Salimos juntos de la pista y fuimos hasta la sala de musculatura, donde al final había otra puerta de cristal tras la que estaban las cintas de correr, las bicicletas estáticas y las elípticas.

Corrimos sobre las cintas, el uno al lado del otro, hasta que el resto de los compañeros de equipo comenzaron a llegar.

Miércoles

Me gustó ser el primero en llegar a la pista ese día.

Había descubierto que Sarah llegaba a las seis de la mañana y lo había anotado mentalmente. Si ella no me ponía las cosas fáciles, sería yo el que poco a poco las fuese descubriendo y, para cuando quisiera darse cuenta, sería mi mejor amiga sin posibilidad de vuelta atrás porque me adoraría.

—¿Se te han pegado las sábanas? —le pregunté cuando la vi entrar, solo por el placer de molestarla.

Me gustaba la línea que se formaba entre sus cejas cuando me fulminaba con la mirada.

—Me levanto todos los días a la misma hora. ¿Qué pasa? ¿Hoy te han echado de la cama? —me devolvió la puya.

—Algo parecido —respondí sin querer dar muchas explicaciones—. ¿Qué? ¿Entrenamos?

—Qué remedio —dijo levantado los hombros con resignación, pero, por la forma en que sus labios se curvaron hacia arriba, supe que se aguantaba la risa.

Estaba tan encantada como yo de que estuviéramos juntos.

Estaba a dos días de ser mi mejor amiga declarada.

Jueves

Sarah

Mientras los chicos realizaban sus entrenamientos diarios —justo en ese momento estaban haciendo lanzamientos a puerta—, yo no podía dejar de mirar el brazo derecho de Matt.

Ese día, a mitad del entrenamiento, se había remangado su camiseta de uniforme un poco y había descubierto que tenía una frase tatuada en el brazo. Pues bien, desde que la había visto, no podía mirar a otro lado. La tinta de su brazo estaba llamando muy fuerte a mis ojos y a mi curiosidad. No dejaba de intentar una y otra vez leer qué era lo que ponía.

Me había pillado en más de una ocasión con la cabeza torcida y la vista clavada en su brazo.

Había tratado de disimular y, por el momento, pensaba que lo había hecho bien, pero cada vez me volvía más audaz. A ese paso no tardaría en descubrirme.

¿Qué frase sería tan importante para él como para que se la hubiera tatuado?

No lo conocía demasiado, aunque, por lo mucho que se esforzaba para que fuésemos amigos, no tardaría en hacerlo. Casi me atrevía a decir que Matt no era una persona imprudente. No le pegaba nada levantarse un día e ir a tatuarse. Si lo había hecho, había sido un acto meditado. Pensaba mucho en todo. En exceso, si a alguien le interesaba mi opinión.

Patiné en círculos alrededor de la portería, acercándome cada vez más a él, pero todavía no lo suficiente como para poder leer lo que ponía.

Escuché mi nombre en la pista y giré la cabeza para ver quién me llamaba.

Antes de que pudiera hacerme a la idea de lo que sucedía, me golpeaba de frente contra un muro de músculos.

—Ten cuidado, pequeña —me dijo la voz de Matt en un lugar cerca del oído haciendo que me estremeciese de pies a cabeza.

Alargó ambas manos y colocó una sobre mi cintura y la otra sobre mi hombro para equilibrarme.

Cuando, por el rabillo del ojo izquierdo vi la tinta de su brazo, me dije: «¡Qué narices!».

Sin pensar en lo que hacía, o en lo raro que podía resultar para cualquier persona que nos mirara, agarré su brazo con las dos manos y lo giré para poder leer las palabras.

—Esfuérzate una y otra vez. No cedas una pulgada hasta que suene el pitido final —leí en alto y sonreí—. Veo que estás decidido a darlo todo.

Hasta mis oídos llegó la risa de Matt.

—Siempre. Este año no voy a parar hasta que ganemos a Princeton. Hasta que ganemos la Frozen Four —dijo con voz decidida y llena de pasión.

Apenas llevaba viéndolo una semana entrenar, pero sabía que sus palabras estaban cargadas de verdad. Supe que lo daría todo. Supe que tenía ante mí a un hombre que no se rendía de forma fácil, y me encantó. Admiraba a las personas que luchaban por mejorar. A las personas que se esforzaban cada día, incluso cuando no les apetecía. Incluso cuando no era fácil hacerlo.

—Estoy segura de ello.

Solo por la sonrisa llena de satisfacción que me lanzó al decirle aquello, sentí que había merecido la pena cada cosa que había hecho ese día hasta llegar allí, frente a él.

Capítulo 8

la modestia es una virtud muy importante

—¿Qué estás haciendo? —preguntó la voz de Matt a mi lado, sobresaltándome.

Este hombre iba a matarme en cualquier momento. Si supiera lo nerviosa que me ponía… aunque la verdad fuera dicha, me estaba acostumbrando a estar con él.

Solo el darme cuenta de ello me daba miedo.

Me había asustado porque no le había escuchado acercarse. Lo que no era extraño, teniendo en cuenta que tenía los dos oídos tapados.

Me quité uno de los cascos para poder hablar con él.

—Estoy en una videollamada con mi mejor amigo, Dan —le respondí.

Matt se sentó a mi lado en las gradas. Todavía faltaba media hora para que empezase el entrenamiento de esa tarde.

Ahora que estábamos a punto de empezar los partidos, los chicos entrenaban por la mañana y por la tarde la mayoría de los días.

—Quiero conocerlo —me anunció cogiendo el casco que me había quitado y poniéndoselo en la oreja—. Hola, soy Matt —dijo saludando al móvil.

Acercó su cabeza tanto a la mía para poder ver bien el teléfono, que sentí las puntas de su pelo acariciar mi mejilla, y me estremecí.

—Yo soy Dan, el mejor amigo de Sarah —se presentó mi amigo.

—Me parece que te has equivocado, porque yo soy su mejor amigo —le respondió Matt con una sonrisa socarrona que me hizo poner los ojos en blanco. Era tan tonto.

Desconecté mientras ambos discutían sobre cuál de los dos era mi mejor amigo. Lo cual, teniendo en cuenta que conocía a Dan desde antes de aprender a hablar, era un poco ridículo, pero no me quejé.

Tener tan cerca a Matt, con el olor a jabón de su pelo, entremezclado con el suyo propio, envolviéndome, hizo que me sintiera en la gloria.

Tuve ganas de inhalar fuerte para poder absorber la mayor cantidad posible dentro de mí, pero me contuve. Estaba segura de que quedaría demasiado raro y no me apetecía acabar encerrada en una institución mental.

Pero es que olía de maravilla... Me relajaba y encendía a partes iguales.

Sentí una necesidad que apenas pude contener de pedirle que me envolviese en sus brazos, en su olor...

Me aparté de él. Lo mejor sería poner algo de distancia entre nosotros.

Mi convicción de estar lejos duró poco, ya que, durante el entrenamiento, Matt se dedicó a molestarme diciéndome que no me atrevía a competir contra él para ver cuál de los dos era más rápido.

Por supuesto, sabía, por la sonrisa de suficiencia que se le ponía en la cara, que pensaba que me iba a machacar, pero yo estaba segura de que no. Solo por la forma ruda en la que patinaba, sin una técnica depurada como la mía y el tamaño de su cuerpo, que era gigantesco, sabía que no iba a poder hacerlo.

Me negué todas y cada una de las veces que lo planteó.

No quería entrar en su juego.

Pero, la cuarta vez que me lo propuso, consiguió tocar mi orgullo.

Maldije por haber caído en sus provocaciones.

Puñetero Matt, había conseguido lo que quería.

No sabía cómo lo hacía para sacar siempre a la superficie lo que menos me gustaba mostrar de mí misma.

Prácticamente estaba rumiando en medio de la pista. Maldiciéndome porque no le debería resultar tan fácil picarme. O eso era lo que me había repetido al menos dos veces antes de que consiguiera retarme.

Miré una vez más a la pista de hielo, al circuito de obstáculos que habíamos creado, y me pregunté una vez más cómo habíamos acabado así.

—Como te lesiones, mi tío me va a matar —le dije.

—¿Tienes miedo, pequeña? —me preguntó con una sonrisa torcida. Eso, y su manera de hablarme, hicieron que el estómago se me llenase de mariposas. Era absurdamente encantador—. Si me dices que estás asustada, paramos. Todavía estás a tiempo —ofreció cargando de burla cada una de sus palabras. Dejando claro que lo que quería era competir conmigo, y que no quería que me echase atrás.

—Tengo miedo por ti, porque te vas a hacer daño. No estás acostumbrado a patinar con delicadeza. Lo entiendo. Pesas por lo menos una tonelada y eres más de repartir tortas que de esquivar. Créeme, no eres rival para mí —repliqué en un tono firme, con la mirada fija en él.

Sus ojos brillaron llenos de fuerza, de diversión. El muy capullo estaba disfrutando de nuestro reto como un enano. Pues bien, iba a borrarle esa sonrisa de la cara.

La prueba consistía en atravesar toda la pista de un lado a otro, esquivando los obstáculos que serpenteaban a lo largo del hielo.

Habíamos hecho, con la ayuda de todos los jugadores del equipo, dos carriles iguales. El reto consistía en llegar al otro lado y ser el primero en lanzar el disco a la portería.

Nos pusimos cada uno delante de su carril en posición y, cuando Erik tocó el silbato, salimos disparados.

Al principio, podía ver por el rabillo del ojo como Matt se mantenía a mi lado esquivando obstáculos, pero, a medida que recorríamos los metros, se fue alejando cada vez más de mí.

La emoción que sentía por estar ganándole y la tensión de no cometer un error burbujeaba en mi interior. Me sentía viva y llena de energía, aunque traté de concentrarme y de no perder de vista mi objetivo que era ganar a toda costa.

Cuando estaba cerca de terminar mi carril y llegar a la portería, escuché a lo lejos una maldición y el sonido inconfundible de un cono golpeando el hielo.

Sonreí.

Matt había tirado un objeto.

Llena de emoción, me agaché para recoger el *stick* sin perder un solo segundo. Moví el palo y golpeé el disco justo antes de que Matt llegase a mi lado.

¡Había ganado!

Cuando el disco entró en la portería todos estallaron en vítores.

Alguien —no pude ver quién fue— me levantó en alto y, para cuando me quise dar cuenta, estaba sobre sus hombros y me llevaba patinando por la pista mientras el resto de los integrantes del equipo daban vueltas a nuestro alrededor.

—¡Eres la hostia, tía!

—Menuda paliza le has dado.

—¿Dónde has aprendido a patinar así?

—¿Es verdad que eras patinadora profesional?

Se juntaron un montón de voces y un montón de preguntas a la vez.

No fui capaz de responder a una sola. Me sentía pletórica. Me encantaba que me tratasen como a uno más de los chicos, de los que sería parte del equipo durante algunos años.

Me encantaba sentir que encajaba y que me tenían en cuenta.

Pasado un rato, me bajaron al suelo y se fueron acercando para darme la mano.

—Quiero intentarlo yo también —me pidió Erik.

—Claro —le respondí encantada—, pero ya sabes que no tienes nada que hacer.

—Eres malvada, pero quiero que me lo demuestres.

—Ponte a la cola. Yo también voy a probar.

—Y yo.

A esas peticiones se acabaron sumando muchas más.

No tenía pinta de que fuésemos a acabar pronto.

Paseé la vista por la pista y vi que Matt estaba cerca. Me observaba como si me viera por primera vez. Había algo en su mirada que había visto pocas veces antes en una persona que me conocía: admiración y respeto.

Se acercó a mi lado acortando a grandes zancadas la distancia que nos separaba sobre el hielo y se plantó delante de mí.

—Me has dejado impresionado.

—Me lo voy a tomar como un halago.

—Lo es —respondió con firmeza acercándose todavía más a mí. Haciendo que me sintiese mareada. Su cercanía conseguía eso.

—Parece que ahora gracias a ti tengo que competir con todos los chicos del equipo.

—Tranquila, si me has ganado a mí, ninguno de ellos se te va a resistir.

—La modestia es una virtud muy importante. Deberías probar a usarla alguna vez.

Hasta mis oídos llegó su profunda carcajada arrancándome una sonrisa, haciendo que el estómago se me llenase de nervios.

—Igual algún día lo pruebo. ¿Vas a ir a la fiesta de la hermandad esta noche?

Me quedé pensando durante unos segundos. Ellen y Amy habían hablado durante días de la fiesta e insistiendo en que las acompañase, pero les había dado largas. Tenía demasiada materia por estudiar. Pero, el saber que Matt estaría allí hizo de pronto que la idea de acudir fuese más atractiva. Tenía que vivir la vida universitaria.

¿Era realmente estar en la universidad si no acudías a fiestas?

—Puede que me pase.

—¿Quieres que te vayamos a buscar? —se ofreció, consiguiendo de nuevo que me sintiese integrada.

Hacía que todo fuera sencillo a su lado, y sintiera que se preocupaba por mí.

—Creo que voy a ir con las chicas.

—¿Con tu compañera de cuarto? Ellen, ¿verdad? —preguntó entrecerrando los ojos como si se estuviera esforzando por recordar su nombre.

—Sí, con ella y su novia —le contesté sonriendo.

—Nos veremos allí, entonces.

—Sí, ahora voy a ir a machacar al resto del equipo —dije y le guiñé un ojo antes de alejarme patinando.

—¡Estás guapísima! —exclamó Ellen aplaudiendo cuando salí del baño, ya cambiada de ropa.

—Tiene razón, Sarah. Así vestida no se te van a resistir.

Me reí, antes de pasarme las manos por encima de la falda vaquera, alisando una inexistente arruga.

Me sentía demasiado avergonzada de que me dijesen que estaba guapa. No estaba acostumbrada a ello. Mi mejor amigo era un hombre y, aunque me apoyaba, nunca se fijaba en esas cosas. Era refrescante tener amigas femeninas. Me habían puesto las cosas muy fáciles desde que las había conocido.

Por alguna extraña razón, que no me hacía mucha gracia, me pregunté si Matt pensaría que estaba guapa cuando me viera.

—Gracias, chicas —les respondí ruborizándome.

—Déjame que te peine el pelo. Lo deberías de llevar suelto para cambiar. Salir un poco de la rutina del moño.

Resoplé haciendo que ambas se rieran, pero, aun así, accedí. Y eso que tener el pelo suelto hacía que me sintiese incómoda, pero leches, había que desmelenarse de vez en cuando. Salir de nuestra zona de confort.

Miré a mi lado de la habitación, a los libros de Medicina que estaban colocados de forma ordenada sobre el escritorio. Debería estar estudiando, no yendo a una fiesta, pero puestos que ya había decidido que acudiría, gracias a la pregunta de Matt, iba a pasármelo lo mejor que pudiera.

—Siéntate en la silla —me pidió Ellen señalando la que tenía en su escritorio.

Me acerqué a donde me había indicado y me senté sin oponer resistencia.

La verdad era que me apetecía que me peinase.

La última persona que lo había hecho había sido mi madre.

Mierda, no quería pensar en ella justo en ese momento. Quería pasarlo bien con mis amigas, disfrutar de la vida universitaria, y no estar pensando en lo que había perdido.

Me recompuse y, durante unos segundos, me quedé callada disfrutando del momento. Con seguridad, ese fuera el motivo por el que mi cabeza se puso a pensar de nuevo en Matt.

Sonreí recordando nuestra conversación de cuando le había ganado.

—Tengo curiosidad —pregunté después de mucho pensarlo y sabiendo que no era buena idea—. ¿Quién es la novia de Matt? Es que nunca la he visto.

—Qué pillina... —me dijo Ellen subiendo y bajando las cejas de forma divertida.

—No es lo que piensas —respondí.

—No he dicho que piense nada —se excusó divertida lo que hizo que todavía me diese más vergüenza.

Le saqué la lengua.

—Es solo curiosidad. Sé que tiene una novia, pero nunca la he visto. ¿No se supone que deberían estar juntos? Desde luego, tú no te separas de Amy —señalé con una sonrisa maliciosa devolviéndole la pulla—. A veces no tengo muy claro cuál de las dos comparte habitación conmigo.

Amy, que estaba tumbada sobre la cama observando como Ellen me secaba el pelo, se rio de nuestro intercambio.

Seguimos bromeando, divirtiéndonos mientras las tres terminábamos de prepararnos.

Me alegré de haber desviado la atención de mi pregunta, aunque me hubiera quedado con la duda. Era solo cuestión de tiempo que lo descubriera.

No tardamos mucho en salir de la residencia.

Caminamos por el campus despacio, disfrutando de la noche.

Tardamos poco tiempo en llegar a la casa de la hermandad en la que se celebraba la fiesta.

Nos acercamos a la entrada.

La puerta estaba entreabierta, pero nos quedamos paradas antes de entrar porque había cola.

Salté de un pie al otro impaciente. Estaba nerviosa, con el estómago lleno de mariposas.

Miré hacia el interior de la casa por la ventana que tenía más cerca. Vi un recibidor abierto desde el cual se podía ver una gran sala y un trozo de cocina. El sitio era muy espacioso y bonito.

Miré a todos los lados llena de curiosidad, tratando de absorberlo todo, hasta que un golpe me devolvió al presente, y centré mi atención en la persona que tenía al lado.

—Mira, Sarah —me dijo Ellen dándome un codazo en el costado.

—Au... —me quejé.

Pero Ellen actuó como si no me acabase de golpear, como si fuera lo más normal hacerlo.

—¿Ves a la chica que está con Matt?

Seguí con la mirada la dirección en la que apuntaba su dedo sin ningún tipo de disimulo y la vi.

—Sí —respondí observándola. Era una chica que había ido algunas veces a los entrenamientos. También la había visto un par de veces a la salida, aunque no habíamos hablado mucho. Sabía que era amiga de los chicos.

—Pues esa es la novia de Matt.

—¿Qué? —pregunté incrédula.

Me giré para mirar a Ellen, para evaluar si se reía de mí, pero, cuando lo hice, solo vi sinceridad en sus ojos. No me vacilaba.

—¿Estás segura de que es ella? —pregunté—. ¿La chica rubia que está a su derecha? —insistí solo para estar segura de que hablábamos de la misma persona, porque no me cuadraba que fueran una pareja.

No de la forma desentendida que actuaban el uno con el otro.

—Sí. Llevan juntos toda la vida.

Su respuesta me dejó sin palabras. No añadí nada más. ¿Qué sentido habría tenido? Tampoco es que fuera mi problema.

Cuando llegó nuestro turno de entrar en la casa, lo hicimos sin pedir permiso, como si fuera lo más normal del mundo. Desde luego, esa era una de las cosas a las que tendría que acostumbrarme.

Estaba aburrido.

Le di un trago al botellín de agua que tenía en la mano. No me gustaba beber durante la temporada, ya que te jodía el juego, y saludé con un gesto de cabeza a un estudiante con el que compartía algunas clases.

No recordaba cómo se llamaba.

La música dentro de la casa estaba tan alta que resultaba molesta.

Estaba de mal humor. Me di cuenta de ello cuando me quejé de lo oscuro que estaba todo en mi fuero interno.

Dios..., parecía mi padre. Él nunca estaba a gusto con nada.

Tenía que relajarme. Estaba en una fiesta. Mis amigos estaban bebiendo y riéndose. Macy estaba a mi lado, hablando con su grupo de amigas. Todo el mundo a mi alrededor parecía estar pasándoselo bien. ¿Por qué yo no podía hacer lo mismo?

Me dije que debía esforzarme por pasármelo bien.

Me acerqué a la pista donde algunos de mis amigos estaban bailando y traté de concentrarme en ellos, pero pronto me distraje.

Seguí paseando la vista por el salón y de nuevo me encontré mirando hacia la puerta.

¿Cuánto iba a tardar en venir Sarah? Quizás debería mandarle un mensaje para asegurarme de que lo hacía. O mejor, iría a su residencia y la traería hasta aquí. Me apetecía estar con ella. Era mi mejor amiga, y tenía algunos derechos. Entre ellos, poder disfrutar de su compañía cuando lo necesitaba.

Y ahora la necesitaba.

Esta fiesta estaba siendo un muermo.

Volví a dar otro trago a la botella de agua y me forcé en escuchar a los chicos que estaban hablando entre ellos al borde de la pista improvisada de baile.

Cuando escuché al aguzar el oído que estaban hablando de las chicas que bailaban en la pista, puse los ojos en blanco. Parecía que no sabían pensar con otra parte del cuerpo que no fuera su polla.

—Sois unos aburridos. ¿Es que no sabéis hablar de otra cosa que no sea de tías?

—Tú sí que eres un aburrido. Que lleves con la misma tía desde que descubriste para qué tenías una polla, no quiere decir que nosotros no nos podamos fijar en todas —dijo Erik divertido.

Tenía una réplica mordaz en la punta de la lengua, que hubiera sido la réplica más inteligente que esa panda de tarugos habría oído en la vida, pero no llegué a pronunciarla en alto, porque justo en ese mismo instante se abrió la puerta de la casa llevándose toda mi atención.

Sonreí encantado cuando vi a la compañera de cuarto de Sarah, porque eso significaba que ella también acababa de llegar.

Cuando Sarah atravesó la puerta de entrada, tardé unos segundos en reconocerla. No había duda de que era ella. Su forma de moverse era la suya propia, las curvas de sus piernas, su cuerpo... pero tenía el pelo alrededor de la cara y comprendí, mientras me tropezaba con mis propios pies, que esa era la primera vez que la veía con el pelo suelto.

Por algún extraño motivo, el corazón se me aceleró en el pecho.

—Voy a saludar a Sarah —le dije a Macy, que hizo un gesto de asentimiento con la cabeza indicando que me había escuchado, antes de seguir hablando con sus amigas.

Después, me acerqué emocionado a la puerta a grandes zancadas.

La quería presentar a todo el mundo. Quería que viera la casa, que bailase... Quería enseñárselo todo.

Ahora empezaba la fiesta de verdad.

—Buenas noches, chicas —les dije cuando llegué a su lado.

—Buenas noches, Matt —respondieron al unísono.

Divertidas, empezaron a reírse todas a la vez.

Se me dibujó una sonrisa enorme en la cara reflejo de la de ellas. Me sentía muy a gusto.

—Si lo llegamos a preparar, no nos sale tan bien —comentó Amy.

—Y tanto.

Nos quedamos mirándonos en silencio.

—¿Os importa que os la robe un rato? —pregunté a Amy y Ellen.

—Para nada —contestó Amy sonriendo ampliamente—. Nosotras nos podemos entretener muy bien solas —añadió mirando divertida a su novia.

—Me alegro de no ser imprescindible para vosotras, chicas. Muchas gracias, eh... —contestó Sarah fingiendo estar ofendida, pero sus ojos brillaron llenos de diversión.

Lo que hubiera dado por ser yo el que pusiera ese brillo en sus ojos.

Agarré la mano de Sarah y le enseñé toda la casa. Luego le presenté al resto de mis amigos que no eran del equipo.

Cuando terminamos de hacer todo eso, la llevé hasta la cocina para que tomase algo.

—¿Qué te apetece beber? —le pregunté señalando el frigorífico.

—Con un botellín de agua me vale.

Su respuesta me sorprendió y me gustó.

—Eres de las mías, entonces. Yo tampoco bebo durante la temporada. ¿Cuál es tu excusa? —me interesé con curiosidad.

Sentía curiosidad sobre cada uno de los pensamientos que pasaban por su cabeza.

—Que es jueves. Dentro de unas horas tenemos clase de nuevo. Tengo una carrera que sacarme. No puedo estar bebiendo.

—Suena como una excusa poderosa —le contesté riendo.

—Lo es.

Nos quedamos mirándonos durante unos segundos en silencio antes de que Sarah volviese a hablar. Segundos que me hubiera gustado ser capaz de alargar.

—Voy con las chicas —dijo y seguí su mirada hasta ellas.

Estaban en la pista de baile junto al resto de sus amigas.

—Nos vemos luego —indiqué con una sonrisa.

—Nos vemos —respondió levantando la palma de la mano para despedirse antes de marcharse.

La seguí con la mirada hasta que se reunió con Amy y Ellen.

Una vez que lo hizo, fui a reunirme yo también con los chicos.

Fue curioso cómo, desde que la vi por primera vez en la fiesta, me resultó imposible apartar los ojos de ella. Era como si fuera la persona que más brillaba en la estancia, como si tuviera sobre ella un foco que la hacía destacar por encima del resto.

Sentía curiosidad por escuchar cada una de las palabras que sa lían de su boca.

Sarah era en sí misma un misterio. Una caja cerrada que yo ansiaba abrir.

Desde el momento en el que la había conocido, me había parecido muy interesante. Siempre anhelando saber más de ella, pero, cuanto más la conocía, más se incrementaba esa sensación. Nunca habría imaginado que tener una mejor amiga se sentiría tan intenso.

No lo era con el resto de mis amigos.

Incluso había empezado a plantearme que no había conocido a nadie con el que tuviera una afinidad tan grande, una conexión tan profunda… Esa era la única explicación a cómo me sentía cuando la tenía cerca.

Después de la lección que me había dado esa tarde en la pista de hielo, después del entrenamiento, mi respeto y admiración por ella todavía se había incrementado.

Cuando sentí que alguien me agarraba del brazo, aparté los ojos de Sarah y me centré en regresar al presente.

—Perdona, ¿qué decías? —pregunté. No había oído ni una sola palabra de lo que me había dicho.

—Te decía que me apetece bailar un rato —repitió Macy en un tono claramente molesto.

—Claro —le respondí a pesar de que no me apetecía lo más mínimo, pero no quería que se cabrease.

Ese era el primer día que nos veíamos más de tres minutos seguidos en la última semana. No tenía tiempo entre los entrenamientos y los estudios para pasarlo con ella.

Capítulo 9

Tráfico de galletas

Cuando sentí qua alguien se sentaba frente a mí en la mesa del Starbucks, levanté la vista.

Por mi mente se pasó la estúpida pregunta de quién se iba a poner en la mesa junto a mí si apenas conocía a nadie en esta ciudad.

Debería de haber sabido quién era.

Cuando, al levantar la vista, encontré dos ojos azules empequeñecidos por la enorme sonrisa que esbozaba, pensé en lo estúpida que había sido por no pensar en él lo primero. Pero es que no me esperaba que también estuviera cerca de mí fuera de la pista.

—Eres una chica difícil de encontrar —me dijo con un brillo divertido en los ojos. Supe, sin que tuviera que aclarármelo, que se sentía orgulloso por haberme encontrado—. ¿Qué haces?

Miré frente a mí, sobre la mesa, donde tenía extendido una decena de apuntes, un bloc de notas, bolígrafos, y estaba escribiendo en el ordenador.

Cuando levanté la vista y la volví a enfocar sobre él, se estaba riendo.

Era muy obvio lo que hacía.

—Estoy estudiando.

—Genial.

Levanté las cejas y lo observé mientras se ponía la mochila sobre las piernas.

La abrió, sacó el ordenador y unos libros de dentro. Los dejó sobre la mesa y me miró. Parecía que se iba a quedar a estudiar conmigo.

Suspiré cuando se levantó para ir a comprar un café para él, ya que le dije que yo no quería. Tenía casi lleno el mío.

Durante la siguiente hora estudiamos muy a gusto, cada uno concentrado en lo suyo.

La actitud de Matt me sorprendió muy gratamente. Me encantaba que fuera bromista y divertido, pero que fuese serio para lo que era realmente importante.

Estiré la mano para coger un trozo de galleta, pero, cuando alcancé el plato en el que me la habían servido, no encontré más que la nada.

Sin levantar la vista moví la mano por el plato, pero seguí sin alcanzarla.

Cuando escuché la risa ahogada de Matt, lo miré.

Estaba riéndose con ganas. Tratando de contenerse, no sabría precisar si para no montar un escándalo en la tranquila cafetería llena de estudiantes, cosa que dudaba porque a Matt le daba igual lo que pensasen el resto de las personas de él, o lo hacía para no enfadarme; también lo dudaba porque parecía disfrutar muchísimo de molestarme.

—¿Te has comido la galleta, Matt? —le pregunté con un tono asesino.

—No, ¿por qué dices eso? —preguntó jugando, mintiendo de forma descarada.

—Tienes migas en la comisura de la boca —le dije fulminándole con la mirada.

Matt sacó la lengua por el borde de su boca y lamió las pequeñas migas que se le habían quedado allí.

Mientras miraba sus labios, el estómago me dio un vuelco y estuve a punto de que se me escapase un gemido.

«Maldito Matt».

—Entonces, igual sí que me la he comido —contestó sonriendo—. Pero es que estaba muy buena —dijo como si aquella fuese la excusa definitiva.

—Te voy a matar —le indiqué.

—No puedes matarme. Soy la estrella de nuestro equipo. Soy el capitán —señaló bromeando con la sonrisa más graciosa que le había visto esbozar nunca.

—No creo que nos cueste mucho encontrar a otro para el puesto —respondí con una carcajada.

Matt se puso serio fingiendo estar dolido, pero el gesto solo le duró unos segundos, ya que justo en ese momento empezó a sonar su reloj.

Miré a la pantalla llena de curiosidad y sonreí cuando leí lo que ponía: «Entrenamiento».

Me pareció adorable que tuviera una alarma puesta para que le avisase. Estaba absolutamente segura de que jamás se había olvidado de uno.

—Tenemos que irnos a entrenar —me informó levantándose de la silla emocionado y empezando a recoger.

Martes

Después de nuestra última clase de la mañana, Ellen, nuestras compañeras de Medicina y yo, fuimos a la cafetería para almorzar.

Cuando llegamos, Amy ya tenía la mesa en la que comíamos todos los días cogida.

Después de que se saludasen con mucho cariño y efusividad, demostrándonos a todos los que no teníamos pareja que el amor existía, fuimos a comprar nuestra comida antes de volver a sentarnos.

Almorzamos tranquilas, hablando sobre las clases, de chicos y de cualquier cosa que nos apetecía. Estaba muy a gusto.

—¡Oh, Dios! —Escuché exclamar a Annie y levanté la cabeza para observarla—. No miréis, pero creo que el equipo de *hockey* se dirige hacia nosotras.

Un murmullo de voces excitadas comenzó en la mesa segundos antes de que a nuestro alrededor empezaran a sentarse los jugadores del equipo. Enormes y ruidosos jugadores de *hockey*.

Miré a las chicas, que dejaron de hablar, mientras se lanzaban miradas divertidas y llenas de sorpresa.

Supuse que era algo extraño que el equipo de *hockey* se sentase a comer con ellas.

Me olvidé del resto de personas cuando Matt se acomodó frente a mí.

Me miró con su sonrisa marca de la casa: enorme, sincera y preciosa. Una sonrisa que hacía que me costase pensar.

Lo observé fijamente. Esto de verlo fuera de los entrenamientos era algo que parecía que había venido para quedarse. No sabría decir por qué, pero me daba la sensación de que estaba a gusto a mi lado.

—Buenos días, chicas —saludó antes de ponerse a comer como si sentarse frente a mí en la cafetería fuera algo que hacía todos los días. O algo que pensase hacer.

Se escucharon diferentes saludos de vuelta.

Barrí la vista por la mesa para observar que todos los jugadores que acaban de sentarse comían tranquilos y felices.

Unos minutos después, el resto de las chicas comenzaron a relajarse y empezaron a aparecer pequeñas conversaciones.

—Tengo algo para ti —me dijo Matt cuando terminó su comida. Justo cuando había empezado a relajarme.

—¿Ah sí? —le pregunté sorprendida sin poder evitarlo.

Cuando Matt se agachó para rebuscar en su mochila lo observé llena de curiosidad.

A los pocos segundos se incorporó llevando en la mano el envoltorio de una galleta de Starbucks, igual que la que se había comido la tarde anterior.

La galleta estaba envuelta en una bolsa de plástico y era tan grande que ni siquiera las enormes manos de Matt pudieron impedir que viera lo que era.

Sonreí divertida.

—Veo que te gusta, eh... —me dijo tendiéndome el envoltorio con una sonrisa enorme y satisfecha.

—Me encanta —reconocí alargando la mano para cogerla, pero, antes de que mis dedos pudieran tocarla, la retiró de mi alcance —. ¡Oye! ¿Qué haces? —le pregunté.

—Compartirla contigo —respondió rasgando el plástico y sacando la dulce maravilla.

Le observé mientras la partía en dos cachos y me tendía uno de ellos.

—Debería comérmela sola, ya que ayer te terminaste la mía. — Pero, a pesar de mi queja, agarré la mitad que me tendía.

—Compartir es vivir. A mí desde luego me sabe mucho más rica si la comparto contigo —me dijo haciendo que el corazón me hiciese una tonta pirueta en el pecho.

Me dejó sin palabras.

Miércoles

Salía tan rápido de clases que, antes incluso de poder procesar que algo se había cruzado en mi camino, choqué con alguien.

—Lo siento —murmuré una disculpa sin molestarme en mirar con quién me había golpeado.

Daba lo mismo. No tenía tiempo para nada. Necesitaba continuar mi camino.

—Sarah —me llamó la voz divertida de Matt desde algún lugar por encima de mi cabeza.

Le miré.

—Ah…, Matt. Hola —le saludé y comencé a andar—. No tengo tiempo. Solo tengo media hora para comer, y después tengo que ir corriendo a la biblioteca a estudiar un rato antes de que empiece el entrenamiento.

—Lo sé. Por eso estoy aquí.

Sus palabras llenas de diversión hicieron que me parase de golpe.

—¿Qué? —le pregunté. Estaba segura de que no le había escuchado bien.

—Tengo la solución a tu falta de tiempo. Se me ocurrió ayer, cuando lo comentaste en el entrenamiento. He traído un par de bocadillos —dijo levantando la bolsa de papel que llevaba en la mano y agitándola.

No la había visto hasta ese mismo momento.

El corazón se me apretujó y levanté la vista para mirarlo emocionada. Dios, ¿qué estaba haciendo este hombre conmigo? ¿Por qué me hacía sentirme de esta manera? ¿Por qué se preocupaba así por mí?

—Matt… —dije y traté de encontrar las palabras adecuadas entre tanta emoción—. No tenías por qué hacerlo.

—En eso estás equivocada. Sí que tenía que hacerlo. Eres mi mejor amiga y me gusta cuidar de ti —indicó caminando hacia un banco que estaba en uno de los laterales del camino.

Lo seguí. Actuaba tan normal, como si no acabase de decirme algo tan bonito.

Nos sentamos en el banco de medio lado, el uno frente al otro.

Matt colocó la bolsa entre nosotros.

Lo observé sacar los bocadillos.

Me tendió uno y después de sacar el suyo, lo clocó en el banco frente a él, para poder seguir rebuscando en la bolsa.

No pude evitar la sonrisa divertida que se me dibujó cuando lo vi sacar una galleta gigante de Starbucks más dos cafés.

—Has pensado en todo —dije para halagarle.

—Siempre lo hago —respondió guiñándome un ojo.

Esa tarde, mucho tiempo después de que nos separásemos, todavía pensaba en el precioso gesto que había tenido conmigo.

Todavía pensaba en él.

La mesa donde nos habíamos sentado a comer los últimos días estaba ocupada, lo que me hizo sentir inquieta.

Antes de ir a comprar nuestra comida, reservamos una de las que estaban en la esquina opuesta.

Cuando nos sentamos a comer miré el reloj. Todavía quedaba más o menos media hora para que Matt y los chicos llegasen, pero, aun así, no pude dejar de lanzar miradas a la puerta solo por si acaso aparecían antes.

Estaba llevándome a la boca un trozo de zanahoria cuando los vi atravesar la puerta del comedor.

Observé a Matt mirar a la mesa de siempre y, al ver que no estábamos, su sonrisa se deslizó de su cara.

Sin pensar en lo que estaba haciendo, me levanté de la silla, alcé el brazo y le llamé:

—¡Matt! —dije y dos cosas sucedieron a la vez.

Una, él giró sorprendido la cabeza hacia el lugar desde el que le había llamado esbozando una sonrisa de satisfacción gigantesca; y otra, yo bajé el brazo y me senté preguntándome cómo había acabado de esa manera. ¿Cómo había acabado llamándolo cuando siempre me había estado quejando de que era una molestia?

Fue en ese momento exacto cuando comprendí que había traspasado una de mis barreras.

Cuando entré en la cafetería, lo primero que hice fue mirar hacia la mesa de siempre. La decepción me golpeó con más fuerza de la que habría creído posible al no verla allí sentada.

—¡Matt! —Escuché decir mi nombre, giré la cabeza en dirección a la voz y, antes de hacer contacto con ella, supe que era Sarah.

Sonreí encantado. Lleno de felicidad, porque ambos supimos en ese instante que me había metido debajo de su piel.

Noté que la sonrisa de felicidad no se me borraba de la cara ni siquiera cuando estaba eligiendo la comida.

No todos los días tu mejor amiga se daba cuenta de que estaba en el mismo barco que tú.

—Gracias por avisarme —le dije lleno de diversión, solo para picarla, cuando me senté frente a ella en la mesa del comedor.

—Me ha parecido mal que comieseis solos —indicó tratando de mantener su fachada.

—Venga, Sarah... ¿Por qué no reconoces que no puedes vivir sin mí?

—Porque no es cierto —contestó riendo.

—Venga..., por lo menos reconoce de una vez que soy tu mejor amigo.

Sus ojos brillaron con diversión, pero no me contestó, aunque tampoco lo negó.

Algo era algo, y no iba a quejarme por pequeño que fuera el gesto.

Sarah era mucho más dura de lo que había creído en un principio, pero, si de algo me había dado cuenta en este tiempo, era de que me encantaba ir descubriéndola poco a poco.

Caímos en una ligera charla sobre la universidad, y disfruté de cada bocado de comida en la mejor compañía.

—Tengo algo para ti —anunció ella cuando terminé comer.

Lo miré fijamente y lleno de curiosidad. Sobre todo, cuando me di cuenta de que sus pómulos se teñían de un ligero rubor.

Seguí con mi mirada cada uno de sus movimientos con una extraña sensación de mareo, mientras Sarah rebuscaba en su mochila.

Cuando a los pocos segundos sacó una galleta perfectamente envuelta en su plástico, no pude parar la carcajada que se escapó de mi cuerpo.

Toda la gente de la mesa y de la cafetería nos miraba, pero no podía importarme menos.

—¿Acaso me estás dando una galleta?

—Sí —contestó ella con decisión y los labios apretados. Un gesto que solo hizo que me enterneciera más.

—¿Esto es porque soy maravilloso?

—No —respondió con una sonrisa bailando en sus labios—. Es por lo de ayer. Gracias a ti me dio tiempo a comer y a descansar un rato.

—Eso es lo que hacen los amigos.

—Por eso mismo te he traído una galleta, porque es lo que hacen los amigos.

Por algún extraño motivo, el corazón dejó de latirme cuando dijo esas palabras, para luego empezar a hacerlo a toda leche.

—Esto parece tráfico de galletas —dije guiñándole un ojo.

—Tienes razón.

Saqué la dulce y deliciosa galleta de su envoltorio, y la partí por la mitad antes de tenderle uno de los cachos a Sarah.

—A medias —indiqué.

—A medias —repitió.

Jueves noche

Antes de entrar en el vestuario, me di cuenta de que esa tarde me había dejado la camiseta en el banquillo, cuando me la había quitado porque me la había mojado al beber.

Cuando llegué al pasillo desde el que se veía la pista, vi pasar a toda pastilla una figura.

Sonreí. Era Sarah.

Me acerqué con sigilo para que no se diese cuenta de que estaba allí, ya que quería darle un susto. Me hacía mucha gracia cuando daba respingos.

Cuando estuvo en mi campo de visión, me apoyé contra una pared y la observé.

Sarah patinaba de un lado a otro muy rápido, agachándose para recoger los conos del hielo en el segundo exacto en el que llegaba hasta ellos. Algunas veces hacía cambios bruscos de dirección, con giros impresionantes.

La observé fascinado. No podía apartar los ojos de ella. No recordaba ni siquiera lo que me había llevado hasta allí. Sentía algo en el fondo de mi cabeza gestándose. Tenía el estómago lleno de nervios, de una tensión que apenas me dejaba estar quieto. Sentía la necesidad de entrar a la pista y patinar con ella, de agarrar su mano y que girase conmigo. De apartar los mechones de su pelo que se habían escapado de su moño…

Pero algo me tenía paralizado en el sitio, apoyado como un pasmarote contra la pared, con la boca seca.

«¿Qué estaba haciendo Sarah conmigo?».

Capítulo 10

Cosas que siempre había soñado tener

Matt

No había pegado ojo en toda la noche.

Desde que me había tumbado bocarriba en la cama al llegar a casa, mi cerebro había sido un hervidero de imágenes, de preguntas, de respuestas y anhelos.

No podía dejar de pensar una y otra vez en Sarah patinando sobre el hielo con esa precisión y elegancia mientras recogía el material. En cómo me había ganado en nuestra competición la semana anterior; a mí y al resto del equipo.

No podía sacar de mi cabeza el movimiento de su pelo suelto cuando habíamos estado en la fiesta.

En lo mucho que me gustaba estar con ella.

Nunca había sentido una conexión tan instantánea con nadie.

Ella me relajaba, me hacía sentir bien, pero, a la vez, me retaba y me hacía desear ser mejor.

«Si solo pudiese patinar como ella...».

Cuando ese pensamiento se cruzó durante la madrugada por mi cabeza, ya no pude pensar en otra cosa, porque todo se volvió claro en mi cabeza. Era como si hubiera pasado años a oscuras y alguien hubiera encendido la luz de repente, para que pudiera descubrir el mundo.

Necesitaba que Sarah me enseñase a patinar con esa soltura y rapidez para ser mejor que mis rivales.

Ella era la clave para que este año ganásemos la Frozen Four.

Cuando me desperté esa mañana, vi que tenía un mensaje de Sarah en el móvil diciéndome que no iba a ir ese día antes del entrenamiento a la pista. Estaba muy cansada de la noche anterior y que, si no descansaba lo suficiente, no podría rendir en las clases.

En otro momento me habría parecido una putada, pero ese día me pareció un puto regalo del cielo. Eso me daría un precioso tiempo para poder prepararlo todo.

Salí disparado de casa para poder comprar un café antes de que Sarah se levantase.

Fui hasta el Starbucks más cercano y le compré una galleta, de la que por lo menos dejaría la mitad, y su café favorito.

Con mi ofrenda y un plan en la cabeza, me acerqué a grandes zancadas hasta su residencia.

Estaba decidido a convencerla de que me entrenase. Estaba seguro de que no sería tan difícil, ya que Sarah era una buena persona y yo era su mejor amigo.

Nada podía salir mal.

Cuando salimos al descansillo, yo para ir al entrenamiento y Ellen para ir a desayunar a una cafetería que le gustaba mucho, escuché una gran cantidad de murmullo. La gente estaba exaltada, hablando emocionada los unos con los otros.

—¿Por qué está tan alterada la gente? —le pregunté a Amy llena de curiosidad.

Acababa de llegar para recoger a Ellen.

—No tengo ni idea —dijo poniéndose de puntillas para tratar de ver por encima de la gente.

La imité, pero, con mi escasa estatura, no conseguí nada.

—Ya sé lo que les pasa —indicó emocionada, riéndose a los pocos segundos.

Antes de que pudiera abrir la boca para preguntarle qué era lo que sucedía, la gente frente a nosotros se separó y, entre ellos, vi aparecer la alta y rubia figura de Matt.

Él era el que estaba revolucionando a todo el mundo. El capitán del equipo de *hockey*.

Puse los ojos en blanco. Ni que fuera un príncipe o algo así. Era una persona normal y corriente. Pero, a pesar de lo que pensaba del resto de personas, cuando lo vi caminar en nuestra dirección, el estómago me hizo una pirueta.

«Puñetero Matt».

—Buenos días, chicas —nos saludó con una sonrisa resplandeciente.

—No sé si quiero saber qué es lo que estás haciendo aquí —le dije mirándolo con desconfianza.

—Yo sí que quiero saberlo —señaló Amy encantada—. Me encantan los culebrones.

—Venga, cariño —dijo Ellen agarrándole de la mano con cariño, antes de tirar de ella—. Vamos a dejar que hablen de sus cosas a solas.

Gemí internamente. Eso había sonado demasiado mal. El comentario, sumado a la forma en la que nos miraban todos los que estaban a nuestro alrededor, hizo que comenzara a ponerme un poco nerviosa.

—Te he traído café.

—Gracias —le respondí cogiéndolo.

Daba igual la situación, ya que nunca le decía que no a un café.

—¿Vamos al entrenamiento? —preguntó en un tono suave y conciliador que consiguió que me pusiera todavía más alerta.

Matt no preguntaba. Él daba por hecho. Así era desde el mismo momento en el que lo había conocido.

—Me estoy empezando a agobiar, Matt. ¿Qué es lo que quieres? —pregunté mientras bajábamos las escaleras.

—Te lo diré cuando acabes el café.

—No, me lo vas a decir ahora —exigí sin demasiada determinación.

—¿Crees que estoy loco? No pienso proponerte nada hasta que no te haya hecho efecto el café.

—El café no va a hacer que consiga relajarme.

—Pues yo estoy seguro de que sí. Es tu favorito. Con mucha crema —dijo sonriendo.

Miré por el hueco de la tapa del vaso de cartón y, por supuesto, no vi nada. Eso no impidió que encogiese los hombros y le pegase un buen trago. Estaba delicioso.

—Sabía que te iba a gustar —comentó haciendo que un hormigueo me recorriese el estómago.

Me emocionaba que me conociese.

Fuimos hablando todo el trayecto hasta que llegamos a la pista de hielo.

Todo el rato metiéndonos el uno con el otro.

Estaba tan distraída que, hasta que Matt no se paró justo antes de la puerta por la que se accedía a la zona de vestuarios, no me volví a acordar de que había venido a buscarme a mi residencia para algo.

—Necesito que me ayudes —pidió colocándose frente a mí, poniendo su mejor cara de niño bueno.

—Vale. ¿Qué necesitas? —le pregunté, pero, por mucho que me estrujé el cerebro, no se me ocurrió nada en lo que Matt pudiera necesitar mi ayuda.

—Esta noche, mientras estaba en la cama, he estado pensando en el día que hicimos la competición y me ganaste. Eres muy rápida y escurridiza.

—Lo soy —lo interrumpí disfrutando de mi momento de gloria.

Me gustaba demasiado parecerle buena patinando. Me gustaba más de lo que era correcto, porque tenía novia.

—Necesito que me enseñes a patinar así —pidió.

—¿Qué? —No podía haberle escuchado bien.

—Te digo que quiero que me entrenes. Quiero que me enseñes a patinar como lo haces tú.

—No.

Mi respuesta sonó tajante, porque, bueno, porque lo era. No iba a volver a entrenar. Había sacado eso de mi vida hacía tiempo.

Sin añadir nada más, me giré y caminé hacia el interior de la pista.

—Espera, Sarah. —Escuché decir a Matt, pero no me molesté en esperarle.

No tenía la más mínima intención de hablar sobre lo que me pedía. No tenía ninguna intención de escucharle.

No era una persona que aceptase un no por respuesta. No cuando había algo que quería de verdad.

Esa mañana Sarah se había librado de mí tan fácilmente porque su reacción me había sorprendido.

Pero iba a volver a la carga.

Tenía claro que no iba a parar hasta conseguir que me entrenase. Necesitaba que lo hiciera. Lo había visto claro. Su forma de patinar iba a marcar la diferencia en mi juego.

Así que, esperé paciente a que llegase la hora perfecta para volver a pedírselo.

Cuando supe que estaba en un sitio en el que le resultaría casi imposible escapar de mí. Un sitio en el que no querría llamar la atención.

Llevaba más o menos media hora estudiando cuando escuché revuelo.

Levanté la cabeza sorprendida del libro que subrayaba. Era mucho más allá de inusual que se escuchara algún tipo de alboroto en la biblioteca. La máxima del silencio era algo que se respetaba con rigor.

Cuando levanté la mirada para cotillear qué era lo que pasaba, lo último que esperaba era verle a él.

Lo prometo.

Lo último que me esperaba era que viniera también a la biblioteca a buscarme.

Iba a matarlo.

Me había venido a refugiar aquí, sintiéndome a salvo.

Lo que Matt me había pedido esa mañana no era algo que me apeteciese hacer. Ni tampoco era algo sobre lo que quisiera hablar.

Odiaba reconocer que había pensado durante más tiempo del que hubiera querido en lo que me había pedido. Se me habían pasado todo tipo de respuestas por la cabeza.

Decidí ignorarle. ¿Qué era lo peor que se le ocurriría hacer en una biblioteca? Estaba segura de que ni él se atrevería a hablar aquí. No montaría un espectáculo.

Estaba equivocada.

Cuando escuché el cuarto sonido procedente de las estanterías situadas a mi izquierda, comprendí que, si no quería montar un escándalo y que nos echasen de la biblioteca, tenía que hacerle caso.

Pero eso no quería decir que no pudiese darle guerra.

Giré la cabeza para mirar en su dirección y esperé a que nuestros ojos hicieran contacto para estrecharlos sobre él y fulminarle con la mirada.

Como era habitual en Matt, no tuvo ni siquiera la decencia de inmutarse.

Simplemente me hizo un gesto con la mano para que me acercase.

No es que me hiciera mucha gracia hacerle caso, pero la realidad era que no podía acercarse a la mesa y ponerse a hablar conmigo como si estuviéramos en el parque. Esto era una biblioteca. Una biblioteca de una universidad importante. Un lugar sagrado.

Incluso los alumnos nos comerían si les molestábamos.

Caminé con estudiada lentitud solo para tratar de molestarle un ápice de lo que él me molestaba a mí.

Cuando estuve a un brazo de distancia, estiró las manos y me acercó rápido hacia él.

Ahogué un grito cuando me choqué con su cuerpo.

—Bruto —susurré propinándole un golpe en el pecho que, a juzgar por todos los músculos que palpé, ni siquiera notó.

—Necesito que me entrenes —pidió muy bajo solo para que pudiera escucharle.

—¿No me digas? —contesté mirándole mal.

—Venga, Sarah. ¿Sabes lo lejos que podría llegar si aprendo tu forma de patinar? Es algo que nuestros contrincantes no se esperan.

—No. No voy a hacerlo, Matt.

—Pero ¿por qué, Sarah? Lo necesito. Pídeme lo que quieras a cambio —dijo y comprendí que era algo que de verdad deseaba.

Le había visto trabajar con dureza. Esforzarse cada día. El *hockey* era su pasión y, por algún extraño motivo que no alcanzaba a entender, se le había metido en la cabeza que podría ayudarle a mejorar. Quería ayudarle… De verdad que quería, pero a la vez me aterraba hacerlo. Ya no era una patinadora profesional. No quería serlo.

—No entiendes lo que me estás pidiendo, Matt.

—Entonces, explícamelo. —Sus palabras fueron casi una súplica que hicieron que mi corazón se apretara.

No sabía qué tenía este hombre para conseguir conmoverme de esta manera. No sabía qué era lo que tenía que hacía que quisiera explicarle todo lo que sentía, lo que albergaba en lo más profundo de mi corazón. Conseguía que me abriese a contarle sentimientos y pensamientos en los que ni siquiera, cuando estaba a solas, me permitía pensar. Hacía que pensase que de verdad quería saber cómo me sentía. Me hacía sentir que yo y mis sentimientos éramos importantes para él. Me hacía anhelar cosas que no podía tener. Cosas que siempre había soñado con tener.

—Estar en el hielo, volver a patinar de forma profesional, me hace daño por dentro. Me hace pensar en mi madre.

—No te estoy pidiendo que vuelvas a patinar de manera profesional. Nunca haría eso —añadió con cara de asco, como si le pareciese una aberración hacer algo que me hiciera daño, lo que hizo que el corazón se me calentase todavía un poquito más. Llegados a ese punto casi no sabía cómo era capaz de conseguir pasar el aire a través del nudo que tenía en la garganta—. Solo quiero que me enseñes a moverme tan rápido como tú lo haces. Quiero aprender a hacer esos movimientos tan fluidos y delicados que haces —la forma en que lo dijo, con la voz baja y la mirada fija, hizo que me ruborizase—. Pero si hacerlo te hace sentirte mal, olvídalo.

—Matt... —lo llamé para que volviese a mirarme. Había apartado la vista de mí y se comportaba de forma tímida—. Quiero ayudarte. Tienes razón. No sería lo mismo a que fuese yo la que entrenase.

Su sonrisa se hizo gigante y pensé que, solo por eso, había merecido la pena aceptar.

Se agachó para ponerse a mi misma altura haciendo que me diese un vuelco el corazón.

En esa posición nuestros rostros estaban alineados. Podía sentir su aliento sobre mis labios.

Me controlé para no cerrar los ojos, para que el latido de mi corazón se relajase. Tenía miedo de que pudiera oírlo, por lo cerca que estaba de mí.

Cuando sus ojos se desviaron a mis labios me dio un vuelco el corazón.

Iba..., ¿iba a besarme?

Matt metió las manos por debajo de mis axilas y me levantó emocionado antes de dar una vuelta completa conmigo en brazos.

—Muchas gracias. Eres la mejor amiga del mundo.

Me reí por lo tonta que había sido.

Amiga. Solo era una amiga para él.

Estaba bien. De verdad que lo estaba.

Él tenía novia y yo quería a alguien para el que fuera su prioridad.

Matt era... Matt.

Me gustaba mucho, pero, por desgracia, no era para mí.

Había entrado en mi vida hacía poco tiempo, pero se había metido hasta dentro.

Me daba la sensación de que le conocía desde hacía años.

—Dejen de hablar o les expulsaré de la biblioteca —dijo la bibliotecaria que se había acercado hasta donde estábamos.

—Joder… —soltó Matt dando un respingo de forma cómica—. Te juro que no la he escuchado llegar.

—Si no hubieran estado hablando, señor Ashford, seguro que lo habría hecho.

Puse los ojos en blanco. ¿Es que toda la universidad le conocía? Lo que me faltaba era que encima se creyese una estrella.

—Ya me marcho —anunció levantando las manos con las palmas hacia la bibliotecaria, fingiendo inocencia.

Antes de desaparecer de la vista, me guiñó un ojo.

Solo pude contener la sonrisa que brotó de mí hasta que estuvo de espaldas.

Volví a la mesa, desbloqueé el ordenador, ya que se había bloqueado por tanto tiempo de inactividad, y me centré en las células que estudiaba en ese momento.

Nada de pensar en lo que me hacía sentir Matt cuando lo tenía cerca.

Antes de ser consciente de lo que hacía, me encontré en la calle caminando a lo que era sin lugar a duda la residencia de Sarah.

La conversación que habíamos mantenido en la biblioteca me había dejado con una sensación extraña.

Estaba contento porque hubiera accedido a ayudarme, pero, por otra parte, me sentía mal de forzarla a que hiciese algo que no quería. Algo que le haría daño.

Sumido en un torrente de pensamientos repetitivos, llegué a su residencia.

Saludé al cuidador de la entrada y subí las escaleras.

Una vez estuve delante de su cuarto, llamé con los nudillos.

Después de unos segundos, la puerta se abrió.

Cuando lo hizo, me recibió la oscuridad. Solo era interrumpida por destellos de luz, que supuse procedían de una pantalla.

Sarah se colocó delante de mí y levantó la vista para poder mirarme a los ojos.

Sonreí.

El moño que siempre llevaba en la cabeza se le había descolocado tanto que estaba casi en el lado derecho de su cabeza y una decena de mechones color caramelo se escapaban de él formando tirabuzones que rozaban su cuello, orejas e incluso su nariz.

Era un lío precioso.

Me dieron ganas de estirar la mano y quitárselos, pero, por la manera en la que me observaba, supe que no sería buena idea y me abstuve de hacerlo.

—Hola, Matt —dijo cuando tardé unos segundos en hablar—. ¿Qué haces aquí? —preguntó extrañada escrutándome con la mirada.

—¿Es que necesito alguna excusa para venir a ver a mi mejor amiga? —le respondí en un tono juguetón.

Solo con estar delante de ella ya me sentía mucho mejor.

Lo vi poner los ojos en blanco y sonreí.

—Estoy viendo una película con Dan.

—¿Con Dan? —pregunté extrañado mirando sobre la cabeza de Sarah, hacia el interior de la habitación, ya que la última noticia que tenía sobre él era que estaba en Washington.

Escuché la risa de Sarah, lo que me distrajo de mi búsqueda, y me hizo sonreír a mí también.

—Sí, con Dan. Estamos viéndola en videollamada.

—¡Ah! Eso lo explica todo.

Di un paso para acceder al interior de la habitación rodeándola y me acerqué a la cama.

—Me imagino que vas a entrar. —La escuché decir justo antes de que se cerrase la puerta de la habitación.

Decidí evitar su comentario.

Por supuesto que iba a entrar. Había ido hasta allí para estar con ella. Debería tener tiempo para los dos.

Por el rabillo del ojo vi cómo Sarah se acercaba.

Llegó a mi lado y se sentó en la cama antes de coger el portátil, para ponérselo sobre las piernas. Tiró del cable de los auriculares y los desenchufó.

—Tú otra vez. —Escuché decir a Dan.

—Vete acostumbrándote a mí —le contesté levantando las cejas con soberbia—. ¿Qué estamos viendo? —pregunté sentándome en la cama y golpeando con el culo a Sarah para que me hiciese hueco a su lado.

—*La viuda negra.*

—Oh... vamos —protestó Dan—. ¿Vas a dejar que este deportista nos interrumpa? No se va a enterar de nada. Llevamos media película.

—Soy muy bueno imaginándome cosas. No hace falta que te preocupes por mí, bonito.

—Ya os vale a los dos. Dejad de comportaros como niños. Tú —dijo señalando a la pantalla—, solo llevamos cinco minutos de película. —Una enorme sonrisa se formó en mis labios mientras miraba con chulería a Dan—. Y tú —me clavó el dedo en el pecho y, por algún extraño motivo, me estiré para parecer más grande—, si das guerra te marchas a tu casa.

—Ni siquiera te vas a enterar de que estoy aquí.

—Lo dudo. —Escuché murmurar a Dan, pero lo ignoré.

Estaba seguro de que eso le molestaría todavía más.

Me eché más hacia atrás en la cama y Sarah se sentó a mi lado.

Puso la película y me mantuve en silencio.

Después de unos cinco minutos, por mucho que traté de estar quieto, no pude.

Estaba incómodo.

Seguro que tumbado estaría mucho mejor.

Levanté el portátil de la cama, me estiré apoyando la cabeza en la almohada y me coloqué el ordenador sobre el estómago. Esto era otra cosa.

—Ven aquí —le dije a Sarah levantando el brazo para que se tumbase sobre mi pecho y que ambos pudiéramos ver la película.

—No lo estás diciendo en serio.

—Claro que sí. ¿Por qué te parece mal?

—¿Quieres que me tumbe encima tuya?

—¿Tú sabes lo a gusto que vas a estar?

—¿Queréis callaros de una vez? Me estoy perdiendo la mitad de la película —dijo la voz de Dan a través del ordenador.

—Vamos —apremié a Sarah—. ¿No querrás que el niño bonito se enfade?

Ella sonrió divertida y, sin pensárselo mucho, se tumbó sobre mi pecho.

De repente, un olor a flores y un calor, que hizo que se me cerrasen los ojos, me envolvió.

Joder... Una sensación de plenitud, como si no me faltase nada en el mundo, me atravesó.

Nunca había sentido nada parecido.

No cabía la menor duda de que Sarah estaba destinada a ser mi mejor amiga.

Desde que la conocía era mucho más feliz e incluso sentía que era capaz de hacer cualquier cosa.

Me coloqué otro cojín debajo de la almohada para poder ver la pantalla por encima de su cabeza.

Después de eso, me dediqué durante más tiempo a ver su cara apoyada sobre mi pecho, la forma en la que la luz dibujaba sus pómulos, su nariz, sus labios..., que a ver la película.

Solo podía pensar en que no quería que ese momento acabase nunca.

Una especie de zumbido empezó a recorrerme por completo, y llenar la habitación.

Los dedos me picaban con la necesidad de acariciarla.

No podía dejar de darle vueltas a todo.

La conversación que habíamos tenido en la biblioteca regresó a mi cabeza con más fuerza todavía.

No podía aguantar más lo que estaba sintiendo. El agobio que tenía en mi cabeza.

No había visto más de dos minutos seguidos de película.

Estiré la mano, que no tenía colocada sobre la cintura de Sarah, y apagué el micrófono para que Dan no pudiera escucharme. Esto era algo entre nosotros dos.

—Si lo que te he propuesto esta tarde te hace daño, no quiero que lo hagas —le susurré en el oído.

Mis palabras estaban cargadas de preocupación y sinceridad. Necesitaba transmitirle lo cierto que era, ya que no quería que hiciera nada que le provocara daño de ninguna manera.

Sarah movió la cabeza sobre mi pecho para mirarme y, no sabría decir si era por el efecto de la luz del ordenador en sus ojos, pero tenía un brillo que me hizo pensar que mis palabras le habían emocionado.

—Quiero hacerlo. Quiero ayudarte a cumplir tu sueño. —Pasaron unos latidos de corazón entre nosotros en los que no dejamos de mirarnos—. Aunque no sé si seré capaz de conseguir que absorbas todo mi talento —añadió antes de estallar en carcajadas.

Su risa flotando en el ambiente disipó toda la tensión que había sobrevolado la habitación.

Le pellizqué el costado para hacerle cosquillas. Se removió y casi me dio un codazo.

—¿Vais a parar quietos? —Se escuchó de pronto decir a Dan—. Me estáis distrayendo.

—Vamos a callarnos, que si no vamos a enfadar al pequeño Dan —le dije bromeando a Sarah.

—Venga, Dan. No te enfades. Ya vamos a estar tranquilos —le indicó Sarah, encendiendo de nuevo el micro.

Antes de volver a acomodarse en mi pecho, me lanzó una mirada que me hizo saber que, si volvía a interrumpir la película, sufriría toda su furia.

Tuve que contenerme para no hacerlo solo por el placer de molestarla.

Después de un tiempo —no sabría precisar si pasaron segundos, minutos u horas—, terminé quedándome dormido con Sarah en mis brazos.

Capítulo 11

No es un tiburón. Es tu padre

Había dormido de maravilla. Demasiado bien, a decir verdad.

Si el día anterior alguien me hubiera preguntado si en una cama de un metro por dos se podía dormir bien con un hombre del tamaño de Matt, hubiera respondido que no, pero, después de la noche anterior, cuando nos dormimos viendo la película con Dan, debía decir que, además de posible, había sido maravilloso.

No solo había estado muy a gusto y calentita entre sus brazos, sino que encima me había sentido protegida. ¿Qué demonios me pasaba con este hombre?

Me levanté de la cama.

Ya se estaba enfriando la zona en la que había dormido Matt.

Fui al baño y me lavé los dientes.

Cuando volví al dormitorio, mientras caminaba hacia el armario para coger la ropa que iba a ponerme, llamaron al timbre de la puerta. Cambié de rumbo y fui a abrir.

—No tengo mucho tiempo —dijo Matt en el mismo segundo en el que abrí la puerta de la habitación.

—¿Qué haces otra vez aquí? Son las ocho de la mañana de un sábado, Matt. —Pero, a pesar de mi reproche, me aparté a un lado para dejarle pasar. Me gustaba que estuviera allí.

—Pero si ya estás despierta.

—¿De verdad?

—No seas malvada. Soy tu mejor amigo. Necesito un poco de comprensión.

—Vaaaale —le respondí alargando mucho la a.

—Esta noche tengo una cena familiar y necesito que me acompañes.

—No.

«¿Es que estaba loco?».

—Por favor, Sarah. Te lo suplico.

—Entiendes que este es el segundo favor gigante que me pides en dos días, Matt. ¡Dos días! —recalqué levantando dos dedos delante de su cara y haciendo énfasis en cada una de las palabras que decía—. ¿Cómo es eso posible siquiera?

—Lo entiendo, pero si fuese al contrario, yo también lo haría por ti.

—Ya, pero es que yo no te he pedido nada.

—Todavía. Pero, antes de que te des cuenta, me vas a necesitar y voy a estar ahí —dijo poniendo su mejor cara de inocente—. Prometo que, si no me dejas solo ante los tiburones, te llevaré café todos los días al entrenamiento. El mejor café de Starbucks cada mañana.

No pude evitar sonreír con aquello. Matt sabía cómo comprarme y lo sabía muy bien.

Lo que desconocía era que, con una simple petición sincera, me tenía más que dispuesta a ayudarle. Pero no pensaba decírselo.

No iba a darle semejante poder sobre mí. Nunca. Ni en mil años. A él mucho menos que a nadie. Él, que empezaba a tener el poder de destrozarme.

—No es un tiburón. Es tu padre.

—Eso lo dices porque todavía no lo conoces. Y recalco lo de *todavía*, porque esta noche lo vas a conocer.

—Entiendes que esa respuesta no me alienta precisamente a ayudarte, ¿verdad?

—Sarah... —suplicó haciendo pucheros.

—Eres como un niño grande —le contesté rodando los ojos y fingiendo que me molestaba, cuando lo cierto era que me estaba divirtiendo.

Pero más me divertía hacer que se pusiera tenso. Molestarle.

—Eso quiere decir que vendrás, ¿verdad? —preguntó con sus ojos brillando, llenos de esperanza.

Fingí pensármelo durante unos segundos, aunque quedó claro que Matt no estaba por la labor de permitírmelo.

Se agachó frente a mí y juro que supe lo que se proponía segundos antes de que lo hiciera, pero ya era demasiado tarde.

Me agarró entre sus brazos, me lanzó sobre su hombro y, antes de que pudiera reaccionar, me había lanzado sobre la cama y estaba encima de mí acribillándome a cosquillas.

—¡Para, para! —grité a duras penas tratando de hacerme entender entre las carcajadas.

—No hasta que accedas a ir conmigo.

—Está bien, está bien... —accedí.

Matt me hizo cosquillas durante unos segundos más antes de parar.

Justo en ese momento la puerta de nuestro cuarto se abrió y apareció Ellen con el pelo mojado y ropa de calle.

Se quedó parada durante unas décimas de segundo observándonos y, por la cara que puso, comprendí que estaba tratando de deducir qué coño era lo que hacíamos en la cama, y qué hacía Matt tumbado sobre mí.

Digamos que ahora que no me estaba haciendo cosquillas la estampa, no hablaba muy bien de nosotros. No cuando Matt tenía una novia.

—Me hacía cosquillas —expliqué e hice una mueca por lo cutre que había sonado esa excusa.

Pero, a mi favor, debía decir que por lo menos me había molestado en dar una explicación, no como Matt que seguía todavía sobre mí, como si lo que estuviéramos haciendo fuese lo más normal del mundo.

—Sabes… —empezó a decir Ellen sonriendo de oreja a oreja—, hace unas semanas habría flipado con que Matthew Ashford —pronunció su nombre de manera exagerada, haciendo un gesto con ambas manos en el aire, como para darle todavía más fuerza— estuviera en nuestro cuarto y tú estuvieras en la cama debajo de él. Pero, viéndoos actuar durante las últimas semanas, ya nada me sorprende entre vosotros dos. Estáis los dos igual de locos. Sois tal para cual.

Sentí el pecho de Matt retumbar de la risa pegado al mío, segundos antes de que el sonido de sus carcajadas llegase a mis oídos.

Su reacción, su sonrisa y la diversión que vi reflejada en su cara me enternecieron.

La verdad es que se había hecho un hueco gigantesco dentro de mi corazón.

Me quedé mirando su impresionante, angulosa y perfecta cara, y sus ojos azules que eran más hermosos que el océano. Y eso era decir mucho, ya que el mar me encantaba.

—Gracias por acompañarme esta noche. No por nada eres mi mejor amiga —indicó guiñándome un ojo, sin que yo hubiera aceptado hacerlo en ningún momento.

Cuando se levantó de encima de mí, me sentí agradecida de poner distancia entre nosotros. Apenas podía respirar y no tenía nada que ver con el peso de su enorme y musculoso cuerpo, y sí con su personalidad arrebatadora.

—Esta noche, después del entrenamiento, vamos a casa de mis padres.

—Claro —acepté solo para no seguir alargando la conversación y que se marchase.

Necesitaba poner mis pensamientos y mi cuerpo bajo control.

—Maravilloso —dijo lanzándome una sonrisa que estaba segura de que haría que más de un ser humano se desmayase, y se dio la vuelta para marcharse de la habitación—. Nos vemos, Ellen —añadió antes de cerrar la puerta tras de él.

Cuando lo hizo, dejé caer la cabeza sobre la cama y miré al techo como si lo que hubiese allí me fuese a ayudar.

«Joder...».

—Estás en problemas, Sarah —comentó Ellen divertida.

No me molesté en darle la razón. Tenía muchos más problemas de los que ella se podía imaginar.

Esa tarde era nuestra primera sesión de entrenamiento particular.

En vez de ir juntos, habíamos quedado a las cinco de la tarde en la pista.

Para cuando llegué a las cuatro y media, Matt ya estaba allí.

A juzgar por cómo se pegaba el pelo a sus sienes y por la rojez de su cara, llevaba entrenando desde hacía un rato.

En ese momento estaba haciendo lanzamientos a la portería.

Me deslicé por la pista con zancadas largas para estirar los músculos porque, aunque ya no era una atleta profesional, no podía permitirme una lesión. No cuando mi trabajo dependía de que pudiera ayudar a mi tío en los entrenamientos. Aunque sabía que él estaba más que dispuesto a darme todo el dinero que pudiese necesitar y mucho más, la cuestión era que yo no quería. Me gustaba ser capaz de cuidar de mí misma.

—Buenas tardes —le dije cuando llegué a su lado.

Seguí con mi rutina de calentamiento. Agachándome y levantándome.

—Llevo un rato esperándote —comentó con una sonrisa traviesa.

—Habíamos quedado a las cinco, y son las cuatro y media —le contesté alzando las cejas mientras me agarraba una de las piernas y la estiraba hacia atrás.

—Cuando dijiste que podías quedar a las cinco, di por sentado que vendrías antes.

—He venido antes.

—No lo suficiente. Llevo más de una hora entrenando solo.

—No me lo puedo creer, eres un desagradecido —empecé a responderle muy mosqueada hasta que vi que se reía de mí.

Dio dos zancadas y me agarró por la cintura para levantarme.

—No te enfades, pequeña. Te estoy vacilando. He venido a entrenar un rato con Erik y he decidido quedarme en la pista hasta que vinieras.

—Bájame —le ordené golpeándole el pecho—. Tengo muchas cosas más importantes que hacer que venir a ayudarte a ti. Como, por ejemplo, estudiar para un examen que tengo la semana que viene.

—Lo sé, lo sé… No te pienso bajar hasta que me perdones por vacilarte. Estoy muy agradecido de que me ayudes. No sabes cuánto. —Me observó para ver si por mi cara podía deducir si estaba más tranquila, pero, a pesar de que lo estaba, me esforcé porque no se me notase. Quería hacerle sufrir un poco más por lo que me había dicho—. Eres la mejor del mundo.

Ante ese comentario no pude evitar que se me escapase una sonrisa.

—Si quieres que lleguemos a casa de tus padres, tienes que bajarme para que podemos entrenar.

Matt se quejó ante mi recordatorio.

—¿Por qué tenías que hablar de eso con lo feliz que estaba en mi estado de negación?

—Deja de quejarte y vamos a ponernos manos a la obra.

—Voy a beber agua y vuelvo. Quiero aprovechar cada segundo de los que estemos juntos. Te lo juro —prometió antes de salir disparado hacia el banquillo para beber de su botella.

Sabía que estaba hablando de los entrenamientos, pero eso no evitó que mi corazón se acelerase encantado por sus palabras. Mi corazón que no era capaz de ver la realidad de la situación y se lanzaba a querer sin miedos, y sin conocimiento.

Cuando Matt regresó, empecé a explicarle en lo que iba a consistir el entrenamiento de ese día.

Solo por el interés con el que me escuchaba, me di cuenta de que enseñarle iba a ser muy fácil. Quería aprender y creo que no existía una fórmula más potente que esa.

De nuevo, me sorprendió su constancia y dedicación. Su política de trabajo y grado de implicación. Aunque a esas alturas, la verdad era que no debería haberlo hecho. Su implicación era uno de los motivos que había hecho que me decidiese a ayudarle. Sabia que lo daría todo, que se implicaría al doscientos por ciento, porque sabía que era algo que de verdad quería.

Esa tarde, Matt repitió los ejercicios de forma incansable una y otra vez hasta que consiguió que le salieran perfectos. Era quizás demasiado exigente.

Tomé nota mental para enseñarle menos ejercicios en cada sesión para que no terminase esforzándose demasiado. Cuando dominase uno, pasaríamos al siguiente.

Un par de horas después, di por terminado el entrenamiento de ese día.

—Perfecto, entrenadora —me contestó con una sonrisa juguetona cuando se lo dije.

Se dio la vuelta sin añadir nada más y la verdad es que me quedé descolocada porque pensaba que iba a darme guerra para que siguiésemos un rato más.

Sorprendida, miré su espalda mientras se dirigía hacia el banquillo. Se agachó y le vi revolver entre sus cosas.

Observé todo el proceso llena de curiosidad. No tenía nada que ver con que me gustase mirarle.

—Hay algo que quiero hacer —dijo acercándose a mí con el teléfono en las manos—. He estado viendo tus vídeos de las competiciones.

—¿Por qué harías eso? —le pregunté horrorizada y avergonzada.

—¿Qué? —me devolvió él—. Quería ver lo que hacías, y he de decir que estoy francamente impresionado. Eras muy buena.

La sincera admiración que escuché en sus palabras hizo que me pusiera roja. Podía sentir el calor emanando de mis pómulos e incluso podía sentir cómo la sangre caliente fluía toda en esa dirección.

—Gracias. —Pensé en añadir que él también era muy bueno jugando al *hockey*, pero sentí que estaría sacado de contexto.

No me lo había dicho para alabarme. Esa frase estaba dicha con un fin. No sabía si sentía más miedo o curiosidad por saberlo.

—Después de ver tus vídeos, en YouTube no me salen más que recomendaciones de patinaje artístico. Así que todas las mañanas suelo desayunar viéndolos. Hay un vídeo de una pareja de patinadores que me flipa —indicó y me puso el móvil delante de mí.

Los dos miramos la pantalla atentamente. Uno muy cerca del otro y, a pesar de que el pelo de Matt me hacía cosquillas en la cara, me esforcé para concentrarme en el vídeo.

En él se veía a una pareja de patinadores hacer una coreografía espectacular, llena de saltos, giros y piruetas.

—Esto es —dijo de repente Matt justo cuando la patinadora saltaba a los brazos de su compañero y este la levantaba sobre la palma de su mano—. Esto es lo que quiero que hagamos.

Empecé a reírme por la broma hasta que, al mirar a Matt, me di cuenta de que estaba hablando en serio.

—¿Estás loco? No podemos hacer eso. No lo puedes estar diciendo en serio.

—Lo hago, y claro que podemos. Tú eres patinadora, y yo casi nací en el hielo.

—¿Tú sabes la fuerza que hay que tener en el brazo para levantar a alguien así?

—Por favor, ¿tú has visto estos músculos? —me dijo sonriendo como un idiota y levantándose la manga de la camiseta.

«Madre mía..., como si fuera algo que necesitara ver».

—Es una locura. No somos profesionales.

—Tú eres una profesional —me interrumpió.

—Yo era una profesional —le recordé haciendo énfasis en el *era*, para ver si lo entendía—. Pero nunca de esa disciplina. Siempre he patinado sola.

—Estoy seguro de que podemos hacerlo. Llevo todo el día queriendo probarlo.

—No. Si lo hacemos, nos vamos a matar —respondí tajante.

—Venga, Sarah. Va a ser divertido. Tendremos mucho cuidado —empezó a suplicar.

Le miré con los ojos entrecerrados y los labios fruncidos en una fina línea. Pero, por la forma en la que me miraba, por la ilusión que vi arder en sus ojos, supe que iba a aceptar.

Mierda. ¿Qué me pasaba con este chico que no podía resistirme ni a él ni a sus locuras?

—Como me tires al suelo, te voy a matar. Y ni sueñes con que te voy a dejar que me agarres con una sola mano.

—Sí, joder —dijo lanzando un puño en alto como si estuviese celebrando algo—. No te vas a arrepentir. Nos vamos a divertir mucho.

—Eso espero —murmuré haciendo que Matt sonriese de oreja a oreja.

Nos acercamos hasta el banquillo para deshacernos de las capas de ropa que llevábamos. Necesitábamos ser lo más flexibles que pudiéramos.

Una vez que lo hicimos, nos colocamos en el centro de la pista, el uno frente al otro.

Tomé aire y lo expulsé con fuerza para tratar de concentrarme en el ahora.

—Voy a patinar hacia ti y voy a saltar cuando esté lo suficientemente cerca. Solo tienes que cogerme de la cintura y elevarme un poco, hasta la altura de tu pecho. Vamos a hacerlo poco a poco. Lo has entendido, ¿verdad?

—Sí, señora —gritó Matt fingiendo que era su capitana con tono de burla.

Cuando empecé a patinar hacia él, todo su semblante se tornó serio, lleno de concentración. Me hizo sentirme segura al instante.

Cuando estuve en la posición exacta, salté y me recogió sin problemas, elevándome con cuidado y sin pasarse ni un centímetro del lugar que le había indicado.

Eso consiguió que confiase todavía más en él.

No era un loco descerebrado. Quería probar a hacer esto, pero quería hacerlo sin peligro, de la forma segura. Quería hacerlo bien.

Solo por eso, tenía todo mi respeto y apoyo.

Tuve que concentrarme para no deshacerme por el tacto de sus manos agarrando mi estómago. Esto era mucho más íntimo de lo que había pensado.

Cuando me dejó en el suelo con delicadeza, volví a mi posición de origen y le dije:

—Vamos a repetirlo. Solo que ahora, puedes subirme unos centímetros más alto.

Matt asintió con la cabeza y volvimos a hacerlo.

Lo intentamos una y otra vez. Cada vez un poco más alto. Cada vez un poco mejor.

Cada una de las veces que saltaba a los brazos de Matt contenía el aire, pero no por miedo a que me dejase caer. Lo que temía era a la reacción de mi cuerpo, a cómo se me aceleraba el pulso o cómo hormigueaba mi estómago.

No sabría decir cuánto tiempo pasamos así. Solo podía indicar que me divertía como hacía mucho tiempo que no lo hacía. Solo podía decir que me hacía sentir más con su cercanía, que lo que nadie me había hecho sentir nunca. Estaba mareada y llena de emoción.

—Vamos a hacerlo como en el vídeo —le propuse, llevada por la emoción del momento.

—¿Estás segura? —me preguntó Matt desde su posición en el centro de la pista.

—Segurísima —afirmé con una sonrisa.

—Tú eres la que mandas. Te elevo hasta encima de la cabeza, entonces.

—Sí.

Me estiré en el sitio un poco antes de salir corriendo en dirección hacia Matt.

Podíamos hacerlo. Estaba segura.

Salté en el sitio exacto y, cuando me levantaba en el aire, noté cómo me desequilibraba.

Supe antes de que cayésemos al suelo, que eso era lo que iba a suceder.

Traté de separarme del cuerpo de Matt para no hacerle daño al caer, pero él, por el contrario, me pegó a su pecho para protegerme.

Iba a llevarse el golpe por los dos.

Cuando caímos al suelo, escuché como el aire salía de sus pulmones, seguido de un gemido. Me moví por encima de su cuerpo para asegurarme de que estaba bien.

—Matt... —le llamé golpeándole las mejillas—. ¿Estás bien?

En vez de contestarme, volvió a gemir.

133

—Matt, joder. Me estás asustando —le dije zarandeándole esta vez.

Sentí bajo mi cuerpo como el suyo vibraba, y tardé unos segundos en darme cuenta de que se estaba riendo.

Le golpeé en el pecho y traté de quitarme de encima de él.

—Eres un idiota. Me has asustado, ¿sabes? —le eché la bronca.

—¿Quién es un idiota? —preguntó dándome la vuelta y tumbándose encima de mí.

De forma inconsciente, abrí las piernas para acunar a Matt entre ellas.

En esa posición, nuestros cuerpos estaban completamente alineados. Podía sentir su miembro sobre mi centro.

Tragué saliva.

De repente, toda la preocupación y toda la diversión que sobrevolaba en el ambiente se esfumó dando paso a otro clima más cálido.

El aire comenzó a espesarse entre nosotros.

Miré los labios de Matt cuando los separó para hablar, pero no salió ningún sonido de ellos. Sus ojos llevaban tiempo clavados sobre mis labios.

Ambas respiraciones se mezclaban entre nosotros haciéndome cosquillas en los labios.

Me sentía mareada y llena de deseo.

Matt era el hombre más guapo que había visto en la vida, y el cuerpo me vibraba lleno de anticipación.

—Yo... —dijo él por fin, y las palabras quedaron flotando entre nosotros.

Su rostro comenzó a acercarse.

—Ashford..., ¿estás ahí? —Escuchamos gritar a una voz de hombre de repente.

—Sí —respondió Matt, también gritando. Se separó un poco de mí para no taladrarme el oído al hacerlo.

—Tengo que cerrar, tío. Venga, vamos —pidió la voz del que había comprendido que era el conserje, acercándose a nosotros.

Matt apoyó los dos brazos a los lados de mi cabeza para impulsarse y levantarse del suelo.

Cuando estuvo de pie, me tendió la mano para ayudarme.

Se la cogí encantada.

En otro momento, no lo hubiera hecho, pero en ese agradecí que lo hiciera porque me temblaba todo el cuerpo, por lo cerca que había estado de mí segundos antes.

—Ah…, estás acompañado. Hola, Sarah —saludó el conserje suavizando el tono.

—Hola, Bob. Ya nos vamos —contesté.

Nunca había caminado tan rápido como ese día lo hice hacia el vestuario.

Cuando salimos de la pista nos metimos en mi coche. Puse música suave y solo hablamos cuando teníamos algo importante que decir o preguntar.

Pero no fue raro.

Estar al lado de Sarah era tan natural como respirar.

Cuando llegamos a casa de mis padres, todavía estaba tan afectado por el entrenamiento de ese día que ni siquiera estaba nervioso por la cena. En mi cabeza había demasiadas cosas bullendo como para preocuparme también por eso.

—Madre mía, Matt. ¿Cuánta pasta tienen tus padres? —preguntó Sarah agachándose dentro del coche para poder ver por el parabrisas, sacándome de golpe de mis pensamientos.

Me reí porque no pude evitarlo.

—Por eso me gustas tanto —dije—. Eres la única persona que me ha dicho eso. Algunos, cuando se enteran de que mis padres tienen mucho dinero, empiezan a tratarme de forma diferente. —Pude escuchar el resentimiento en mi propia voz.

—Normal. Es una mierda que la gente se comporte raro —comentó mirándome—. ¿Estás bien?

Su pregunta cargada de preocupación hizo que me sintiera mejor de inmediato.

—Lo estaré. De verdad, muchas gracias por venir.

—Lo hago encantada. No te dejaría solo.

Nos quedamos mirándonos el uno al otro en silencio. Notaba el ambiente cargado de una extraña electricidad.

La miré entrecerrando los ojos, tratando de descubrir qué era lo que pasaba, pero, antes de que descubriese nada, Sarah retiró la vista y se quitó el cinturón para salir del coche.

Moví la cabeza, un poco aturdido, antes de seguirla.

La cena pasó en un borrón.

Apenas presté atención ni a mis padres, ni a sus pequeños reproches.

Cuando iba camino de mi casa, me di cuenta de por qué esta noche había sido mucho mejor que las demás.

Había estado a gusto no solo porque Sarah estuviera a mi lado, que también, sino porque me había dado igual lo que mi padre pensase de mí. Me había dedicado a ser yo mismo y a disfrutar.

Capítulo 12

Esas palomitas son asesinas

> Hoy practicamos después de que acabe el entrenamiento oficial, ¿verdad?

Le di al botón para enviar el mensaje y me quedé mirando el teléfono.

Era casi mediodía, estaba en clase de Económicas y me sentía nervioso.

Tenía muchas ganas de acabar. Sentía demasiada energía acumulada dentro de mí; energía que quería quemar en la pista.

Levanté la cabeza y la clavé en el profesor.

Me felicité por haber decidido sentarme en la parte de atrás de la clase ese día. Estaba demasiado distraído y prefería que el profesor no se diera cuenta de ello. Era un amigo de mi padre y, para mi gusto, le gustaba hablarle sobre mí demasiado.

Cuando el teléfono vibró sobre mi pierna, bajé la mirada otra vez.

> Como si fueras a dejar que me librase.

Sonreí ante su respuesta.

Ya me tenía calado.

Antes de que pudiera contestarle, apareció un *sticker* de un perro cayendo al suelo con las patas hacia arriba como si estuviera muy cansado.

Mi sonrisa se hizo todavía más grande.

Me encantaba el sentido de humor de Sarah. Siempre hacía ver como que yo era un fastidio para ella, pero sabía que en realidad estaba encantada conmigo.

> Me alegro de que me conozcas tan bien.

> Como agradecimiento, te llevaré una de esas galletas gigantes de la cafetería que tanto te gustan.

> Compra dos.

> Siempre te acabas comiendo más de la mitad.

> Lo de no compartir es un detalle muy feo.

> Eres una chica mala.

> Si quieres entrenar conmigo hoy, trae dos galletas.

> Si no, vas a descubrir lo mala que puedo llegar a ser.

Cuando me llegó un *sticker* de un diablillo riéndose, no pude evitar la carcajada que salió de mi boca, y más de la mitad de la clase se giró para mirarme, por lo que tapé la risa con una tos.

Tenía que concentrarme.

Decidí guardar el móvil dentro de la mochila para evitar la tentación de mirarlo cada dos segundos. Podía aguantar la media hora de clase que quedaba sin hablar con Sarah.

Ese día el entrenamiento «oficial» se me hizo eterno.

Por más que traté de hacer memoria, no recordaba que me hubiera sucedido nunca.

Estaba ansioso por entrenar a solas con Sarah. Tenía la sensación de que esos trucos y técnicas que me enseñaba me ayudaban mucho más que los entrenamientos reglados. Estaba seguro de que ninguno de nuestros rivales esperaba que mi forma de patinar cambiase tanto. Deseaba machacar a Princeton.

Durante el entrenamiento con Sarah, me pasó todo lo contrario: se me hizo demasiado corto.

De hecho, revisé la hora un par de veces para asegurarme de que no se me había roto el reloj.

Cuando salimos de la pista ya cambiados, llovía a raudales. De una manera en la que no había visto llover en la vida. Resultaba complicado distinguir lo que había a tres metros, delante de nosotros. El cielo estaba de un negro cerrado.

—Deberíamos esperar a que pare —propuso Sarah poniéndose a mi lado debajo del techado de la pista.

—Parece el puto diluvio universal —comenté, porque es que me parecía muy fuerte cómo llovía.

—Me parece tan relajante mirar la lluvia.

—Es hipnótico.

Nos quedamos en silencio durante unos minutos observando cómo llovía, el ruido, el olor... Parecía algo mágico. Era muy calmante de observar.

—No tiene pinta de que vaya a parar muy pronto —comentó Sarah distraída.

—Pues yo estoy muerto de hambre. No puedo aguantar ni un minuto más.

—¿Has visto cómo llueve? —me preguntó señalando hacia delante como si estuviera loco.

—Lo he visto y me da igual —le dije y un segundo después salí bajo la lluvia.

A los pocos segundos estaba calado hasta los huesos. Menos mal que no hacía frío.

—Ven aquí, Matt. ¿Qué estás haciendo?

—Ven tú —le pedí—. Vamos a casa que me muero de hambre.

—No. Ni de coña. ¿Tú sabes lo lejos que está mi casa de aquí?

—Lo que quiero es que vayamos a la mía. Venga, ven.

—No. Cuando deje de llover.

—O vienes por tu propia voluntad o voy a cogerte —le amenacé y mis palabras sonaron llenas de diversión incluso para mis propios oídos.

Me miró fijamente, tratando de leer en mi cara si estaba hablando en serio o no. ¡Y vaya si lo estaba haciendo! Levanté una ceja retándola.

—Mierda —maldijo antes de salir corriendo en mi dirección.

Cuando estuvo a mi lado, la agarré de la mano, porque me daba miedo que se resbalase, y salimos corriendo.

Nuestros gritos de júbilo apenas se oían por encima del ruido de la lluvia al caer.

No solté la mano de Sarah ni un solo segundo del camino. No recordaba haberme divertido tanto en años.

Cuando llegamos a la puerta del piso de Matt, nos quitamos las zapatillas. Las dejamos en la entrada y, solo con un segundo de contacto, formaron un charco en el suelo.

Subimos corriendo las escaleras, entre patinazos y risas.

No recordaba haberme reído tanto por nada desde hacía muchísimo tiempo.

Matt abrió la puerta de su cuarto para que pasase y, una vez que estuvimos dentro, la cerró de una patada.

—Espera —me dijo antes de desaparecer por el baño.

Me quedé allí de pie, esperando a que regresase, ya que no quería mojar nada.

Miré hacia la ventana, por donde se colaba la luz de las farolas de la calle.

La habitación estaba a oscuras. Ni siquiera nos habíamos molestado en encender la luz. Todo olía de maravilla. El aroma a petricor sobrevolaba la habitación, haciendo que me sintiese feliz y a gusto. Me había encantado correr bajo la lluvia de la mano de Matt. Me gustaba demasiado estar con él.

—Déjame. Te vas a quedar helada —dijo poniéndose delante de mí.

Segundos después, sentí una toalla sobre mi cabeza y las manos de Matt masajeando mi pelo para secarlo.

Puede que fuera la cercanía de su cuerpo, el cual podía sentir tan cerca del mío que, con algunos de sus movimientos, la tela de sus pantalones rozaba los míos. Podía sentir el calor de su cuerpo atravesando mi ropa y penetrando en mi piel. Podía sentir su cuerpo calentar el mío. Puede que fuera su manera tierna de secar mi cabeza o sus palabras de preocupación susurradas porque no pasara frío, pero nunca había sentido tanto deseo por que alguien que me tocara.

Deseaba que dejara caer la toalla que separaba sus manos de mi cabeza y que las deslizara por mi cuerpo.

Tragué saliva anhelando. Sintiendo una corriente de electricidad y excitación atravesar mi cuerpo por completo.

Deseaba que recorriera los escasos centímetros que nos separaban y que se apoyara contra mí; que me envolviera en un abrazo.

Cuando sus manos rozaron mi cuello con ternura para tratar de secar también esa zona, tuve que morderme los labios para que no se me escapara un gemido.

Estaba muy excitada. Tenía los pezones duros. Todas las terminaciones nerviosas de mi cuerpo se morían por un poco de atención. Nunca había tenido más ganas de que alguien me hiciera el amor. Quería sentirle dentro de mi cuerpo.

Dios, estaba mal de la cabeza. No solo era mi amigo, sino que encima tenía novia. Eso no era para nada lo que quería en mi vida. Esa no era la manera en la que quería que me quisieran. Esa no era la forma que quería ser y, sin embargo, me moría por él.

—Estás temblando —me dijo y su voz sonó ronca, baja, haciendo que me excitase todavía más—. Tienes que quitarte la ropa para no quedarte helada.

Se separó unos centímetros de mí, lo que me permitió ver su cara gracias a la luz que entraba por la ventana de la habitación.

Tenía la vista clavada en mi pecho, en la camiseta que se adhería a mi piel.

Deslizó la toalla poco a poco por los lados de mi cuello hasta colocarla sobre mis hombros, las yemas de sus dedos rozaron todo el camino de su paso por mi piel.

Sentí como el tiempo a nuestro alrededor se detenía y todo se ralentizaba, desde nuestras respiraciones, hasta los dedos de Matt. Todo menos mi corazón que latía frenético, a punto de encontrar su paso a través de mi pecho para escaparse.

Deslizó los dedos por la abertura del cuello de mi camiseta que se había cedido por la lluvia y la empujó hacia mis hombros.

Durante unos segundos contuve el aliento.

Me estaba desnudando...

Mi corazón empezó a latirme todavía más rápido en el pecho.

Levanté la vista para mirar a Matt y lo que vi me dejó sin aliento.

Tenía las pupilas dilatadas y me miraba con intensidad. Parecía sumido en un trance. Parecía hipnotizado mirando mi cuerpo.

Le vi tragar saliva cuando la camiseta empezó a deslizarse por mis hombros.

Los encogí para ayudarle, para que esa barrera que había entre nosotros se quitase de en medio. Me sentía incapaz de pensar en nada que no fuéramos nosotros y este momento mágico. En nada que estuviera fuera de estas paredes.

Y sabía que Matt se sentía igual que yo.

De repente, la puerta de la habitación de Matt se abrió de golpe, haciendo que diese un respingo. Cuando la luz se encendió bañándolo todo, cerré los ojos para que no me hiciese daño y me tapé con la toalla.

—Perdonad —dijo Erik mirando entre Matt y yo con los ojos entrecerrados, como si estuviera tratando de descubrir qué era lo que sucedía.

Ninguno de los dos dijo nada y agradecí que Matt no tratase de poner una excusa, porque la verdad era que no había pasado nada y no quería que viese el estar conmigo como algo de lo que tenía que defenderse. Ese pensamiento hacía que me sintiera mal.

—He escuchado que habíais llegado a casa y quería preguntaros si queríais ver unas películas. Pero si estáis ocupados, no pasa nada —añadió como si quisiera darnos la oportunidad de negarnos.

Lo cierto es que nos había hecho un favor. No me atrevía a pensar en lo que habría sucedido si no nos hubiera interrumpido.

—¿Te apetece ver una peli? —me preguntó Matt.

Le miré, había recuperado su sonrisa burlona habitual. Si en algún momento había estado hechizado cuando me secaba, estaba claro que ese hechizo se había terminado.

Por más que me doliese, era lo mejor. Me encantaba estar con él. Me encantaba como amigo. Era lo único que podíamos ser el uno para el otro: amigos.

—Claro —respondí tratando de infundir entusiasmo a mis palabras.

—Genial —dijo Matt sonriendo de oreja a oreja, con las comisuras de sus ojos arrugadas—. Nos cambiamos de ropa y bajamos.

—Guay —afirmó Erik—. Os espero abajo.

Cuando la puerta de la habitación se cerró detrás de él, Matt y yo nos quedamos mirándonos durante unos segundos. Tenía que romper esa tensión como fuera.

—¿Me prestas una camiseta y unos pantalones? —le pregunté antes de que la situación se volviese todavía más rara.

Necesitaba que todo volviese a la normalidad. Necesitaba poner mi mente en el modo solo amigos de nuevo.

—Claro, pero te va a quedar gigantesco —comentó divertido.

—Oh, cállate y déjame la ropa.

Cuando Sarah se metió en el baño para cambiarse de ropa, me senté en la cama.

Las manos todavía me temblaban.

¿Qué era lo que me había pasado? ¿Qué cojones era aquella intensidad que había sentido?

No recordaba haber estado jamás tan confundido.

Me levanté de la cama, ya que no quería empaparla por completo, y me puse la ropa que había cogido para mí.

Tenía que darme prisa, porque no creía que Sarah apreciase verme en pelotas cuando saliera del baño.

Cuando estuve seco y cambiado, me senté de nuevo y mi cabeza volvió a la carga. A ofrecerme imágenes de Sarah de pie delante de mí, mojada, con la ropa pegada a su cuerpo.

Tragué saliva.

Di gracias a Dios cuando la puerta del baño se abrió y me apartó de mis pensamientos.

Giré la cabeza para mirar a Sarah y me quedé paralizado cuando lo hice.

Llevaba una de mis camisetas de dormir y un sencillo pantalón de franela, pero, a pesar de que todo le quedaba gigantesco, el pecho se me apretó de felicidad al verla vestir mi ropa.

Una sonrisa satisfecha se cruzó en mi rostro sin que pudiera evitarlo.

Me acerqué a ella y la cogí por las piernas pillándola por sorpresa, antes de echármela sobre el hombro.

—¡Matt! —gritó golpeando mi espalda—. Bájame, que no soy un muñeco.

—Pues lo pareces —le contesté divertido descendiendo ya las escaleras hacia la planta baja—. Quiero unas palomitas con caramelo.

—Si no me bajas, te va a ayudar a hacer palomitas tu... —Sus palabras se vieron interrumpidas cuando la solté de mi hombro y la dejé en el suelo de la cocina.

—¿Decías? —le pregunté burlón.

Sarah me miró con los ojos entrecerrados antes de fulminarme con la mirada.

—Si no fuera porque me muero por comer algo, te ibas a quedar sin palomitas —me dijo señalándome con el dedo —. Déjame tu móvil —ordenó abriendo la mano delante de mí.

Obediente y encantado lo hice.

Ella abrió la aplicación de YouTube y tecleó «palomitas con caramelo».

Observé sobre su cabeza cómo buscaba entre los cientos de resultados que salieron el que más le gustaba.

Después de ver por encima un par de vídeos, dijo:

—Vamos a hacer esta.

—¿Qué necesitas? —le pregunté. Quería ayudar. Quería que cocinásemos algo juntos.

—Vamos a ver... —comentó abriendo la pestaña de debajo del vídeo para que se desplegase la información con los ingredientes—: Doscientos gramos de palomitas de maíz, noventa gramos de azúcar y tres cucharadas de agua. Una cazuela y una sartén.

—A por ello —dije emocionado—. También tendríamos que hacer unos sándwiches que estoy muerto de hambre.

—Claro.

Saqué todos los ingredientes que me había pedido y la observé mientras echaba las palomitas en una cazuela.

Poco tiempo después, las palomitas empezaron a saltar y por instinto corrí a refugiarme.

—No me puedo creer que te estés escondiendo detrás del frigorífico —dijo Sarah muerta de la risa.

—Esas palomitas son asesinas —respondí—. Ven aquí que te vas a quemar. Me estás poniendo muy nervioso.

—Oh, Matt... No puedes estar hablando en serio —indicó poniendo los ojos en blanco.

—Vaya que sí lo estoy —le dije acercándome a ella y agarrándola para meterla conmigo detrás de la puerta del frigorífico.

—Suéltame, Matt —me pidió con un ataque de risa—. Estás como una cabra. ¡Tengo que poner la tapa para que no se escapen todas!

—¿Pero qué cojones estáis haciendo, locos? —preguntó la voz de Erik entrado a la cocina—. Ya decía yo que estabais tardando mucho. Menudos dos os habéis ido a juntar.

Entró a la cocina, se acercó a nosotros, cogió una cerveza y se volvió a marchar mientras nos miraba con una sonrisa divertida en la cara.

—Sois tal para cual. No tardéis en venir a la sala que me estoy aburriendo y me voy a poner la película —amenazó segundos antes de desaparecer.

146

Sarah aprovechó esa distracción para ir corriendo hasta el fuego y ponerle una tapa a la cazuela de las palomitas. Con ellas tapadas ya no parecían tan peligrosas. Solo se dedicaban a estallar en la cazuela sin molestar a nadie.

—Vas a limpiar las que hay por el suelo —me dijo riéndose.

—¿Cómo iba a pensar que tapándolas todo estaba solucionado? ¡Estaban explotando!

—Eres todo un caso, Matt —comentó, moviendo la cabeza a los lados, con un tono lleno de cariño que hizo que el corazón me aletease.

Me gustaba mucho que me quisiera. Era algo recíproco. Ya no me imaginaba un solo día sin estar con ella.

Terminamos de hacer las palomitas y los sándwiches, y fuimos a la sala para ver una película con los chicos.

Capítulo 13

Me sirve para expresarme

Decir que me sentía culpable por haber deseado a Matt la noche anterior, cuando tenía novia, sería quedarse corta.

Me sentía una persona de mierda.

Tenía que grabarme en la cabeza que Matt era solo mi amigo. Mi amigo.

Daba igual lo mucho que me gustase. Daba igual lo mucho que me hiciese sentir. Daba igual lo divertido y maravilloso que fuese.

Matt no era para mí.

Matt solo podía ser mi amigo.

Yo quería estar con alguien para el que fuera su primera opción. Para el que fuese perfecta tal y como era, y esa persona no era Matt.

¿Por qué narices le costaba tanto darse cuenta a mi corazón?

Matt tenía demasiadas cosas que le impedían tomar decisiones propias. Si me lo pidiese, le daría mi opinión acerca de lo que me parecía que dejase a su padre tomar las decisiones por él.

Lo peor de toda la situación, era que su novia ni siquiera me podía caer mal.

Era una chica encantadora, discreta y que siempre tenía una sonrisa en la cara para cualquier persona que le preguntara algo. Si fuera una bruja, todo sería más fácil. Aunque, si lo fuera, Matt tampoco estaría saliendo con ella.

Mientras me cambiaba de ropa en el vestuario, me había tomado mi tiempo para ducharme y darme crema. Tenía un millón de pensamientos en la cabeza que necesitaba analizar, pero mi teléfono comenzó a vibrar antes de iluminarse con un mensaje de Matt.

> Te estamos esperando en el aparcamiento.

> Nos vamos a cenar y a tomar algo al centro comercial.

> Hay un salón recreativo que me encanta.

> Me duele tener que ser yo la que te lo diga, pero sois un poco mayores para eso.

> No te hagas la difícil y ven de una vez.

> Te estamos esperando.

Gemí en alto porque estaba sola en el vestuario y no había nadie para escucharme.

Lo que de verdad me apetecía era irme sola a casa, quería lamerme las heridas. Había estado haciendo tiempo aposta para no encontrarme con Matt.

Habría sido sencillo, como era viernes y no teníamos clases por las tardes, habíamos aprovechado para hacer nuestro entrenamiento privado antes del entrenamiento oficial. Por eso, había pensado que ahora me escaquearía de él.

Tenía que haber sabido que nunca pasaría de mí de una forma tan fácil.

Traté de buscar una excusa convincente para librarme, pero lo cierto era que, cuanto más lo pensaba, más me apetecía pasar un rato de diversión. Lejos de las obligaciones y de los estudios.

Me apetecía estar con Matt. Lo único que tenía que hacer, era conseguir separar lo que sentía por él de la amistad. No podía ser muy difícil.

Mientras me terminaba de atar las zapatillas me dije que podía hacerlo.

Salí de la pista, caminé hasta el aparcamiento y me monté en el coche de Erik, donde Matt estaba sentado en el asiento delantero.

Entre bromas fuimos hasta el centro comercial.

—¿Qué os apetece cenar? —preguntó Matt a todos. Al ser el capitán del equipo, se le daba de maravilla llevar la voz cantante.

Nos habíamos juntado, formando un círculo en la planta superior del centro comercial, justo en el punto exacto en el que se veían todos los restaurantes.

—Hamburguesas. ¿Qué vamos a querer?

—Pues yo prefiero pizza.

—Eso es una mierda. Estoy de acuerdo con Jason, quiero hamburguesa.

—Lo mejor es que votemos, porque si tenemos que ponernos de acuerdo todos, no cenamos —dijo Matt riéndose.

Empezó el turno de votaciones y no hizo falta que nadie me explicase que no era la primera vez que decidían el lugar donde cenar de esa forma.

Cada uno dijo el restaurante que le apetecía.

No es que fuesen muy originales. La balanza estaba entre la pizza y la hamburguesa.

—¿Qué te apetece a ti, Sarah? —me preguntó Matt cuando llegó mi turno.

Iba apuntando todo lo que decía cada uno en el teléfono móvil.

—Yo prefiero italiano —dije con una sonrisa.

—¿Italiano? Sabes que nadie más ha elegido eso, ¿verdad? —me preguntó Kent con cara de alucinado.

—Lo sé —contesté riéndome.

—Entonces, ¿por qué lo eliges?

—Porque es lo que me apetece cenar.

—Pero no te va a servir de nada —insistió el cabezón.

—Me sirve para expresarme.

—Chúpate esa —le respondió Matt estallando en carcajadas—. ¿Te he dicho alguna vez que me encanta cómo eres? —me preguntó Matt en bajo al oído.

Cuando se separó de mí, pude ver que los ojos le brillaban llenos de diversión.

—No lo suficiente —le respondí esbozando una sonrisa llena de satisfacción.

Después de que todos contestásemos, Matt hizo el recuento.

Terminamos cenando hamburguesa y me sorprendió que ninguno de ellos se quejase. Parecía que tenían un sistema que les iba bien y que respetaban.

Me gustaba eso. Me gustaba estar con ellos. Hacían que me sintiera integrada.

Comían como animales. La mayoría de ellos se cenaron dos hamburguesas gigantescas.

Estuve a punto de vomitar solo de ver tanta comida.

Después de la cena, toda la tensión y todas las preocupaciones que había tenido durante el día se habían esfumado.

Fuimos al salón recreativo y lo primero que hicimos fue jugar una partida de *hockey* sobre mesa.

Fue muy divertido.

Después nos dividimos por cuartetos y fuimos a jugar a los bolos.

Esa noche me di cuenta de que Matt y yo funcionábamos a la perfección como amigos. Nos gustaban muchas cosas similares y, sobre todo, nos lo pasábamos de muerte juntos.

Les estábamos dando una paliza a los bolos a Erik y Kent.

Estábamos pasando un rato cojonudo. Me encantaba poder compartir estas noches de cervezas —batidos para mí— y juegos con los chicos y Sarah.

Me relajaba que estuviera con nosotros. Me hacía sentirme pleno. Era como que no necesitara nada más que lo que tenía en ese momento.

Cuando terminamos de jugar a los bolos, nos marchamos a la zona recreativa donde estaban las máquinas de videojuegos.

La mayoría estaban tan desfasadas y obsoletas, en comparación con las consolas modernas, que, por ese mismo motivo, tenían un encanto especial.

—¡Me gusta mucho esta! —gritó Sarah cuando vio una máquina de la que salían topos de los agujeros a los que había que golpear con un martillo de espuma.

—Vamos a jugar una partida —le dije echando una moneda para hacerla funcionar.

Pocos segundos después, la máquina cobró vida y Sarah empezó a golpear como una loca.

Su risa era contagiosa. Hacía que tuviera unas ganas locas de acercarme a ella por detrás y envolverla en mis brazos.

Me contuve de hacerlo porque no quería que fallase por mi culpa.

La verdad es que se le daba bien.

Una partida terminó convirtiéndose en un campeonato cuando el resto de los chicos se acercaron, atraídos por tantos gritos.

A mí me ponía de los hígados fallar, y al final acabamos jugando todos, celebrando un minicampeonato.

Sarah fue una de las ganadoras junto a Erik.

—Si no le dieses tan fuerte, serías más rápido —me dijo Sarah mirándome con una ceja levantada, con toda la intención de molestarme.

—Te vas a enterar de lo que es bueno —le indiqué segundos antes de lanzarme sobre ella y comenzar a acribillarla a cosquillas.

—¡Para, para! —me pidió Sarah entre grandes carcajadas que apenas me dejaban escucharla.

—No hasta que digas que soy el mejor jugando a los bolos.

—Nunca —respondió llena de seguridad.

Volví a hacerle cosquillas, esta vez sin piedad, y a los pocos segundos me suplicaba que parase.

—Está bien —cedió y paré al instante—. Eres el mejor jugando a los bolos.

—Y para que lo puedas demostrar, vamos a jugar otra partida —añadió Erik.

—¿Te apetece? —le pregunté a Sarah.

—Mucho —respondió después de consultar el reloj de su muñeca.

Era muy responsable y estaba seguro de que no quería llegar tarde a la residencia por nada del mundo.

—No vamos a estar mucho rato más. Antes de la diez estás en casa. Te lo prometo —le dije para tranquilizarla y así hacer que se animara a quedarse.

—¡Perfecto! —respondió contenta—. ¿Estás preparado para que te machaquemos?

Antes de que pudiese reaccionar, Sarah había desaparecido de mi alcance e iba hacia una de las pistas. Esto era la guerra.

En medio de la partida, me sonó el teléfono, metí la mano en el bolsillo distraído y lo saqué para ver quién me llamaba.

Cuando en la pantalla apareció el nombre de Macy, gemí en bajo. No me apetecía mucho hablar con ella en ese momento.

—Hola —saludé al descolgar.

—Hola, Matty —me dijo. Seguía llamándome así, a pesar de que sabía que no me gustaba nada.

Me quedé en silencio esperando a que añadiese algo más. Ella era la que había llamado, y yo no tenía nada que decirle en ese instante.

Una parte de mí sabía que mi comportamiento era inadecuado, pero eso no hizo que me relajase.

—Estoy en el centro comercial, he venido a cenar con unas amigas y, cuando nos estábamos montando en el coche, me he dado cuenta de que los coches de tus amigos estaban aparcados. Estás aquí, ¿verdad?

—Sí.

En el segundo exacto en el que esa pregunta salió de su boca, supe lo que quería.

También supe que no me apetecía dárselo.

Pero querer y poder eran dos cosas muy diferentes.

Si algo había descubierto a lo largo de los años, es que era un novio de mierda, pero me gustaba que el tiempo que pasaba con los chicos fuera tiempo para mí. No me apetecía tener que estar esforzándome para que ella estuviera a gusto.

Encima, esa noche me lo estaba pasando especialmente bien.

Recordaba que hubo un tiempo, cuando éramos unos niños, en el que sentía que teníamos mucha más conexión de la que había ahora. A veces me daba la sensación de que, cuanto más crecíamos, más nos distanciábamos.

—Sí, he venido con los chicos a cenar después del entrenamiento y ahora estamos jugando unas partidas en el salón de juegos.

—Maravilloso —respondió por algún extraño motivo. Ambos sabíamos que no le gustaban los videojuegos, ni los salones recreativos—. ¿Te parece bien que me acerque? —preguntó y me mantuve en silencio—. Llevamos sin vernos desde el viernes pasado —añadió para presionarme.

Contesté lo que menos me apetecía contestar, pero hice lo que tenía que hacer.

—Claro. Avísame cuando subas y voy a la entrada para acompañarte hasta donde nos encontramos.

Colgué el teléfono y apreté los dientes.

—Va a venir Macy —anuncié.

—Oh, perfecto —dijo Sarah que estaba de pie cerca de mí mirando cómo tiraba Erik.

Volví a sentarme en el banco y esperé mientras les observaba jugar.

Unos minutos después, justo cuando había terminado mi turno para tirar, me vibró el teléfono con un mensaje.

Fui hasta la entrada para que Macy me viera.

—Estamos jugando a los bolos —le anuncié a modo de saludo cuando nos encontramos.

Me sentí mal conmigo mismo cuando esas palabras salieron de mi boca. Quizás, debería esforzarme un poco porque se me notase menos que me había molestado que viniera.

—Perfecto —respondió ignorando de forma deliberada mi mal humor—. Pues vamos.

Cuando regresamos a la pista, los chicos y Sarah hablaban de uno de los ejercicios del entrenamiento de esta tarde, mientras hacían tiempo, ya que era mi turno de tirar.

—Ya estamos aquí —indiqué cuando estuve a su lado.

—Hola —saludaron a Macy los tres.

Ella les devolvió el saludo con alegría, lo que hizo que me relajase un poco.

Quizás la noche no iba a ser tan mala después de todo.

Hice mi tirada y cuando volví a la mesa todos hablaban animados menos Macy, ella estaba en su modo habitual, callada y con el teléfono en la mano.

Estuve a punto de suspirar, hasta que Sarah llamó mi atención:

—¿A qué viene esa mala cara? —preguntó—. ¿Es que te acabas de dar cuenta de que eres muy malo y te vamos a machacar?

Sus palabras hicieron que toda la preocupación que tenía hasta ese momento se esfumase. Me apetecía divertirme. Disfrutar de mis amigos. Y eso fue lo que hice el resto de la noche.

Salimos al aparcamiento y no pude evitar tiritar cuando el frío me golpeó.

Dentro del centro comercial hacía calor y el contraste había sido muy grande.

Pensé en la chaqueta que había cogido esa mañana y recordé que la había dejado dentro de la mochila.

—¿Tienes frío? —me preguntó Matt.

—Un poco —respondí—. Menos mal que el coche no está muy lejos.

Cuando estaba a punto de echar a correr hacia él, sentí un peso sobre los hombros, seguido de un calor maravilloso.

Levanté la vista hacia arriba y vi que me había puesto su chaqueta.

El increíble olor de Matt me envolvió en cuestión de segundos mientras le miraba.

—Te vas a quedar helado —dije quitándome la cazadora pata tendérsela.

—¿Qué haces? —preguntó agarrándome para impedir que me la quitase del todo—. No tengo ni gota de frío. Soy un chico acostumbrado al hielo —añadió con una sonrisa socarrona.

Estaba a punto de contestarle, cuando me di cuenta de que estábamos atrayendo demasiado la atención de todos los que estaban con nosotros, por lo que solo dije:

—Gracias. —No pude evitar el rubor que cubrió mis mejillas.

Cuando Matt me dejó su chaqueta sobre los hombros, Macy le fulminó con la mirada.

Él no se dio cuenta de ello, ya que estaba distraído remangándome las mangas para que se me viesen las manos, pero, por la cara que su novia ponía, estaba segura de que Matt tendría problemas conyugales al día siguiente.

Saber eso, me hizo sentirme mal.

Los cinco nos metimos en el coche.

Matt se sentó en el medio, entre Macy y yo.

Estábamos sumidos en un silencio sepulcral, solo interrumpido por la suave música que salía de los altavoces del coche. No hablamos durante todo el trayecto.

Tal y como habíamos decidido, a la primera que dejamos fue a Macy en su casa.

Luego, Erik condujo hasta la mía y paró el coche.

—Gracias por traerme —le indiqué a Erik asomándome por el lateral del asiento antes de salir.

—Un placer —respondió este.

—Toma. Muchas gracias por habérmela dejado —le dije a Matt sacando la mano de una de las mangas para poder quitarme la cazadora.

—¿Qué haces? —me preguntó agarrándome de la mano para impedir que me deshiciese de la prenda del todo—. No te la quites, por favor. No quiero que pases frío.

Me lo dijo en un tono tan bajo que sentí que éramos los únicos dentro de ese vehículo.

Pero la realidad no era así.

Salí del coche y me sorprendió sentir que Matt se bajaba conmigo.

—Te acompaño hasta la puerta.

—Gracias.

Por la cabeza se me pasó que tenía que decir algo inteligente, algo como que sabía llegar perfectamente sola y que no me hacía falta nadie que me acompañase, pero en realidad me gustaba que lo hiciera.

Me encantaba cómo era Matt, y me sentía rota por dentro por no poder tenerle de esa manera. Tenía que recordar que tenía novia, y que esa novia no era yo.

Capítulo 14

Tenemos que hablar

«Tenemos que hablar».

Esas simples palabras, escritas en la pantalla de mi teléfono móvil, me hicieron temblar.

Nunca había salido nada bueno de que alguien te dijera esa frase, y mucho menos si era tu novia la que lo hacía.

Temblé de manera perceptible.

No me apetecía ni lo más mínimo una charla profunda en ese momento, ni en ningún otro, si era realmente sincero.

Guardé el teléfono en la taquilla, me senté para ponerme los patines y luego salí del vestuario.

Entrené en la pista muy duro. Al igual que todos los días.

De momento, habíamos ganado todos los partidos que habíamos jugado.

Notaba mucha mejoría, gracias a los entrenamientos que hacía con Sarah. Habían hecho que mi técnica se depurase y mejorase una barbaridad.

Cuando el entrenamiento reglado terminó, me acerqué a Sarah para hablar con ella.

—Hoy no voy a poder quedar después de nuestro entrenamiento particular —le dije cuando la tuve delante.

Últimamente entrenábamos bastante tarde, ya que ella tenía un montón de temas para estudiar. Cursar Medicina era mucho más duro de lo que nunca había pensado, pero ella hacía que pareciese accesible, sencillo.

Sarah hacía que sintiese que todo era posible cuando la tenía cerca. Era una de las cosas que más me gustaban de ella. Nunca nadie me había hecho sentir antes así.

—Eso es nuevo —señaló y me gustó captar un brillo de decepción en sus ojos—. Pensaba que nunca tenías nada que hacer —añadió de forma burlona.

A Sarah le encantaba picarme y encima se le daba bien, pero sabía que me quería tanto como yo a ella. Nunca en la historia de la humanidad habían existido dos personas más perfectas la una para la otra. Lo nuestro había sido amistad a primera vista.

—He quedado con Macy —le expliqué y no añadí nada más.

Por alguna extraña razón, no me apetecía hablar de ello con Sarah.

Era una estúpida.

Era una estúpida que necesitaba abrir los ojos de una vez.

Tenía que poner mis sentimientos en orden por el bien de todos.

Matt me gustaba, pero no pasaba nada. Me gustaba mucho más como amigo que como hombre. No pensaba perderlo por tener un pequeño *crush* con él. A cualquier mujer con la que se relacionara de cerca, le sucedería.

Solo necesitaba relajarme un poco y concienciarme. Decirme lo suficiente fuerte a mí misma que yo quería a un hombre que me quisiera a mí. Quería ser lo primero para él, y Matt no era ese hombre.

Sabía que no había sido la primera vez que me decía esas palabras a mí misma, pero esta vez me las decía en serio.

No entendía por qué se me olvidaba tan fácilmente que tenía novia.

Si solo actuasen alguna vez como si fuesen una pareja, me resultaría más sencillo.

Cuando salimos del entrenamiento, Macy esperaba al borde del aparcamiento, cerca del coche de Matt.

La vi a los pocos segundos de que pusiéramos un pie fuera de la pista.

Matt no se dio cuenta de su presencia porque iba distraído contándome una jugada que se le había ocurrido y que quería comentarle a mi tío al día siguiente. Como cada vez que hablaba de *hockey*, lo hacía lleno de pasión, ajeno a como Macy nos fulminaba con la mirada.

Forcé una sonrisa en mi cara y seguí escuchando a Matt como si no sintiera los ojos de su novia atravesándome la cabeza.

No pensaba meterme entre ellos.

Es más, entendía que le molestara que Matt fuera tan cercano conmigo. Muchas veces me confundía su manera de comportarse.

—Hola —la saludé cuando llegamos frente a ella.

—Hola —me contestó forzando una sonrisa y, acto seguido, se centró en Matt.

—¿Nos vamos? —le preguntó.

No parecía que esa tarde le apeteciera fingir cordialidad. No hacía falta ser muy observador para darse cuenta de que estaba enfadada. A pesar de que era una chica discreta y muy educada, se le notaba a leguas. No creía que la tarde de Matt fuese a ser muy divertida.

—Vamos a llevar antes a Sarah a su residencia.

—¡No! —grité interrumpiéndole y sonreí con una disculpa escrita en la cara—. No hace falta —añadí en un tono de voz más moderado—. Quiero ir dando un paseo. Se ha quedado una tarde muy buena para caminar y tengo que hacer un par de recados.

—¿Estás segura?

—Sí, claro —respondí, y comencé a irme—. Hasta mañana —me despedí girándome levemente.

No pensaba montarme en ese coche con ellos por nada del mundo.

Miré la espalda de Sarah mientras se alejaba hasta que un carraspeo a mi lado llamó mi atención.

Cierto, tenía que concentrarme en Macy.

—¿Quieres que vayamos a cenar al restaurante italiano del centro? —le propuse sabiendo lo mucho que le gustaba ese sitio.

El restaurante era demasiado pijo para mi gusto, pero quería que estuviera contenta.

Si podíamos pasar toda la tarde, hasta que la dejase en su casa sin hablar del tema que quería tratar, yo sería más que feliz. No me apetecía tener una discusión con ella. Ni ahora, ni nunca. No tenía ni energía, ni ganas.

Nuestra pareja era sencilla: cada uno teníamos nuestra vida, nuestros amigos y nuestras aficiones. No teníamos grandes broncas, ni tampoco grandes demostraciones de amor. No éramos tan fogosos como otras parejas.

—Claro, me gusta muchísimo este restaurante —respondió con una mezcla de felicidad y sorpresa, que me hizo comprender que había acertado.

Cuando estuvimos cerca del coche, le abrí la puerta para que entrase, luego rodeé el vehículo por la parte delantera para sentarme yo también.

—Pon la música que quieras —le ofrecí señalando la pantalla táctil de la consola.

Macy buscó un grupo que le gustaba y le dio al botón de *play* para que se reprodujese.

Antes de que saliéramos del aparcamiento, sonaba la suave melodía.

Dentro del coche, mientras conducía camino del restaurante, se extendió un silencio asfixiante. Un silencio que hizo que se me enfriase la sangre y los pelos de los brazos se me erizasen.

Antes de que me atreviese a analizar lo que sentía llegamos al restaurante. Gracias al cielo.

No nos costó nada estacionar. El propio establecimiento tenía un aparcamiento trasero para los clientes.

Me bajé del coche y fui hasta el lado de Macy para abrirle la puerta.

Cuando el camarero se fue de la mesa con nuestra orden de comida escrita, el silencio volvió a sobrevolar entre nosotros.

¿Se podía tener una cena más incómoda?

Me alegré cuando nos trajeron el primer plato —una ensalada de queso burrata y tomate— porque, si estábamos comiendo, era mucho menos molesto que ninguno de los dos dijera nada.

Cogí un bocado de la ensalada y, cuando ese maravilloso contraste de sabores explotó en mi boca, casi gemí.

No se podía negar que la comida de allí era buenísima.

Me pregunté si a Sarah le gustaría este sitio. Estaba seguro de que sí. Quizás la traería un día después del entrenamiento para sorprenderla. Seguro que eso la desconcertaba. Me imaginé la cara que pondría cuando lo hiciera y no pude reprimir la sonrisa que se formó en mis labios.

—Ayer, cuando te dije que había visto los coches en el aparcamiento, mentí —me indicó de pronto Macy, sacándome de mis pensamientos y cogiéndome por sorpresa.

Levanté la vista porque había conseguido captar toda mi atención.

—Lo cierto es que estaba dando una vuelta con las chicas por el centro comercial y te vi con Sarah —dijo su nombre con un tono que me hizo entrecerrar los ojos con cautela, preguntándome adónde iría a parar con su comentario—. Cuando supe que estabais juntos, fui incapaz de marcharme del centro comercial.

—¿Por qué? —le pregunté sorprendido, tratando de entender lo que le sucedía.

—Porque eres feliz con ella. Más de lo que te he visto nunca.

Sus palabras sonaron como una acusación.

—Es mi mejor amiga —respondí.

Eso era lo que te pasaba cuando estabas con tu mejor amigo. Por supuesto que estaba feliz con ella. Teníamos un millón de cosas en común.

—¿Te gusta? —preguntó y debió de leer el desconcierto en mi cara porque añadió—: De manera sexual, quiero decir.

—Joder, Macy. ¿Qué clase de pregunta es esa? —indiqué muy molesto—. Sarah es mi amiga. ¿Tienes un problema con eso?

—Si no la deseas, no tengo ninguno.

—Pues puedes estar tranquila —contesté muy enfadado, aunque traté de que mi enfado no se destilase en mis palabras.

El resto de la cena pasó en un borrón en el que no dejaba de darle vueltas a lo que me había preguntado Macy.

Cuando terminamos de cenar, la llevé a su casa. Todavía no se me había pasado el enfado.

Después de dejar a Macy, me quedé durante unos segundos sentado en el coche en silencio.

Desde su casa se podía ver el terreno de mis padres. Habíamos sido vecinos de urbanización toda la vida.

En ese momento, muchas preguntas y sentimientos se amontonaron en mi cabeza, siendo incapaz de centrarme en una sola.

Lo único que sabía a ciencia cierta era que me sentía mal. Sucio. Como si no me estuviera comportando de manera correcta.

Eché la cabeza hacia atrás golpeándola contra el cabecero del asiento y traté de deshacerme de todos esos sentimientos desagradables corriendo dentro de mí.

Necesitaba estar con Sarah. Era lo que más me apetecía hacer en el mundo. Sabía que en el momento exacto en el que estuviera con ella, todos esos malos sentimientos desaparecerían.

Cogí el teléfono de la consola central del coche, busqué su contacto y la llamé.

Cuando su voz sonó al otro lado de la línea, volví a respirar.

Cuando el teléfono vibró, estuve a punto de no hacerle caso.

Me quedé mirándolo, tenía la pantalla boca abajo para que no me distrajese, y no sabía quién era la persona que llamaba, pero algo en lo más profundo de mi interior, me dijo que se trataba de Matt.

Dudé unos segundos antes de descolgar. Convenciéndome de que no pasaba nada; que ya había decidido que era solo un amigo y que me iba a comportar así con él, por lo que no corría ningún peligro porque habláramos.

El estómago se me llenó de mariposas al dar la vuelta al móvil y confirmar mi suposición.

—Hola —respondí muy bajito para no despertar a Ellen, tratando de imprimirle a mi voz un tono casual.

—Voy camino de tu residencia con dos descafeinados y dos *muffins* —dijo con la voz llena de alegría.

Una sonrisa gigantesca se dibujó en mi cara. No podía negar lo mucho que me gustaba que quisiera pasar tiempo conmigo.

—Va a ser que no, Ellen está dormida. No puedes venir.

—Tendremos que improvisar entonces. Dentro de unos veinte minutos estoy en tu residencia. Te hago una perdida cuando aparque —me indicó contento.

—¿Qué te hace pensar que voy a bajar? —le dije solo por el placer de molestarle.

—Que voy a llevarte un café y un *muffin* entero para ti sola. Nunca dirías que no a eso.

—Pillada —solté reprimiendo una carcajada.

Media hora después, cuando el teléfono me sonó con una llamada perdida, cerré la puerta de la habitación con cuidado y bajé para reunirme con Matt.

Lo primero que vi, mientras descendía el último tramo de escaleras, fueron sus pies. Después, sus musculosas y bien formadas piernas. Cuando mis ojos pasearon por su pecho enfundado en una cazadora que abrazaba todos sus músculos, reprimí un suspiro.

Estaba demasiado bueno para su propio bien.

Cuando por fin vi su cara, nuestros ojos se encontraron, y todo pensamiento coherente abandonó mi mente.

En ese momento solo me apetecía estar feliz. Disfrutar de la compañía de Matt y nada más.

Salí de la residencia y se acercó a mí, recorriendo con rapidez la distancia que nos separaba.

—Has tardado más de lo que me has dicho —le dije solo para distraerme a mí misma.

—Es que he tenido que ir a comprar los cafés y los *muffins*.

—Oye... —le reprendí—. ¡Me habías dicho que ya los tenías comprados!

—Claro, si te hubiera dicho que todavía no lo había hecho, me habrías venido con alguna excusa de que era tarde.

—Es que es tarde —contesté recalcando mucho la palabra *es*.

—Venga, vámonos antes de que te arrepientas —dijo tendiéndome la bolsa con los *muffins*.

Cuando la cogí, me agarró la mano que me quedaba libre y un escalofrío me recorrió todo el brazo desde el punto en el que nuestras manos cálidas se tocaron.

Fue una sorpresa que lo hiciera, que me diera la mano, pero, a la vez, lo sentí como la cosa más natural del mundo. ¿Era acaso posible sentir algo así?

Caminamos en silencio hasta el parque que había a unos metros de la residencia.

A esas horas de la noche, no había casi nadie.

Nos alejamos del sendero y caminamos atravesando el césped.

Apenas había luz en esa zona. Solo la que provenía de las escasas farolas encendidas que había en la senda del parque.

Cuando casi habíamos llegado al centro, Matt me soltó la mano y dejó los cafés en el suelo.

Le imité, dejando la bolsa a su lado.

Cuando le vi extender una manta sobre la hierba, me quedé asombrada.

—¿De dónde has sacado esa manta? —le pregunté sin poder evitarlo.

—La llevaba debajo del sobaco. Igual no la has visto porque mis increíbles músculos la tapaban —respondió con la voz cargada de falsa arrogancia.

—Oh, cállate y dame mi café —le interrumpí sentándome sobre la manta y estirando la mano.

—Lo que tú ordenes, princesa.

Sus palabras, aunque fueron dichas con burla, hicieron que el corazón se me saltase un latido.

Me tendió el café, cogió el suyo propio y se sentó a mi lado sobre la hierba.

—¿Estás bien? —le pregunté.

—Ahora mismo estoy mucho mejor que bien —respondió con una sonrisa.

—Me alegro mucho de oír eso —le indiqué, y sé que lo decía de verdad.

Nos tomamos el café en silencio, pero en uno cómodo, cada uno perdido en sus pensamientos y disfrutando de la compañía del otro.

Cuando terminamos nuestras bebidas calientes y los *muffins*, nos tumbamos sobre la manta. Nuestras dos cabezas estaban la una, al lado de la otra, pero cada uno tenía el cuerpo en una dirección. Solo nuestras frentes estaban cerca.

Miré al cielo y me coloqué las manos sobre el estómago. Me sentí en paz. Llena de felicidad.

—¿Por qué no me dices el nombre de las estrellas? —preguntó Matt después de un rato. Su tono de voz era bajo, suave.

—Porque no me las sé —le contesté riendo.

—Tu carrera es de ciencias —dijo, como si eso significase que lo debería saber.

—No estudio esa clase de ciencias, Matt. Si quieres te puedo recitar cada parte del cuerpo humano, las células, los huesos, los órganos…

—Lo pillo, lo pillo —me interrumpió riendo.

Volvimos a quedarnos en silencio durante unos segundos.

—¿Cómo crees que se llamará esa estrella? —preguntó señalando una zona del cielo en la que veía por lo menos una decena de ellas.

A saber de cuál de todas ellas hablaba.

—Estoy segura de que en Internet tiene que haber algo que nos pueda ayudar, aunque es una pena que estemos dentro de la ciudad. Estoy segura de que en el monte se tienen que ver muchas más.

—Un día que te apetezca, te llevaré a verlas —me dijo y tragué saliva con el corazón en un puño.

Si supiera lo mucho que me afectaba, no me diría esa clase de cosas. Sentía todo mi cuerpo cargado de energía. Sentía como el aire a nuestro alrededor crepitaba.

—Vamos a investigar en Internet —indiqué para romper el momento.

Saqué el teléfono y escribí en el navegador: ¿Cómo buscar estrellas en el cielo?

Tal y como esperaba, salieron un montón de resultados.

—Hay aplicaciones que te ayudan. a identificar estrellas —comenté.

—Eso es lo que necesitamos —dijo Matt lleno de emoción sentándose y girando sobre la manta para quedar sentado justo a mi lado.

Podía notar el calor de su cuerpo pegado al mío, atravesando mi ropa, igual que su dueño atravesaba todas mis barreras. Derribándolas una a una.

Descargamos una de las aplicaciones que vimos que tenía más valoraciones y pasamos el resto de la noche buscando estrellas en el cielo.

No recordaba haber vivido una noche más mágica.

Capítulo 15

Digamos que nunca he hecho nada que sea remotamente comestible

El entrenamiento de ese día se pasó muy rápido.

Quizás fue debido al contraste de haberme pasado más de la mitad de la mañana, y parte del mediodía, estudiando sin parar.

En comparación con eso, estar en la pista y ayudar a entrenar, era un juego de niños.

Cuando llegó el turno del entrenamiento individual, me divertí tanto haciendo el idiota con Matt, que se me olvidó del todo el agobio que había tenido por la mañana.

Cuando acabamos, fui a sentarme al banquillo.

—Ahora mismo mataría por una buena comida casera —me dijo Matt tirándose en el asiento a mi lado y estirando los brazos, colocando uno de ellos por detrás de mi espalda.

Lo observé solo por el placer de hacerlo. Solo porque podía, pero sabiendo de antemano lo que me iba a encontrar.

Matt tenía los pómulos rojos del esfuerzo, porque cada vez que estaba sobre la pista de hielo lo daba todo.

Era increíble la cultura del esfuerzo que tenía.

Era una, de los cientos de cosas, que admiraba de él.

Tenía el pelo rubio pegado a los laterales de la cabeza por el sudor, haciendo que el cabello se le oscureciera en esa zona y la cara se le quedase despejada.

Era hermoso. Mucho más guapo de lo que alguien tenía derecho a ser. Me gustaba mucho más de lo que debería hacerlo mi mejor amigo, porque debía repetirme, una y otra vez a mí misma, que no era más que eso.

Lo observé durante mucho más tiempo del debido, aprovechando que tenía los ojos cerrados.

Dibujé con la mirada cada contorno de su cara, tratando de aprenderme hasta el más mínimo detalle, cada peca, cada pequeña imperfección... Quería saber todo de Matt. Quería ser capaz de, cuando estuviera en casa sola, de noche, tumbada en mi cama con los ojos cerrados, imaginar su rostro a la perfección.

Cuando sus ojos empezaron a moverse, aparté la vista para que no me pillase.

Sabía que me había quedado demasiado tiempo callada, pero es que mirarle me hacía entrar en trance.

—¿Qué tal cocinas? —le pregunté para seguir la conversación.

—Digamos que nunca he hecho nada que sea remotamente comestible —respondió sonriendo de oreja a oreja.

No pude evitar estallar en carcajadas ante su brutal sinceridad.

—Pues hoy es tu día de suerte porque a mí me encanta y se me da de muerte.

—Joder, Sarah. ¿Se puede ser más perfecta? —me preguntó con sincera admiración, logrando que todo mi interior se revolviera.

No era una mujer que me ruborizase con facilidad, pero con esa pregunta lo consiguió.

—Dúchate y vamos a comprar al supermercado, porque estoy segura de que no tenéis nada en casa con lo que pueda cocinar, ¿verdad?

—Si es que nos conoces demasiado bien —dijo mientras se levantaba.

Antes de marcharse, se inclinó sobre mí y me plantó un beso en la frente.

Él no le dio ninguna importancia, ya que siguió caminando como si no fuera la primera vez que hacía eso. Como si la sombra de sus labios no me quemase todavía sobre la piel mucho tiempo después de que se fuera. Como si todo el cuerpo no me hormiguease. Como si el corazón no quisiera salírseme del pecho y entrar en el de él.

De camino a la casa de Matt, paramos en un supermercado de barrio que había cerca.

Era mucho más grande de lo que me esperaba, lo que me complació, porque de esa forma estaba segura de que encontraríamos todo lo que necesitáramos.

—¿Qué te apetece cenar? —le pregunté una vez que estuvimos dentro.

—Mataría por unos buenos filetes y una menestra —me dijo y pude ver cómo prácticamente salivaba.

—Tienes suerte porque sé hacer las dos cosas. Pagas tú, que los dos sabemos que tienes mucho dinero —le dije guiñándole un ojo.

—Es lo menos que puedo hacer para agradecer tus artes culinarias.

—No me hagas la pelota y lleva la cesta —le indiqué, golpeándole con ella en el brazo.

Matt me sonrió con malicia; con el «me has pillado» dibujado en su cara.

Solía impresionarme lo expresivo que era, pero no me gustaba mirarle mucho, porque a veces tenía la sensación de que, si lo hacía, después no sería capaz de apartar la vista de él nunca más.

«Suficiente», me dije a mí misma. Tenía que concentrarme en la tarea que teníamos entre manos y olvidarme de todo lo demás.

Primero fuimos a la frutería y cogimos todos los ingredientes que se necesitaban para hacer la menestra.

Me gustó comprobar que tenían verdura fresca y de buena calidad.

Después, pasamos por la sección de carne y cogimos tres bandejas de filetes.

Alimentar a cuatro jugadores de *hockey* no era cualquier cosa y, antes de marcharnos, cogí una tarrina de helado que pensaba comerme después de cenar.

Cuando llegamos a casa, lo primero que hicimos fue dejar las bolsas de la compra en la cocina, y luego subimos a mi cuarto para dejarle a Sarah una camiseta vieja, para que pudiera cocinar sin mancharse.

Me puse la ropa de estar por casa mientras ella se cambiaba en el baño.

No pude evitar que se me pasase por la cabeza la tarde en la que llegamos calados por la lluvia.

Cuando terminamos de hacer todo eso, bajamos a la cocina y nos pusimos manos a la obra.

Sacamos y lavamos todas las verduras que, según Sarah, porque yo no tenía ni la más mínimas idea de cocinar, era lo primero que teníamos que poner a cocer.

Me entregó unas judías verdes y me quedé mirándolas sin tener ni idea de lo que debía hacer con ellas.

—Voy a necesitar un poco de ayuda aquí —le dije para que comprendiese la situación.

—Madre mía…, es verdad que no tienes ni idea. Es la primera vez, desde que te conozco, que no sabes algo, Ashford —comentó elevando las dos cejas en un tono burlón.

—No te acostumbres a ello porque el resto de las cosas del mundo se me dan perfectamente —le contesté en un tono altanero.

—Eres de lo que no hay —me dijo moviendo la cabeza hacia los dos lados, pero sus palabras estaban impregnadas de cariño—. Tienes que cortar las esquinas y luego partirlas en trozos de más o menos tres dedos. —Levanté los dedos para que supiera que le entendía—. Vale, de los tuyos dos, y las echas a la cazuela.

—¿Qué estáis haciendo? —preguntó de pronto Kent asomándose a la cocina.

—Estamos haciendo la cena —le contestó Sarah.

—No jodas —soltó en tono feliz, entrando del todo en la cocina—. No me puedes decir eso y que no sea cierto.

Sarah se rio, cargando de alegría toda la estancia.

—Es verdad. ¿Cuánto tiempo lleváis sin comer en condiciones? —preguntó.

—Una eternidad —le contesté.

—Como veo que lo tenéis todo controlado, me voy con los chicos a la sala. Avisadnos cuando hayáis acabado.

—Menuda jeta —dije en alto antes de que se marchase de la cocina, viendo cómo me ignoraba.

—¿Qué pasa? ¿No te gusta cocinar para tus chicos, capitán? —me preguntó Sarah con guasa.

—Yo por mis chicos mato.

Después de eso, seguimos cocinando en silencio.

Cuando les tocó el turno a los guisantes y me enseñó cómo había que desgranarlos, la cosa terminó en una guerra.

Me dediqué a lanzarlos por todas partes y luego me pasé más de diez minutos recogiéndolos del suelo y de la encimera, bajo la atenta mirada de Sarah que no dejaba de reírse.

—Me parece a mí que estás disfrutando demasiado con eso de mandarme.

—Oh... sí. Es como un sueño hecho realidad —me dijo dándose ligeramente la vuelta para mirarme.

Le hubiera replicado si no hubieran decidido ponerse a bailar miles de burbujas en mi estómago en ese momento.

Me quedé paralizado por lo muy desconcertado que me sentía.

Sarah no se dio cuenta de mi extraña reacción, ya que, en el mismo momento en el que me había hablado, se había dado la vuelta para seguir cocinando.

Después de casi un minuto allí parado, en medio de la cocina sin hacer nada y sintiéndome más allá de confundido, decidí ir al baño.

Una vez dentro de él, me lavé la cara, apoyé las manos sobre el lavabo y respiré profundamente, tratando de serenarme.

No me pasaba nada. Todo estaba mejor que bien. No tenía el más mínimo motivo para estar tan atacado. Tenía que poner los nervios bajo control. Estaba con Sarah. Todo estaba bien.

Una vez que me hube repetido tres veces lo mismo, salí del baño mucho más tranquilo.

Cuando regresé a la cocina, vi a Sarah bailando mientras revolvía el contenido de una sartén y no pude evitar sonreír.

Estar cocinando juntos era perfecto.

Me acerqué a ella justo cuando sacó un filete de la sartén.

Cuando metí la mano para coger uno de los que me estaban llamando por mi nombre desde el plato, ella me golpeó la mano con una espátula antes de que pudiera hacerme con él.

—Te vas a enterar —le dije antes de separarla del fuego y echármela sobre el hombro para hacerle cosquillas.

—Para, para… —me suplicó entre risas, incapaz de hacer que ninguna de sus palabras sonase entera.

Me la bajé del hombro y la senté sobre la encimera lejos del fuego.

—Me voy a comer un filete y tú me vas a dejar —le indiqué colándome entre sus piernas abiertas, mientras me acercaba a su cuerpo.

—No, vas a esperar a que estén todos hechos —me dijo tratando de mantener la seriedad, pero fallando en el último segundo, ya que estalló en carcajadas.

—Me lo voy a comer.

—Eso ya lo veremos.

Estábamos tan cerca que podía sentir su risa sobre mis labios.

Me encantó.

Me encantó también su forma de desafiarme.

Sonreí feliz y, antes de que pensase en lo que estaba haciendo, me lancé hacia ella y le mordí la nariz.

—Bruto —me dijo, pero en sus palabras había diversión. Para nada le había hecho daño.

—Oh…, no sabía que eras tan delicada. Perdóname —le indiqué, antes de darle un beso en la punta de la nariz.

La agarré de las caderas para acercarla todavía más a mí.

Había demasiado espacio entre nosotros.

Escuché como Sarah contenía el aliento.

Deslicé mi boca por su nariz y besé su pómulo, luego su barbilla… Suave. Disfrutando del tacto de su piel. Nunca la había tenido tan cerca. Nuestros ojos se miraban. Azul contra verde. Me perdí en las pequeñas motas doradas de sus ojos, en su olor…

Todo era mágico.

Sentía todo mi cuerpo vibrando, lleno de anhelo. Podía notar a Sarah temblando debajo de mis manos. Su aliento rozando mi piel.

—¿De dónde sale todo ese humo? —escuché preguntar a Erik que entraba en la cocina.

Me aparté de Sarah para ver de qué hablaba.

La vi pasar por delante de mí, corriendo hacia la sartén.

Eso me terminó de espabilar. Llevándose consigo todo lo que había sentido momentos antes.

—Joder... —dije cuando mi cerebro procesó que el filete se estaba calcinando.

Teníamos suerte de que no se hubiera prendido fuego.

Mientras Sarah apartaba la sartén del fuego, me acerqué a la ventana para abrirla.

Estaba seguro de que tanto humo no sería sano.

Limpiamos la sartén antes de terminar de hacer el resto de los filetes.

Estaba claro que no podíamos volver a distraernos. No, si no queríamos terminar quemando la casa.

Cuando todo estuvo listo, salí de la cocina y asomé la cabeza por la puerta de la sala antes de decir:

—Venid a poner la mesa, jetas.

Por lo rápido que se levantaron, supe que estaban muertos de hambre.

Sabía que también estaban deseosos de probar una buena comida casera y, a decir verdad, lo que había cocinado Sarah, quitando los filetes que se habían quemado, tenía una pinta de la leche.

Menos de cinco minutos después, estábamos cenando como cerdos, sentados todos en la mesa de la cocina. Solo se escuchaban los cubiertos y, de vez en cuando, algún gemido.

Levanté la vista y vi que todos comían como bestias.

Podía entenderlo: la comida estaba increíble. Era como meterse un trozo de cielo en cada bocado.

—¿Creéis que podríamos secuestrar a Sarah para que se quedase haciéndonos la comida sin que el entrenador nos matase? —preguntó Erik en alto, rompiendo el silencio.

Antes de que le pudiera decir que era un gilipollas, Sarah se me adelantó:

—Si crees que al que debes temer es a mi tío, es que no sabes de lo que soy capaz —le indicó levantando la ceja y con cara provocadora, por lo que no pude evitar estallar en carcajadas.

Ni yo, ni toda la mesa.

—Te ha matado, tío.

—Se me ha metido para dentro del miedo —respondió Erik riéndose también.

—Si te portas muy bien, quizás otro día vuelva a cocinar para vosotros, pero con la condición de que todos hagáis algo. Si no, jamás volveréis a probar mis manjares.

—Sí, señora —respondieron Kent y Andrew a la vez.

Se me llenó el pecho de orgullo porque supiera defenderse tan bien ella sola. Me encantaba que se llevase bien con los chicos. Eso facilitaba las cosas, porque Sarah iba a pasar mucho tiempo en esta casa y conmigo. Era mi mejor amiga y no iba a renunciar a ella por nada del mundo.

Continuamos cenando, hablando de todo y de nada.

Cuando terminamos, los chicos se quedaron recogiendo la cocina y fregando, y Sarah y yo les esperamos tumbados en el sofá, comiendo la tarrina de helado que habíamos comprado.

—Cuando vuelvan de fregar, me marcho a casa —me dijo Sarah agarrando el teléfono.

—De eso nada. Quédate a ver una peli con nosotros y luego te llevo —le propuse con voz firme para que no tratase de librarse.

Sus ojos verdes se clavaron en los míos y me escrutó con la mirada en busca del más mínimo resquicio de duda para aferrarse a él.

Pero me mantuve firme. Quería que se quedase.

Si llegaba a leer en mi cara que no tenía la menor intención de llevarla a la residencia esta noche, se marcharía sin ver la película.

—Vale —me dijo clavándome el dedo índice en el pecho—. En cuanto acabe, me llevas a casa sin rechistar.

—Te lo prometo —le dije sabiendo que, si había alguna fuerza superior, me castigaría por mentirle, pero no me apetecía lo más mínimo que se marchara.

No era un delito que quisiera pasar tiempo junto a mi mejor amiga.

Cuando sonó el despertador, tardé unos segundos en ubicarme.

¿Por qué sonaba tan lejos? Quería que se apagase de una puta vez.

Estaba tan caliente y a gusto…

Moví la nariz para poder enterrarla en un maravilloso olor floral que tenía entre los brazos.

«¿Qué cojones?».

Abrí los ojos de golpe y me di cuenta de que abrazaba a Sarah contra mí.

Nos habíamos quedado dormidos en el sofá de la sala, mientras veíamos un documental de patinaje artístico, después de estar discutiendo durante más de media hora para que se quedase un rato más.

Por supuesto, había pasado lo que tenía que pasar: se había quedado a dormir aquí.

Me habría gustado que fuera en la cama, porque los dos íbamos a tener un dolor terrible de espalda los próximos días, pero me conformaba con esto.

Cerré los ojos de nuevo y la apreté un poco más contra mí.

Estaba en el puto paraíso. No me faltaba nada. Me sentía pleno. Todo lo que quería y necesitaba estaba en ese sofá junto a mí.

—Apaga ese sonido del infierno —dijo Sarah con voz adormilada, dándose la vuelta en mis brazos.

Me reí por lo bajo. No quería despertarla.

Capítulo 16

Siéntate aquí que te voy a enseñar lo que es bueno

—Necesito que me hagas un súper favor —me dijo Ellen mientras me llevaba un poco de ensalada con el tenedor a la boca.

Miré a todos los lados buscando a alguien que me estuviera grabando con una cámara.

¿Qué manía tenían todas las personas de esta ciudad de pedirme favores?

—¿Te ha mandado Matt a que me vaciles? —le pregunté, aunque, al hacerlo, supe que era una chorrada y no tendría nada que ver.

—¿Qué? ¿Por qué me preguntas eso? —me interrogó, pareciendo realmente perdida.

—Olvídalo. Cosas nuestras. ¿Qué necesitas?

—Necesito que me dejes la habitación para Amy y para mí durante el fin de semana. Ya sabes..., para estar a solas —pidió y por lo menos tuvo el detalle de parecer avergonzada.

—Eso es esta noche. Te voy a matar. ¿No se te podía haber ocurrido antes?

—Debería —me contestó con una sonrisa de disculpa, luciendo su mejor cara de inocente a la que no se le podía negar nada si no eras un desalmado—. Ya sabes que soy un desastre. Me he dado cuenta hace unos minutos de que no te lo había pedido, pero ya lo tengo todo planeado. Solo sobras tú.

—Preciosas palabras para la chica que tiene que acceder a hacerte un favor —contesté sin evitar reírme.

—¿Que te rías quiere decir que vas a aceptar? —preguntó llena de esperanza, pero conteniendo la alegría.

—Pues claro.

—Eres la mejor —me dijo antes de saltar a mi cuello y cubrirme de besos.

Me dio un ataque de risa. Me gustaba que fuera tan espontánea.

—Para, para... —le pedí entre risas—, que como te vea Amy, me va a estrangular.

—Eres la mejor —me dijo dándome un abrazo antes de soltarme—. La verdad es que es una maravilla tener una compañera de habitación como tú.

—Puedo decir lo mismo —respondí dándole un beso en la mejilla.

Después de ese intercambio, terminamos de comer mientras yo pensaba en dónde iba a pasar el fin de semana.

Cuando llegué a la pista, en vez de ir al vestuario para cambiarme de ropa para el entrenamiento, seguí caminando recto por el pasillo hasta llegar al despacho de mi tío. Quería hablar con él antes de que empezásemos a entrenar.

Llamé a la puerta entreabierta.

—Adelante —dijo con su voz fuerte y familiar.

Abrí la puerta del todo.

—Cariño… —dijo en el momento en el que me vio, levantándose de la silla en la que segundos antes había estado leyendo unos papeles.

Su sonrisa se iluminó como si fuera feliz de verme, como si no nos viésemos todos los días en el entrenamiento.

Era indescriptible tener su apoyo. Hacía que no me sintiera sola en el mundo. Me hacía no perder la esperanza de que la familia te quería por lo que eras y no por lo que querían que fueras. Aunque, si no te querían de esa manera, lo mejor era que no estuvieran a tu lado.

—Necesito tu ayuda, tío.

Cuando pronuncié esas palabras todo su semblante y postura se volvió tenso. Irradiaba preocupación por cada poro. Se puso blanco.

—Lo que necesites. Lo que sea. ¿Qué te pasa? —empezó a decir y antes de que me diera cuenta, estaba enfrente de mí, agarrándome las manos.

—No he hecho nada malo —le dije para tranquilizarle.

—Me da igual. Lo que sea que suceda, lo arreglaremos. Tranquila, cielo.

No pude evitar reírme.

—Estás alucinando. Lo único que necesito es quedarme a dormir en tu casa este fin de semana. Mi compañera de cuarto desea darle una sorpresa a su novia y quiere pasar el fin de semana con ella. A solas.

—Joder, Sarah. Casi me da un infarto.

—Es que no sé por qué te piensas que pasa algo malo.

—Igual es porque vienes a mi despacho a hablar conmigo y me dices que necesitas mi ayuda.

—Dicho así, no suena muy alentador, la verdad.

Ambos estallamos en carcajadas.

—Puedes venir a casa siempre que necesites. No tienes que pedir permiso. Si fuera por mí, estarías viviendo allí y no en la residencia. Tienes la llave para entrar cuando quieras.

—Gracias, tío. Eres el mejor.

—Discrepo. Tú eres la mejor sobrina de todas. Una sobrina que no me deja consentirla —me dijo dándome un empujón cariñoso en el hombro—, pero, aun así, la mejor de todas.

Le di un abrazo y me marché para dejar las cosas y cambiarme.

Justo antes de entrar al vestuario me encontré con Matt.

—¿Estás bien? —fue lo primero que me preguntó cuando me vio—. Hoy has llegado muy tarde.

—Sí, tranquilo —le indiqué y no pude evitar que se me escapase una sonrisa encantada porque se preocupase por mí—. Estaba hablando con mi tío. Ellen me ha pedido que les deje la habitación a Amy y a ella durante el fin de semana.

—¿Y dónde te vas a quedar tú? —preguntó escandalizado.

—Con mi tío. De ahí que venga de hablar con él.

—Ni hablar. Si no tienes casa, este fin de semana te vienes conmigo.

—Estás loco. ¿Cómo me voy a ir con vosotros? ¿Dónde voy a dormir? —le pregunté para que se diese cuenta de que no era una buena idea.

—En mi cama —dijo, y añadió con rapidez, supuse que al ver mi cara—: Yo dormiré en el sofá.

—Pero no quiero ser una molestia —le respondí. Mis pegas sonaron débiles incluso a mis oídos.

Prefería pasar el fin de semana con Matt que en la casa de mi tío.

No es que no lo quisiera. Lo quería, y mucho, pero nuestros intereses eran muy diferentes.

Sin embargo, con los chicos estaba segura de que me lo iba a pasar muy bien. Cuanto menos, iba a pasar un fin de semana divertido.

—No eres una molestia. Nunca lo eres. Eres mi mejor amiga —me dijo agarrándome las manos y calentándome el corazón.

—¿Y qué le va a parecer al resto? —le pregunté. Necesitaba saberlo para poder tomar una decisión, y así quedarme tranquila.

Matt me soltó las manos, abrió la puerta de su vestuario y gritó hacia dentro:

—¿Qué os parece que venga Sara este fin de semana a dormir a casa? Su compañera de residencia le ha pedido que le deje la habitación libre —explicó.

—¿Qué nos va a parecer, idiota? La preferimos a ella antes que a ti.

Me reí por el comentario.

—Estamos dispuestos a hacer un cambio definitivo entre ella y tú. —Se escuchó decir a Erik segundos antes de que Matt cerrase la puerta y pusiera los ojos en blanco.

—¿Ves? —me preguntó con una mirada cargada de cariño—. Les parece perfecto.

—Entonces, no puedo negarme —le dije con una sonrisa y la voz cargada de alegría.

Después de eso, cada uno entró a su vestuario para cambiarse antes de que empezara el entrenamiento.

Cuando terminamos esa noche, se aseguró de que no pudiera hacer otra cosa que no fuera marcharme a casa con él.

Tampoco es que me fuera a quejar por pasar el fin de semana a su lado.

Quizás, si fuera un poco menos imprudente, lo habría hecho, pero no me apetecía pensar en ello.

Iba a dedicarme a disfrutar de Matt durante todo el fin de semana.

—Eres malísima jugando a los videojuegos. ¡Qué fuerte! Siéntate aquí que te voy a enseñar lo que es bueno —le dije a Sarah, después de que le tocó jugar su primera partida.

Esa tarde, después de comer, habíamos cogido unas bebidas y unas gominolas, y nos habíamos ido a la sala para pasar toda la tarde jugando a la consola.

Estaba muy emocionado de que Sarah estuviera con nosotros.

Eran tan fácil estar con ella.

Me daba la sensación de que era de nuevo un adolescente en su primer campamento con amigos.

Cuando le dije eso, Sarah se acercó a mí. Abrí las piernas para que se sentara entre ellas, y, cuando lo hizo, inspiré hondo llenándome de su olor.

Pocas tardes de mi vida se podrían comparar a lo feliz que fui ese día.

—Ven aquí, grandullón, que ahora voy a ser yo la que te enseñe lo que es bueno —le dije devolviéndole la frase que me había dicho esa tarde, asomándome desde la puerta del baño, mientras le llamaba con el dedo índice para que se acercara.

Matt se quedó mirándome con tal cara de desconcierto, que casi le escuché tragar de forma audible. Desde luego que su nuez se movió de manera rápida hacia arriba y abajo, provocando que estallara en carcajadas.

—No te voy a matar, eh. Ven de una vez —le apremié antes de meterme de nuevo en el baño sin mirar, para comprobar si me seguía.

Cuando entró en el servicio, miró lleno de interés la caja que tenía en la mano.

—¿Qué es eso? —preguntó, acercándose para verla mejor.

—Esto, amigo mío, es uno de los mayores placeres de la vida. Es una mascarilla de burbujas para la cara.

—Joder.

—Te va a encantar.

—Eso es lo que me da miedo.

Me reí. Era tan idiota.

Saqué el contenido y mezclé los dos botes con cuidado.

—Corre, acércate —le indiqué—. Hay que echar la mezcla rápido para que no se endurezca fuera de la piel antes de tiempo.

Matt se puso delante de mí, con la cara hacia arriba y el gesto apretado como si esperase que la mascarilla fuese a hacerle daño.

—Baja la cara que no llego. No seas tonto que no va a dolerte.

Matt hizo lo que le pedí al segundo, pero ni por esas alcanzaba bien su cara para poder extenderle la crema.

—Eres muy bajita —dijo riéndose.

—¿Ahora te has dado cuenta?

Grité cuando me cogió por la cintura y me dejó encima de la taza del inodoro.

Luego estallé en carcajadas.

—Ahora sí que llego bien.

Matt sonrió divertido, con su sonrisa de medio lado que me aceleraba el corazón.

Traté de no disfrutar más de la cuenta de estar acariciándole el rostro, de tener su cara tan cerca que habría podido contar las pestañas de sus ojos.

—Joder... Esto es un placer, Sarah.

—Claro que sí. Te queda tanto por aprender...

Cuando acabé de echarme yo la crema, salimos del baño.

Nos tumbamos en la cama durante media hora, cada uno mirando su teléfono y enseñándole al otro lo que veíamos gracioso.

Cuando pasó el tiempo adecuado, nos lavamos la cara en el baño.

—Y ahora vamos a hacer un maratón con las películas de Harry Potter —le indiqué cuando entramos a la habitación.

—Nunca he visto Harry Potter —me contestó.

Lancé un grito sorprendida y me llevé la mano al pecho.

—Sacrilegio —le dije—. No lo estás diciendo de verdad. Dime qué no lo estás diciendo de verdad —le repetí asombrada.

—¿Lo siento? —contestó él con una sonrisa entre alucinada y divertida.

—¿Pero qué clase de infancia has tenido? —le pregunté y volví a hablar antes de que le diera tiempo a contestar—. No importa. Todavía estamos a tiempo. Esto lo vamos a arreglar hoy mismo.

—Yo con unas pizzas me trago lo que quieras.

—No te permito que hables así —le reprendí, dándole en la mano y llevándole a su cama para que se sentase—. Cuando las termines de ver, no pensarás lo mismo.

Nos acomodamos sobre su cama y pedimos las pizzas.

Poco a poco fueron entrando en la habitación el resto de los chicos atraídos, o bien por el olor a pizza, o bien por la música de la introducción de las películas.

Así fue como los cinco terminamos viendo Harry Potter juntos.

Me divertí muchísimo esa noche.

No recordaba haber estado más duro en la vida.

Tampoco recordaba haber dormido nunca con una mujer en mi cama.

Supuse que tener un cuerpo femenino tan bonito, suave y con ese maravilloso olor que inundaba toda la habitación, como era el de Sarah, habría despertado hasta a un muerto.

Sin poder evitarlo, la apreté un poco más contra mi pecho.

Cuando un gemido bajo procedente de su pecho se coló en mi oído, me quedé muy quieto.

Sarah se removió en mis brazos, haciendo que su centro caliente y suave se colocara justo encima de mi miembro, que rogaba por ser atendido.

Tuve que morderme la lengua con fuerza para no gemir. Tanto, que me hice sangrar.

Pero ni el sabor metálico dentro de mi boca, ni la vergüenza por estar excitándome con mi mejor amiga, hicieron que mi chica se relajase.

Joder…, si se volvía a mover corría el serio problema de correrme.

¿Por qué estaba tan al límite?

Necesitaba hacer algo y lo necesitaba hacer ya.

Retiré los brazos de Sarah de mi cuerpo, con todo el cuidado que fui capaz, y me deslicé por la cama para escapar de allí.

Necesitaba un poco de distancia.

Mi chica se sentía muy confundida y yo también.

Necesitaba lavarme la cara, pero, como no quería despertar a Sarah, lo hice en el baño de abajo.

Cuando estuve un poco más bajo control y con una cantidad adecuada de sangre en el cerebro, me di cuenta de que quería hacer algo bueno por Sarah. Quería prepararle un buen desayuno. Devolverle un poco todo el cariño que ella me daba. Que nos daba.

Entré a la cocina, saqué el teléfono buscando una receta de tortitas, y me puse manos a la obra.

Quería hacerla feliz.

Acababa de echar en la sartén lo último de la mezcla de tortitas que me quedaba, cuando Sarah entró en la cocina.

Supe que era ella sin necesidad de darme la vuelta por el grito de sorpresa que lanzó.

—¿Dónde está Matt Ashford? ¿Qué has hecho con mi amigo? —preguntó mientras me pinchaba en el costado con el palo de una cuchara de madera.

Me reí porque era inevitable hacerlo con ella. Me divertía muchísimo con Sarah.

—Soy todo un partidazo. Ya he aprendido hasta a cocinar.

—Lo más increíble de todo es que tiene buena pinta —dijo estirando la mano y cogiendo un trozo pequeño de una de las tortitas.

Se lo llevó a la boca y contuve el aliento a la espera de su respuesta.

Sarah gimió y se lamió el dedo.

Joder…, no era esa la reacción que esperaba.

Empecé a ponerme nervioso.

—Están de muerte, Matt. ¿Tenéis crema de cacao? Dime que tenéis crema de cacao —pidió mientras se ponía a revolver en los armarios.

Mis ojos se fueron como atraídos hasta sus piernas.

Se veían largas y llevaba los pies descalzos.

Mi mirada fue subiendo por ellas hasta llegar al borde de su camiseta.

Joder... ¿No llevaba nada debajo de esa prenda ancha?

Todo mi cuerpo comenzó a hormiguear.

Vi, como si fuera a cámara lenta, que levantaba el brazo para coger uno de los botes de crema de cacao alto en proteínas que teníamos, y juro que contuve el aliento cuando la camiseta empezó a subir por su cuerpo.

Estaba al borde de un infarto.

Cuando estaba seguro de que iba a ver su culo, apareció un diminuto pantalón de color rosa y solo en ese momento fui capaz de volver a respirar.

Joder...

—¿Me vas a ayudar a coger el bote o te vas a quedar ahí quieto agarrándote el pecho? —me preguntó mirándome raro, como si me estuviera analizando con la mirada.

No me había dado cuenta de que me estaba hablando.

—Sí, claro —respondí y me acerqué para coger el bote.

Tan pronto como lo tuve en mi poder, me alejé de ella y de su calor.

—Huele de maravilla —comentó Erik entrando en la cocina—. Joder, Sarah. Gracias por las tortitas —le agradeció entusiasmado.

—Las ha hecho Matt —respondió ella con una sonrisa llena de orgullo, señalándome.

Y solo por eso, todo el trabajo que me había llevado hacerlas, había merecido la pena.

Todo lo relacionado con Sarah merecía la pena.

Capítulo 17

Huye ahora que puedes

Sarah siempre estaba conmigo para apoyarme en todo lo que necesitaba.

Hoy iba a ser yo el que estuviera allí para ella.

Hacía unos días que estaba muy nerviosa porque tenía un examen muy importante. Faltaban dos días y, por lo que me había dicho, tenía pensado pasarse toda la noche estudiando.

Bajo mi punto de vista eso no era nada sano, pero, si era lo que ella quería, ¿quién era para decirle lo contrario? Lo único que podía hacer, como su mejor amigo, era estar a su lado para apoyarla.

Justo antes de acercarme a la puerta de su habitación, me crucé con Amy que salía del cuarto.

—Huye ahora que puedes —me dijo sonriendo—. Nunca la he visto de peor humor.

Sus palabras solo consiguieron que todavía quisiera más quedarme. Era ahora cuando más me necesitaba.

—Creo que podré manejarlo —le contesté guiñándole un ojo.

—Luego no digas que no te he advertido.

—No lo haré. ¿Te marchas? —pregunté.

—Sí, voy a dormir con Ellen. Han venido sus primas y han alquilado una habitación de hotel. Vamos a estar allí las cuatro.

—Divertíos —le dije.

—Lo haremos. Hasta luego, Matt —se despidió antes de marcharse.

—Adiós.

Aproveché que Amy había dejado la puerta abierta para entrar en la habitación sin molestar a Sarah.

La vi de espaldas sentada frente a su escritorio con el ordenador abierto. Dos lápices atravesaban el moño que llevaba en lo alto de la cabeza.

No pude evitar sonreír ante la visión.

Me acerqué a su lado y, segundos después, se giró. Supuse que fue al sentirse observada.

Dio un grito.

—Joder, Matt. Me has dado un susto de muerte. Creía que estaba sola. —No pude evitar estallar en carcajadas ante su reacción—. ¿Qué estás haciendo aquí? —me preguntó frunciendo el ceño y los labios, en un intento por parecer molesta y peligrosa, que a mí solo consiguió parecerme adorable.

—Vengo a hacer que tu noche sea inolvidable —le dije subiendo y bajando las cejas en un tono sugerente.

Ella se limitó a mirarme como si le estuviera hablando en otro idioma.

Antes de que pudiera decirme alguna barbaridad de vuelta, elevé la bolsa que llevaba en la mano para que la viera.

—Traigo café y unos bocadillos vegetales de tu restaurante favorito.

—Deberías haber empezado por ahí —dijo levantándose de la silla y se acercó a mí.

Me lanzó los brazos al cuello para darme un abrazo.

Tuve que concentrarme para no tirar la bolsa al suelo y apretujarla contra mi cuerpo.

Metí la nariz entre su pelo y aspiré su olor.

Solo por esa reacción, por haberla hecho feliz, merecía la pena la media hora de cola que había hecho para conseguir los bocadillos. La verdad era que, con solo una sonrisa, lo hubiera valido igual.

—Muchas gracias —le dije separándome de su cuerpo.

Notaba el corazón caliente dentro del pecho porque hubiera decidido venir a pasar la noche conmigo. Porque se hubiera preocupado de que tuviéramos cena y café.

Con comida, café y Matt, podía superar cualquier cosa.

A veces me asustaba lo rápido que se había convertido en alguien imprescindible en mi vida. Lo había hecho casi sin que me diera cuenta. Entre bromas y discusiones, lo había conseguido con su empeño por ser mi mejor amigo.

Le arrebaté la bolsa de la mano y la puse con cuidado sobre la mesa para rebuscar dentro de ella.

Mientras lo hacía, Matt se acercó de nuevo a la puerta para quitarse los zapatos.

Saqué los dos vasos gigantes de café, que olían como el cielo, y le di un trago al que llevaba mi nombre antes de coger los bocadillos.

—Toma —le dije tendiéndole uno de ellos, cuando sentí que se ponía a mi lado.

Saqué el segundo bocadillo y me senté en el suelo, sobre la alfombra, en el hueco que había entre el escritorio y la cama, con la espalda apoyada en la cama.

Matt se acomodó a mi lado y lo observé de reojo, mientras desenvolvía el bocadillo.

Di un mordisco y gemí por lo delicioso que me supo.

—Estás hambrienta, ¿no? —preguntó sonriendo encantado.

—Ni te lo imaginas. Llevo sin comer nada desde el entrenamiento de esta mañana. Cuando hemos terminado, me he encerrado en la habitación y no he parado de estudiar —empecé a contarle mientras comía, desahogándome con él—. He estado a punto de pedirle a mi tío que me dejase faltar al entrenamiento de hoy, pero me ha parecido poco profesional. Pero, cuando he vuelto al cuarto, me he agobiado por si no me daba tiempo.

—Eh, eh…, tranquila —me dijo agarrándome del brazo para que me acercara más a su cuerpo. Cuando nuestros laterales hicieron contacto apoyé la cabeza en su hombro—. Te va a dar tiempo a estudiar de sobra. Me tienes aquí para ayudarte con lo que necesites.

—No sabes cómo te lo agradezco —le contesté llena de gratitud, de felicidad.

Me encantaba sentirme apoyada y comprendida por él.

A decir verdad, desde que había entrado en la habitación, me sentía más a gusto y un poco menos estresada.

Hundí la nariz en su cuello y aspiré su aroma con fuerza antes de volver a separarme, para seguir comiendo.

Cuando terminamos y recogimos todos los envoltorios, metiéndolos dentro de la bolsa en la que los había traído, Matt me preguntó:

—¿Cómo te puedo ayudar?

—Necesito que me tomes la lección. Que compruebes que los datos que voy soltando, son correctos. Me da miedo aprenderme alguna información mal —le expliqué mientras le tendía los apuntes.

—Madre mía, Sarah —dijo cuando los vio—. Estos apuntes son una pasada. Son preciosos. No tenía ni idea de que los apuntes pudieran ser así. ¿Es que todo lo que haces es maravilloso? —preguntó entre divertido y alucinado.

—Tampoco es para tanto —le dije sintiéndome un poco avergonzada—. Disfruto mucho haciéndolos y encima me resulta más fácil fijar los conocimientos si me resultan agradables a la vista.

—Tus apuntes son tan agradables a la vista como yo. ¡Qué maravillosa coincidencia! —contestó riéndose.

No pude evitar reírme yo también.

Le miré a los ojos y me sentí muy agradecida por tenerle.

Esta mañana, cuando me sonó el teléfono y vi que era mi padre quien llamaba, supe que la conversación no iba a terminar conmigo contento.

—Papá —saludé al descolgar.

—Hola, hijo. Necesito que vengas esta tarde a las tres a la ofi cina del centro. Hay un par de inversores a los que quiero que conozcas —me dijo directo al grano.

Ni un «¿qué tal estás?». Ni un «te echo de menos». Nada. Directo a los negocios. Él era todo negocios.

—El entrenamiento de hoy empieza a las cinco. No puedo llegar tarde —le dije, sorprendiéndome incluso a mí mismo por haberlo hecho.

Esa era la primera vez que le ponía una pega cuando me pedía algo.

Mi padre, a juzgar por su silencio, también estaba sorprendido.

—Te espero a las tres en mi oficina —repitió como si no me hubiera quedado claro la primera vez.

—Allí estaré —le aseguré.

Colgó tras despedirse con un seco *hasta luego*.

Apreté molesto la mandíbula, ya que no me apetecía nada ir, pero sabía que iba a hacerlo.

¿Qué otra opción tenía?

—¿Por qué has llegado tan tarde? —le pregunté a Matt cuando llegó al entrenamiento.

En el mismo instante en el que sus patines habían tocado el hielo, patiné hasta él.

—¿Estabas preocupada por mí? —me preguntó con una sonrisa traviesa que no llegó a alcanzar sus ojos.

A mí no me engañaba. Le pasaba algo.

Me quedé observándole con los ojos entrecerrados, advirtiéndole con la mirada que iba a descubrir lo que le molestaba. No lo iba a dejar correr, y no me comportaría como si no sucediese nada.

—Claro que lo estoy —respondí. Su sonrisa se hizo mucho más grande y entonces sí que alcanzó sus ojos. Me asusté por lo mucho que su reacción le gustó a mi cuerpo—. Eres mi mejor amigo —añadí para quitarle importancia—, y eso significa que nos preocupamos el uno por el otro.

—Ashford —le llamó mi tío interrumpiéndonos—, te estamos esperando.

Matt adelantó el patín derecho para acudir a la llamada de mi tío, pero, antes de que pudiera marcharse, le agarré del brazo.

—No te vas a librar de esto. Cuando termine el entrenamiento, antes de que empecemos el nuestro, me lo vas a contar.

—Lo haré —accedió moviendo la cabeza de forma afirmativa.

Miré su espalda mientras patinaba hacia el centro de la pista donde el resto del equipo ya había comenzado a calentar.

—Desembucha —le ordené cuando nos quedamos solos en la pista.

Matt me miró durante unos segundos antes de patinar hacia el banquillo.

Le seguí y le observé mientras cogía una de las botellas de agua y se sentaba para beberla.

—Vamos, Matt —le dije cuando me aburrí de esperar a que fuera él quien diera el primer paso—. Estoy esperando a que me lo cuentes.

—No me apetece hablar.

—Es una pena porque lo vas a hacer.

Me miró con la boca torcida y la cara llena de incomodidad durante unos segundos.

—Me da vergüenza contártelo —confesó sosteniéndome la mirada.

—Matt... —le dije sentándome a su lado—, casi cada una de las cosas que te he contado desde que nos conocemos, me ha dado vergüenza, pero, aun así, lo he hecho. Eres de las personas que más sabe de mí. No me dejes fuera.

—Tienes razón, joder —reconoció, llevándose la mano al pelo y agarrándose la parte superior—. He llegado tarde por mi padre. Me ha llamado para que fuera a su oficina para estar con un par de inversores de la empresa familiar.

—¿Por qué te da vergüenza eso? —le pregunté muy sorprendida, tratando de entenderle.

—¡Porque no quería hacerlo! ¡Porque no quiero llevar la puñetera empresa familiar! —gritó lleno de furia.

—¿Y por qué has ido? —le interrogué, alargando la mano para agarrarle una.

Durante unos segundos Matt, al igual que yo, se quedó mirando nuestras manos unidas.

Noté como la rigidez con la que estaba sentado hasta momentos antes, se iba disolviendo poco a poco.

Le observé mientras se echaba hacia atrás, en el asiento, hasta casi estar en el borde, mientras echaba la cabeza hacia atrás para apoyarla en el banquillo.

Cuando estuvo colocado, se giró para mirarme.

Nuestras manos, que todavía estaban unidas, descansaban ahora sobre su rodilla.

—He ido porque no soy tan valiente como tú. Porque no me atrevo a decirle a mi padre que no quiero llevar la empresa y que deseo ser un jugador de *hockey* profesional. Porque tengo miedo de defraudarle. Porque tengo miedo de que el mundo se joda si me atrevo a decir lo que quiero. Si me atrevo a vivir como a mí me gustaría —confesó con un hilo de voz.

Supe en ese instante que era la primera vez que Matt decía algo así en alto. Tan claro y tan de verdad. Era la primera vez que se desnudaba ante otra persona de esa manera.

Por eso, sopesé mis palabras durante tanto tiempo antes de decirlas, porque quería que le quedase claro que sus necesidades y anhelos eran tan válidos como los de los demás. Porque se merecía luchar por sus sueños. Porque tenía que atreverse a alzar su voz. Porque no se podía permitir vivir la vida que otros habían construido para él.

Pero no quería ni agobiarle ni hacer que se sintiera ofendido. Quería ser su apoyo.

—Me duele que sientas que tus necesidades y deseos no son válidos, porque los son. Más que los de nadie. Ojalá te dieses cuenta de eso. Voy a ayudarte a que lo hagas, porque no tienes que estar solo en esto. Porque me tienes a tu lado para lo que necesites. Pero, Matt, siento decirte que es una cosa que deberías hacer, porque si no vas a estar el resto de la vida lamentándote, cuando descubras que estás viviendo una vida que no es la tuya, que no es lo que quieres —le dije poniendo mi mano libre sobre su cara—. Estoy a tu lado para todo lo que necesites.

—Joder, Sarah —dijo con la voz cargada de sentimiento, antes de tirar de mí para apretarme contra su pecho.

No sabría decir el tiempo que pasamos así, abrazados, en silencio. Con solo el ruido de nuestras respiraciones de fondo. Sin hablar ni una sola palabra.

Pero me sentí feliz.

Deseé con todas mis fuerzas ser capaz de ayudar a Matt para que se abriera al mundo. Para que le enseñara a los demás lo que solo yo sabía. Para que les enseñara lo maravilloso que era.

—¿Entrenamos un rato antes de que nos echen a patadas de la pista? —le pregunté tratando de conseguir un tono de voz casual.

Por mucho que me gustara abrirme a ella, no quería que se diera cuenta de lo afectado que me sentía, y no solo estaba así por lo que pasaba con mi padre.

Me sentía afectado por cómo ella se comportaba conmigo. Por su compañía. Por su apoyo. Por la forma en la que me defendía y le parecía válido lo que yo deseaba. Me hacía sentirme demasiado tierno.

—Vamos —dijo ella separando la cabeza de mi pecho antes de levantarse.

Al segundo, sentí la pérdida de su calor, de su cercanía...

Necesitaba serenarme y tranquilizarme.

Así que, cuando Sarah me estuvo explicando la técnica de ese día, me centré en escucharle y en darlo todo para sacarlo.

Esa tarde practicamos tres ejercicios distintos.

Para cuando llegó la hora de terminar, toda la tensión y la frustración que había sentido al principio se habían esfumado y había empezado a divertirme.

—Vamos a dejarlo ya —me dijo Sarah.

—No, venga. Vamos a seguir un rato más, que me estoy divirtiendo mucho.

—No. Estoy cansada y tengo mucha hambre —me respondió tratando de pasar a mi alrededor para salir de la pista.

Vi sus intenciones y traté de adelantarme, pero, justo cuando estaba a punto de agarrarla, se echó para atrás en un movimiento muy rápido, que no me esperaba, y se me escapó en las narices.

Se me dibujó una sonrisa enorme y el cuerpo me burbujeó lleno de diversión. Me gustaba que tratara de huir de mí.

Me encantaba cazarla.

Sarah salió corriendo y consiguió ganar distancia conmigo.

Era muy buena, pero para esto había entrenado. Tenía que poner en práctica esas habilidades para poder atraparla.

Me preocupó estar molestándola durante una fracción de segundo, hasta que nuestros ojos se cruzaron y vi un brillo de diversión destellar en los de ella.

Le apetecía esto tanto como a mí.

Sarah empezó a patinar en círculos hasta que me acercaba a ella y de repente hacía un cambio brusco de dirección.

Cada una de las veces que me esquivaba, me sacaba la lengua y me sonreía con maldad.

Sus gestos me hacían reír a carcajadas.

Cuanto más se escapaba, más me empeñaba yo en atraparla.

La tercera vez que trató de esquivarme de la misma forma, me adelanté a su giro y la atrapé por la cintura elevándola del hielo para que no pudiera huir.

Sus manos aterrizaron sobre mis hombros, alrededor de mi cuello. Se agarró a mí para estabilizarse, y su risa llegó a mi oído, al mismo tiempo que su frente rozaba la mía.

Estábamos tan cerca que podía sentir sus pestañas rozando las mías.

Lucía una sonrisa enorme al igual que la que esbozaba yo.

Necesitaba sentirla más cerca. Odiaba cada centímetro que nos separaba.

Me incliné los escasos centímetros que nos distanciaban y abrí la boca para besar sus labios.

Fue como la mejor caricia que había sentido en la vida.

Me tragué su sonrisa.

Saqué la lengua y saboreé sus labios húmedos durante unos segundos antes de apartarme de ella. Todo mi cuerpo burbujeaba.

—Gracias por todo —le dije cuando separé mis labios de los de ella.

Mi voz salió entrecortada y asustada.

Mierda.

Estaba seguro de que iba a darme un tortazo. No entendía muy bien cómo había terminado besándola, pero lo había necesitado.

Sin embargo, Sarah me miró con la boca abierta como si estuviera en *shock*, antes de asentir con la cabeza como si estuviera de acuerdo.

—Eres mi mejor amigo. Me gusta ayudarte —dijo en voz muy baja cuando salió de su estado sorprendido.

Después de eso, recogimos la pista y nos marchamos a los vestuarios para cambiarnos.

Cuando terminé de vestirme, me quedé sentado en uno de los bancos durante unos minutos mirando a la pared. Me sentía incapaz de conectar todo lo que estaba sintiendo.

Capítulo 18

Porque es mi mejor amiga

Cuando vi a Dan atravesar las puertas del aeropuerto, sentí como si no le hubiera visto en años. Lo sentí como si no solo hubieran pasado unos meses.

Mi vida había cambiado tanto.

Le había echado tantísimo de menos. Le quería. Dios, le quería mucho.

Los ojos comenzaron a llenárseme de lágrimas por la emoción.

Le había echado mucho de menos. Muchísimo. Tanto que, cuando le tuve enfrente, salté a sus brazos.

Dan me envolvió en su abrazo y me llenó de paz.

A pesar de que hablábamos por teléfono a diario y nos conectábamos por videoconferencia para ver películas o simplemente charlar, viéndonos la cara al menos dos veces por semana, estar frente a él, piel con piel, era lo que necesitaba.

Dios cómo quería a Dan.

El único problema fue que su llegada trajo consigo una realidad para la que no estaba del todo preparada.

No es que no lo hubiera sabido ya antes, pero, al tenerle ahí conmigo, lo que me hacía sentir al abrazarle, fue el último golpe de realidad que me demostró que no podía seguir mintiéndome a mí misma, diciéndome que lo que sentía por Matt era simple amistad, o que podría serlo.

Era imposible y lo sabía. Puede que lo supiera desde el primer momento, pero ya no podía negarlo más.

Amaba a Matt.

Estar en los brazos de Dan era calma y serenidad.

Estar en los brazos de Matt era un cataclismo. Removía cada célula de mi cuerpo. Las encendía, las tranquilizaba… Todo junto y la vez. Era con diferencia la sensación más intensa que había vivido en mi vida. Amor, pasión, cariño, deseo…

Necesitaba cambiar de pensamiento.

Necesitaba concentrarme en el aquí y en el ahora.

En mi mejor amigo que acababa de llegar a la ciudad después de tanto tiempo separados.

—Tenemos que ponernos al día —le dije separándome de su abrazo, pero agarrándole de los hombros. Me resistía a soltarle del todo. Primero necesitaba convencerme de que era verdad que estaba aquí, en este lado del país. A mi lado.

—No hay nadie que esté más al día de mi vida que tú —contestó riéndose—, pero no te preocupes que vamos a hablar de todo. No pienso separarme ni un centímetro de ti en todo el fin de semana.

Ver a otra persona alegre, jamás me había hecho tan feliz.

Me di cuenta de ello en el aeropuerto, en el mismo momento en el que Sarah saltó a los brazos de Dan con los ojos brillantes por la emoción.

Me di cuenta también de que me gustaba estar a su lado en todos los momentos importantes de su vida.

Era un privilegio que no hubiera cambiado por nada del mundo.

Los escuché mientras hablaban el uno con el otro durante el trayecto en coche desde el aeropuerto hasta la casa del entrenador, que era el lugar donde se iba a quedar Dan a dormir, con una sonrisa tan grande en la cara que era casi dolorosa.

Escuchar el tono de felicidad de Sarah sobrevolar dentro del vehículo era la melodía más hermosa que jamás había escuchado.

Amar a Matt era muy duro.

Yo solo quería ser lo más importante para alguien y para él no lo podía ser.

Ya tenía una novia, pero, por más que me lo repetía, mi corazón no dejaba de amarlo, de sentir que él sí lo era todo para mí.

Y me odiaba por ello.

Por haberme enamorado de alguien que no podía darme lo que tanto necesitaba. Por haberme enamorado de alguien que tenía novia.

En este punto, después de conocerlo durante cuatro meses, no me engañaba a mí misma. Sabía que me había enamorado de él.

Cada vez que me repetía que era mi mejor amigo, era a la vez una alegría y una tortura.

Era una alegría porque lo podía tener cerca de mí. Me encantaba su compañía, sus ocurrencias e incluso la manera en la que se tocaba la cabeza cada vez que estaba concentrado, pero la cuestión era que no lo podía tener.

«Tener», no de la manera en la que quería. No como si fuéramos algo más que amigos. No como si no tuviera novia.

Supuse que, de haber estado soltero, no habría podido aguantar todas las veces en las que había sentido la necesidad de besar esos labios tan perfectos. Rojos y rellenos.

Creo que nunca había mirado unos labios con tanta atención.

—Mira, Sarah —Dan llamó mi atención. Estaba sentado a mi lado en la mesa del restaurante en el que habíamos quedado para cenar con Matt y Macy—. Allí vienen —dijo, y señaló la puerta del restaurante.

Mi estómago comenzó a llenarse de mariposas cuando mis ojos se encontraron con los de Matt, y me sonrió.

Con solo ese gesto, logró que el resto del local desapareciese para mí.

En ese instante perfecto, solo estábamos él y yo.

Hasta que mi burbuja de irrealidad se explotó al entrar en mi campo de visión una mano femenina que le tocó el brazo.

Bajé la mirada y seguí el brazo hasta toparme con una chica guapísima. Con pelo rubio brillante, liso y perfecto, y unos ojos tan verdes que casi tenían el mismo tono que la hierba.

Nunca había visto nada igual.

Fue entonces cuando el estómago se me desplomó.

No solía verlos mucho juntos. Es más, cuando lo estaban, apenas interactuaban entre ellos. Pero, verlos entrar en el restaurante a la vez, hizo que la realidad de que eran una pareja fuera ineludible.

Fue como una especie de confirmación.

Qué curiosa era la mente humana, cuán capaz era de autoengañarse.

Durante toda la cena, me esforcé en centrarme en Dan. En tratar de olvidar que delante de mí tenía a Matt con su novia.

No es que no lo hubiera sospechado ya antes, pero, acceder a cenar con ellos, había sido una muy mala idea.

Solo había aceptado por lo emocionada que había estado Macy cuando nos lo había propuesto.

—¿Dónde te estás quedando a dormir? —le preguntó Macy a Dan.

Por mucho que me gustase odiarla por salir con Matt, no podía hacerlo.

Era una chica encantadora. Siempre tenía una sonrisa en la cara. No solía hablar mucho, pero, cada vez que lo hacía, era para decir algo bueno.

Entendía por qué Matt estaba con ella.

Macy era casi perfecta, y aguantaba mucho más de lo que yo lo haría, ya que casi no pasaban tiempo juntos.

Estaba bastante claro que para Matt lo primero era su equipo y amigos, y, luego, estaba Macy.

¿De verdad hacía solo unas pocas horas que había pensado en lo mucho que me gustaba verlos juntos? Porque, en ese momento, viéndolos compartir los platos de comida; viendo cómo interactuaban el uno con el otro, como si fueran los únicos que estaban en la mesa, me estaba dando ganas de levantarme, tirar la mesa por los aires y gritarle a Dan que era mi mejor amiga.

No la de él.

Bajé la vista hasta mi plato y traté de calmarme. Era una persona racional. Lo que sentía era errado y desproporcionado, pero sentía que me ardía la sangre en las venas.

—Tenemos que hacer más citas dobles. —Escuché que decía Macy a mi lado encantada.

Giré la cabeza tan rápido para mirarla, que casi me partí el cuello.

¿Estaba queriendo decir que Dan y Sarah estaban saliendo juntos?

Tenía en la punta de la lengua la respuesta de que no estaban saliendo, cuando otra pregunta acudió a mi mente: si Dan y Sarah fueran una pareja, yo lo sabría, ¿verdad? Eso era algo que se supone que le contabas a tu mejor amigo. Sarah me lo habría contado.

—Podemos salir siempre que queráis. Me lo estoy pasando bomba —respondió Dan y juro que me miró con una sonrisa burlona.

Apreté los dientes con fuerza.

¿Por qué tenía la puta sensación de que me retaba? ¿Que me quería tocar los cojones?

Pero a ese juego sabíamos jugar los dos.

Yo me consideraba una persona buena, pero no lo era cuando me tocaban las narices.

—Es una pena que vivas a dos mil millas de nosotros —le repliqué con una sonrisa burlona.

—Oh…, Matt, ¿no te ha dicho Sarah que el año que viene me vengo a vivir aquí?

No me jodas.

Si en ese momento hubiera tenido la capacidad de echar fuego por las orejas, lo habría hecho.

Joder, no me apetecía nada tener a este tío robándome la atención de Sarah.

¿Qué coño me pasaba? Me asusté de la fuerza de mis sentimientos. De lo primitivos que eran. De lo incorrectos y horribles.

—Voy al servicio —farfullé levantándome de golpe de la silla.

Necesitaba algo de espacio.

Necesitaba algo de claridad.

Caminé hasta el baño a grandes zancadas.

Cuando llegué, abrí la puerta y entré a un espacio muy moderno lleno de plantas y de madera, que apenas registré y mucho menos disfruté.

Puse las manos sobre la encimera y me miré en el espejo.

Tenía que calmarme.

Respiré un par de veces sin apartar la vista de mi propio reflejo y, cuando lo hube hecho un poco, me agaché para echarme agua en la cara. Dios…, necesitaba volver a ser una persona normal.

Aproveché para usar el servicio, y, después de por lo menos diez minutos, salí del baño y me encontré de frente con Sarah.

—¿Estás bien? —me preguntó. Su voz sonó cargada de preocupación.

—Sí, tranquila —le contesté sonriéndole, casi calmándome al instante.

No quería que pensara que era un energúmeno. No quería serlo.

—Me ha parecido que tenías mala cara —insistió girando la cabeza como si de esa manera fuera capaz de leer mi mente.

Me hizo gracia.

—Te juro que estoy bien —le prometí acariciándole el pómulo con el dorso de la mano para tranquilizarla.

Iba a estarlo. Iba a relajarme.

Dan era el amigo de Sarah y yo también.

Estaba seguro de que podía sacar tiempo de sobra para estar con los dos.

Volvimos a la mesa y el resto de la cena transcurrió sin muchas complicaciones.

Antes de que pudiera llegar a decidir, si ir hasta la casa del tío de Sarah estaba bien, me encontré llamando a la puerta.

Me puse rígido mientras esperaba a que contestaran al timbre; preocupado porque lo hicieran y porque no lo hicieran.

¿Cómo podía tener semejante batiburrillo de ideas en la cabeza? ¿Semejante mezcla de sentimientos?

Observé la casa que se alzaba ante mí, solo para ver si así lograba distraerme.

La edificación era grande. No tan desmesurada como la de mis padres, pero muy bonita. Estaba construida en piedra rojiza y tenía las ventanas y puertas blancas. La verja era negra y ornamentada, y estaba rodeada de matorrales.

Parecía un sitio muy agradable en el que vivir.

Me pregunté por qué Sarah no estaría viviendo con su tío, si la casa era tan acogedora y grande. Hasta donde yo sabía, el entrenador ni estaba casado ni tenía pareja. Encima, estaba muy cerca de la universidad.

Tomé nota mental de ello, para preguntárselo en cuanto tuviera una oportunidad. Quería saber cada pequeña cosa que le pasara por la cabeza. Cada anhelo, cada deseo...

Cuando sonó el inconfundible ruido metálico de la puerta abriéndose, la empujé hacia dentro para poder pasar.

Caminé lleno de nervios. Con el estómago encogido. ¿Qué iba a hacer si me decían que estaban ocupados enrollándose? Sentí un pinchazo en el pecho que decidí ignorar.

No pasaba nada. Todo estaba bien. Sarah seguía siendo mi mejor amiga.

—Ashford —me dijo el entrenador cuando abrió la puerta de su casa, descalzo y sin camiseta. Solo vestía unos pantalones cortos de deporte.

Lo observé asombrado. Siempre le veía con tanta ropa y sobre la pista, que nunca me había dado cuenta de que estaba muy fuerte. Tenía unos abdominales marcados y un pecho gigantesco. No tenía nada que envidiar a nuestros cuerpos de atletas.

Me pareció mucho más joven. De hecho, sabía que no tenía mucho más de treinta años, pero, como siempre era tan autoritario y firme, se me olvidaba.

Era una de las mejores figuras masculinas que conocía.

—Entrenador —respondí solo para ganar algo de tiempo.

Allí de pie, frente a él, me di cuenta de lo fuera de lugar que estaba que hubiera ido. Quizás, la próxima vez, debería pensar con la cabeza las cosas antes de hacerlas. Pero, había algo en Sarah que hacía que mi coeficiente intelectual disminuyera como treinta puntos. Me quedaba con la inteligencia justa como para ser un poco más listo que un mono.

—¿Qué estás haciendo aquí, Ashford? —preguntó y no hizo falta ser muy listo para darse cuenta de que estaba impaciente.

—Vengo a hablar con Sarah.

—¿Por qué? —preguntó sorprendido, abriendo un poco los ojos, antes de empezar a observarme con mucho más detenimiento. Como si, solo con mirarme, fuera a descubrir el motivo que me había llevado hasta allí.

Pero el motivo era muy sencillo y no me importaba decírselo.

—Porque es mi mejor amiga.

El entrenador entrecerró los ojos y me observó durante unos segundos consiguiendo que me pusiera más recto, tratando de superar su escrutinio.

—Se ha marchado para la residencia en cuanto ha dejado a Dan. Ha dicho que estaba muy cansada.

—Oh… —respondí sorprendido—. Eso es genial. No es que me alegre de que esté cansada. Es solo que me parece bien que esté en su habitación a salvo.

Incluso a mí me resultaron raras mis palabras. El entusiasmo y la sorpresa con la que las había dicho.

—Te juro, Ashford —dijo dando un paso amenazante hacia afuera y señalándome con el dedo—, que como le hagas daño a Sarah, te mato.

—Si le hago daño, señor, seré el primero en matarme yo mismo. No se preocupe.

Nos quedamos en silencio durante unos segundos mientras me observa.

Pasado ese tiempo, asintió con la cabeza, antes de darme las buenas noches y decirme que me fuera para casa.

Subí las escaleras de la residencia de dos en dos hasta la planta donde estaba la habitación de Sarah.

Me sentía feliz, eufórico.

Tenía tantas ganas de verla, que había sido incapaz de irme a casa.

Aunque habíamos pasado una parte de la mañana y gran parte de la noche juntos, sentía como si no hubiéramos tenido tiempo suficiente para nosotros.

La echaba de menos y, aunque solo pudiera pasar unos minutos con ella, porque estaba cansada, sabía que solo con verla unos segundos me iría mucho más feliz para mi casa.

Llamé y esperé lleno de anticipación a que se abriera la puerta.

Cuando lo hizo, apareció una Sarah que vestía un pijama amarillo y verde de aguacates bailando. Su visión me hizo sonreír como un gilipollas.

—Matt... —dijo y me lanzó una sonrisa enorme—, ¿qué haces aquí? —preguntó, pero no parecía para nada molesta.

—Quería darte las buenas noches. No me ha dado tiempo a hacerlo antes.

—Me las has dado —señaló riendo.

—Yo creo que no. ¿Qué estás haciendo? —le pregunté, solo para poder alargar un poco más mi estancia.

—Estaba viendo una película en el portátil. ¿Quieres pasar? —me preguntó, abriendo más la puerta.

—Por supuesto —respondí, mientras daba el primer paso hacia el interior de su habitación. Como siempre, ver la diferencia entre los dos espacios del cuarto me hizo sonreír. Sarah era todo orden, mientras que Ellen era todo caos. Había un gran contraste. Miré hacia la cama de Sarah y vi que el ordenador estaba abierto y encendido sobre ella.

—¿No está Ellen?

—No. Ha salido a cenar con Amy.

—¿Qué estás viendo? —le pregunté, pero antes de que me contestara, ya me había sentado en su cama y miraba el ordenador por mí mismo—. *Los hombres de negro*. Buena elección.

Dejé el ordenador de nuevo sobre el colchón, para poder quitarme las zapatillas.

—¿Te vas a quedar? —me preguntó con un tono cargado de emoción que me calentó por dentro.

Saber que quería que me quedara, me hacía muy feliz.

—Claro. No me perdería una película contigo por nada del mundo.

Sarah sonrió y se acercó antes de tirarse sobre la cama, y me empujó.

—Vete más para allá, gigantón. No entramos los dos.

—Ven para acá —le dije abriendo los brazos—. Ya verás como sí lo hacemos.

Para cuando me quise dar cuenta, tenía a Sarah tumbada de medio lado sobre mi cuerpo, con la cabeza apoyada sobre mi hombro y el ordenador colocado sobre las piernas.

Estar en esa posición con ella era tan natural como respirar.

Por la mente se me pasó el pensamiento de que siempre que estaba con Sarah me sentía pleno, como si no necesitara nada más.

Capítulo 19

¿Adónde te crees que vas?

Fuimos hasta la ciudad en la que los chicos jugaban ese fin de semana en autobús.

El viaje estuvo bien. Bueno, por lo menos a mí se me pasó rápido. Después de pasar un buen rato viendo algunos vídeos ridículos en el móvil, me quedé dormida sobre el hombro de Matt. Debía reconocer que era muy cómodo. Tenía unos grandes brazos que, ya que no podía usar para disfrutar de sus músculos, como su mejor amiga, podía usar como almohada.

Algo era algo.

El calor de su cuerpo y el aroma de su colonia, sumada con la de su propia piel y el cansancio que arrastraba de las noches en vela estudiando, habían sido una combinación explosiva para que me quedara dormida.

El autobús nos dejó en el hotel en el que nos alojábamos y nos registramos en la recepción.

Fue todo muy ruidoso.

Era lo que sucedía cuando ponías a un montón de atletas en edad universitaria juntos, en cualquier sitio cerrado.

Nos fueron dando nuestras habitaciones uno a uno.

A Matt se la dieron antes que a mí, pero me esperó para que pudiéramos subir juntos.

Luchamos dentro del ascensor porque al muy idiota se le había metido en la cabezota que quería subir mi equipaje, como si fuera una debilucha.

—Soy perfectamente capaz de llevar mi propia maleta —dije fulminándole con la mirada—. ¿Qué pasa? ¿Tienes complejo de botones?

—Muy graciosa —comentó haciendo una risa absurda de broma—, pero dudo que con esos bracitos seas capaz de levantar nada.

—No tengo bracitos —le contesté levantando el brazo en alto y sacando bola para que pudiera ver que yo también tenía músculo. Desde luego, no era como los de él, pero no era una princesita—. Tengo unos músculos de la leche. Los suficientes como para llevar mi maleta y la tuya juntas. No hay que tener unos brazos de árbol para hacerlo.

Justo en ese mismo momento le arranqué de las manos su mochila y la mía.

Maldije para mis adentros por lo muchísimo que pesaba la de él, y di gracias porque la equipación estuviera en el autobús.

—¿Te he dicho alguna vez que eres la mujer más cabezota que he conocido en la vida? —me preguntó y, a pesar de que estaba a mi espalda, pude notar la diversión en su voz.

—Gracias.

—No era un cumplido.

—Sí lo era. —Me giré para guiñarle un ojo—. ¿Qué llevas aquí dentro? ¿Un muerto?

—Llevo lo que son horas y horas de diversión.

—¿El qué? —le pregunté llena de curiosidad.

—Una consola —respondió guiñándome un ojo.

Me reí divertida. Solo a Matt se le podía ocurrir traer una consola a un viaje.

—Eres listo. Tienes un mando para controlarlos a todos.

—Si es que lo entiendes todo a la primera —me dijo poniéndose frente a mí y agarrándome los mofletes para apretarlos, mientras acercaba su cara a la mía.

Era demasiado para mi cordura.

Una ola de calor me recorrió la espalda.

Tenerle tan cerca hizo que me distrajera, y Matt aprovechó para robarme las dos maletas de las manos.

Cuando el ascensor llegó a nuestra planta, bajamos y cada uno se marchó hacia su habitación para dejar las cosas.

Nos quedaba un día muy intenso por delante.

Todos lo eran en plena temporada, y más el día anterior de un partido.

Media hora después, estaba con mi tío en la pista organizando el entrenamiento, llevando todo el material que necesitaban, mientras los chicos calentaban.

Fueron más de cuatro horas de intenso entrenamiento. Más de cuatro horas de machacarse.

Sentía mucha admiración por todos ellos. Por su capacidad de esfuerzo y constancia, y en especial por el capitán que me volvía más que loca.

Después de que los chicos terminaran el entrenamiento de ese día y pasaran por las duchas, nos marchamos a un restaurante japonés que había reservado.

Fuimos todo el equipo al completo. Incluido mi tío.

Me apetecía un montón cenar japonés y hacerlo todos juntos era algo maravilloso.

Caminamos hasta el restaurante, ya que no quedaba muy lejos de la pista, mientras se sucedían un millón de comentarios de los chicos sobre el hambre que tenían, a cual más ingenioso.

Cuando llegamos al establecimiento, me quedé maravillada, y eso que ya había visto imágenes del sitio por Internet cuando había hecho la reserva.

El restaurante era precioso. Un sitio abierto, lleno de plantas verdes que colgaban por todos los lados, con mesas y sillas de madera formando diferentes espacios.

Parecía un lugar rústico y moderno a la vez. Una combinación ganadora.

De fondo sonaba una música suave oriental que te transportaba en un segundo al otro continente.

Salté un poco sobre las puntas de los pies emocionada, gesto que no pasó desapercibido para Matt que se rio a mi lado.

—Te gusta el sitio, ¿eh? —preguntó con voz suave.

—Mucho —respondí devolviéndole la sonrisa.

Nos acercamos al atril en el que había que esperar a que te atendiesen.

Cuando el camarero se acercó, pocos segundos después, nos atendió con muchísima amabilidad dirigiéndonos hasta la mesa que teníamos reservada para nosotros.

Nos sentamos, y debo de decir que agradecí que la mesa que nos habían preparado estuviera en uno de los laterales del restaurante, un poco apartada de los demás, ya que estábamos montando un escándalo impresionante.

—Más te vale que haya tenedores, pequeñita, porque si no vas a tener que alimentarme tú misma. Estoy muerto de hambre —me susurró Matt al oído antes de sentarse en la silla contigua a la mía.

Tragué saliva.

El aliento de sus palabras susurradas me había puesto los pezones duros. Con solo esa frase dicha para mí, había conseguido excitarme como si me hubiera tocado.

Madre mía… Estábamos rodeados de gente.

Sus palabras no tenían ni el menor atisbo de carga erótica y yo hiperventilaba. Tenía el corazón aleteando en el pecho a un ritmo desigual. A ratos muy rápido, a ratos muy lento… A veces, incluso se olvidaba de latir.

Desde hacía unos días todo se volvía demasiado intenso con Matt y tenía que relajarme.

Tenía que relajarme como para anteayer.

Me senté recta en la silla y saqué el móvil del bolsillo para escanear el código QR, y así poder leer la carta del restaurante.

No tardamos mucho en pedir.

Los chicos querían probarlo todo y en cantidades ingentes.

Cuando llegó la comida, Matt luchó un par de veces con los palillos sin mucho entusiasmo y se dio por vencido. No le puso mucho interés al asunto, pero, antes de que pudiera decirle nada, comentó:

—Ayuda a tu mejor amigo, por favor. Quiero una de esas —me pidió señalando una empanadilla gyoza de pollo.

Su petición me hizo tanta gracia que no me negué.

Estiré la mano, cogí una de las empanadillas y se la metí en la boca.

Me negué a mirar cómo cerraba los labios alrededor de los palillos, a mirar cómo gemía por el sabor y masticaba como si fuese una delicia.

Volví a estirar la mano sin prestar atención a todo eso y me incliné de nuevo sobre la mesa para coger otra empanadilla para mí.

Me reí por la sorpresa cuando Matt agarró mi silla y la acercó del todo a la de él.

—Quiero otra —pidió.

Supe en ese instante que la cena iba a ser muy larga, y a la vez que iba a disfrutar de cada segundo.

Después de tres bocados más y, casi sin darme cuenta, terminé sentada sobre la pierna de Matt.

Podía ver el tenedor por el rabillo del ojo. Podía verlo..., pero no quise decirle que existía, porque sentada sobre su pierna, con el calor de su cuerpo en mi espalda, atravesando la fina tela de mi ropa y penetrando dentro de mi cuerpo, me sentí más querida de lo que me había sentido en años. De lo que me había sentido nunca.

Matt me hacía sentir así en su presencia.

Quería más de él. Lo quería todo de él.

Pero tenía que ser consciente de que no podía dármelo.

Él tenía una novia, y esta debía ser lo más importante del mundo para él.

Yo no quería ser un segundo plato.

No quería, pero, aun así, estaba alimentándome de todo el amor y de toda la atención que me prodigaba.

Mañana, me dije, mañana me preocuparía por ello. Esta noche solo quería disfrutar de su cercanía. Del brazo que tenía alrededor de mi cintura y que se aseguraba de que no me deslizase de su pierna. Quería disfrutar del tacto de sus labios sobre los palillos con los que le alimentaba, y de su risa en mi oído. De todo.

Quería disfrutar de él.

—¿Adónde te crees que vas? —le pregunté a Sarah interceptándola antes de que llegara a la puerta de su habitación.

La agarré por la cintura y la acerqué a mi cuerpo.

—Me voy a la cama —me respondió como si fuera tonto por preguntar.

Sonreí divertido.

—Eso ya lo veo, pero no voy a dejarte. La noche es joven. Estamos todos juntos en otra ciudad y lejos de las obligaciones.

—Estoy muy cansada, Matt. Llevo toda la semana estudiando hasta las tantas —se quejó sin mucha convicción.

—Venga, ven a jugar un rato a la consola con nosotros. No nos dejes solos.

—Matt... —se quejó, pero, por la manera en la que me miraba, supe que su determinación de irse a la cama se tambaleaba.

—Por favor —insistí, poniendo mi mejor cara de bueno.

Sarah resopló y puso los ojos en blanco.

Lo hizo todo a la vez, lo cual me sorprendió. Si alguien me hubiera preguntado antes de verlo, le habría dicho que no era posible, pero ahí estaba Sarah para sorprenderme una vez más.

No dejaba de asombrarme con su manera de ser, con su manera de comportarse...

¿Cómo iba a dejar que se marchara ya a la cama si todavía no había podido saciar mi necesidad de estar con ella?

A veces pensaba que nunca lo haría.

Para mí había sido el mejor regalo del mundo haberla conocido en esa pista de hielo; que me hubiera abierto su corazón sin conocerme.

Este estaba siendo uno de los mejores años de mi vida y sabía que era gracias a ella.

—Está bien, pero enseguida me voy a la cama que estoy muerta.

—Claro —dije, pero sabía que luego, cuando quisiera marcharse, no se lo iba a poner nada fácil.

Me declaraba culpable desde ya. Me encantaba estar con mi mejor amiga. Que alguien viniera a matarme por ello.

Cuando entramos a la habitación, nos siguieron todos los chicos.

Decir que esa noche nos lo pasamos de muerte sería quedarse corto.

Hubo muchas risas y diversión hasta las tantas de la madrugada.

Sarah seguía siendo mala jugando a la consola, pero se notaba que había mejorado mucho.

Darme cuenta de ello, hizo que se me hinchase el pecho de orgullo, porque yo había sido el que le había enseñado.

Me gustaba que hubiera algo, por insignificante que fuera, en lo que fuera mejor que ella y que hubiera podido enseñarle. Le debía muchísimo por todo lo que estaba haciendo por mí.

Metí la mano en el apretado bolsillo de su pantalón para sacar la llave de su habitación.

Me quedé mirando mi mano dentro de su bolsillo embobado. Sin saber muy bien por qué, no era capaz de sacarla del calor de su cuerpo.

Sarah tenía algo que me hacía sentir a gusto.

Me agaché para cogerla en brazos y una vez que la tuve, la acerqué a mi pecho para que estuviera cómoda.

Mientras salía de la habitación llena de gritos, el olor de su pelo comenzó a inundar mis fosas nasales.

Pronto lo envolvió todo e hizo que me sintiera un poco mareado.

Sarah olía a flores. Siempre olía a flores.

Justo en ese instante, se me pasó por la cabeza que, después de conocerla, nunca sería capaz de volver a ver las flores sin pensar en ella.

Con su cuerpo acunado entre mis brazos, introduje la tarjeta en la ranura de su puerta y, cuando una luz verde se encendió, empujé para poder entrar dentro.

Cerré de una patada.

Me acerqué a la cama sin encender ninguna luz, ya que me daba miedo despertarla.

Me quedé parado delante de la cama, dudando durante unos segundos, antes de dejarla.

Ella, al notar que me había quedado quieto, murmuró algo inteligible y frotó su nariz contra mi cuello haciendo que me tragara un grito de la impresión.

Ese roce hizo que todo mi ser se despertase.

Puso toda la piel del lado izquierdo de mi cuerpo de gallina y me apretó el estómago.

Me asusté tanto de la reacción, que ese fue el impulso suficiente para que me agachara y la dejara con delicadeza sobre la cama.

Joder..., me sentía muy confundido.

—Matt... —murmuró Sarah arrancándome del trance en el que me había sumido.

—Tranquila, pequeña. Te he traído a dormir a tu habitación porque estos idiotas no dejan de hacer ruido y no soy capaz de echarles del cuarto. No te preocupes. Descansa.

La observé mientras se daba la vuelta y se acurrucaba en la cama.

Me quedé mirándola durante unos segundos más, hasta que me di cuenta de que no estaba haciendo nada y que era demasiado raro que me quedara allí observándola.

Salí de la habitación y, cuando me aseguré de que la puerta estaba bien cerrada, apoyé la espalda contra ella pensando, o por lo menos intentándolo, pero mi cabeza estaba en blanco. Mi mente era incapaz de conectar los sentimientos que sentía con lo que mi cabeza quería o sabía.

Mi mente estaba hecha un lío.

Me armé de valor y marqué el teléfono de Dan.

Necesitaba hablar de eso con alguien.

Hacía mucho tiempo que lo sabía, pero nunca lo había expresado hacia fuera. Nunca se lo había contado a otra persona y necesitaba hacerlo. Si había alguien en el que confiaba como para poder contarle cualquier cosa, ese era Dan.

227

—Estoy enamorada de Matt —le dije cuando descolgó el teléfono después de dos tonos.

—Buenos días a ti también —respondió riendo.

—No hay tiempo para dar los buenos días, Dan. Te necesito. ¿Has escuchado lo que te acabo de decir?

—Claro. ¿Tendría que mostrarme sorprendido? —preguntó desconcertándome.

—¿Qué?

—¿Que si esperabas que tu confesión me sorprendiera?

—¿No lo hace?

—Ni a mí, ni a nadie que os haya visto juntos durante dos minutos seguidos.

Me quedé callada incapaz de procesar su respuesta. Pensando en cómo nos comportábamos el uno con el otro para que Dan me estuviera diciendo algo así.

—No me puedo creer que de verdad estés sorprendida por lo que te estoy diciendo, Sarah. ¿Es que acaso no te fijaste en cómo me miraba el otro día mientras cenábamos en el restaurante?

—No, ¿por qué?

—Quería asesinarme. De hecho, si se pudiera matar con las miradas, ahora mismo no estarías hablando conmigo. Estarías planificando un funeral.

—No digas tonterías —dije riéndome—. Tiene novia. Llevan toda la vida juntos.

—Dudo de que Matt fuera consciente de que estaba cenando con su novia. O por lo menos que tuviera claro cuál de las dos lo erais.

—Tú no lo entiendes. No me quiere de esa manera. Es mi mejor amigo, y me quiere de esa manera —recalqué las palabras y ni a mí se me escapó el dolor impregnado en mi voz—. Sí que parecía celoso, pero, porque sabe que eres mi mejor amigo y no quiere que le robes el puesto.

—Si eso es lo que quieres decirte a ti misma.

—Dan.

—Sarah.

—Te he llamado porque necesito tú ayuda —le pedí para que se centrase.

—Bien, mi consejo es que te alejes de él. Que te ligues a un tío que te dé un buen meneo y que te olvides de él. Como bien has dicho, Matt tiene novia y no parece que vaya a dejarle.

Tenía razón.

Era una mierda, pero la tenía.

Por mucho que aquella verdad me apretase el corazón hasta tal punto que apenas fuera capaz de respirar.

Las palabras de Dan me llegaron muy dentro.

No sabía por qué motivo tenía tendencia a olvidarme de que Matt tenía novia, pero ya era hora de que le pusiera remedio.

No sonaba tan descabellado lo que me proponía.

Seguro que me costaba estar tan cerca de Matt porque estaba muy caliente.

Acostarme con alguien me vendría muy bien.

Capítulo 20

Esto no ha sido una buena idea

Esa noche iba a sacarme a Matt de la cabeza.

Estaba decidida.

La semana había pasado en un borrón de entrenamientos, clases, deberes y estudios.

El miércoles había hablado con Ellen para que hiciéramos juntas un plan este sábado. No es que le hubiera dicho exactamente que quería salir por ahí para acostarme con alguien porque estaba colada por Matt, y lo nuestro era imposible, pero tenía la sensación de que se había dado cuenta de ello.

Amy y Ellen eran demasiado listas y observadoras para mi propia cordura.

Todo parecía ir bien. Parecía que mi plan iba a funcionar a la perfección, hasta que el jueves antes del entrenamiento Matt me escuchó hablar con Dan mientras le contaba a donde íbamos a ir el sábado por la noche.

Al día siguiente, me enteré de que todo el equipo iba a ir al mismo local que nosotras después del partido del sábado.

¿Cómo se podía tener tan mala suerte? Odiaba saber que Matt iba a estar por ahí mientras buscaba a un hombre que me gustara. Me molestaba porque sabía que me iba a distraer.

Pero, para el viernes a la noche, tenía la convicción férrea de que iba a actuar como si él no estuviera allí.

Tenía que hacerlo.

Cuando terminó el partido fui al apartamento y me reuní con las chicas para vestirnos.

Otro par de compañeras de carrera de Amy se unieron a nosotras para prepararse también.

Después de una media hora, más o menos, empecé a relajarme. Era bueno estar con las chicas. Empecé a creer incluso que la noche saldría bien y que terminaría consiguiendo lo que me había propuesto.

Llegamos a la discoteca y me gustó mucho.

No era el antro cerrado y oscuro que me había imaginado, aunque la pista sí que estaba poco iluminada.

Nunca había sido demasiado *fan* de salir por ahí de fiesta.

Tampoco es que hubiera tenido nunca demasiado tiempo. Entre los entrenamientos —cuando era patinadora profesional— y los estudios, había tenido más de tres tercios de mi vida ocupada.

Dejamos las cazadoras en el guardarropa y nos acercamos las cinco a la barra, que era muy larga y ocupaba toda una pared entera.

Había unos seis camareros atendiendo, lo que me hizo pensar que el local, aunque en ese momento no había mucha gente, luego se llenaría hasta arriba.

Ahogué el gemido de disgusto que amenazó con salir de mi boca.

Había venido a divertirme y debía apagar mi interruptor tiquismiquis.

Después de coger nuestras bebidas, nos marchamos a un reservado.

—Aquí vamos a estar muy a gusto —dijo Ellen—. Está lo suficiente cerca de la pista como para que vosotras veáis el ganado, y lo suficiente lejos como para que nadie nos moleste.

—Perfecto —indiqué y dejé mi botellín de agua sobre la mesa que había en el centro, entre los sofás.

Comencé a mirar alrededor de la discoteca, más que nada por distraerme.

—Si quieres pasártelo bien, y esa es la sensación que tuve el otro día cuando me dijiste que querías salir por ahí, deberías ir a la pista. Ahí hay un chico que tiene aspecto de ser decente, que no ha dejado de mirarte desde que hemos llegado —explicó Amy señalando con la cabeza al mencionado en cuestión.

Seguí con la mirada la dirección que me indicaba y descubrí que, en efecto, el chico estaba mirando.

Le observé durante unos segundos y determiné que, ni parecía peligroso, ni su lenguaje corporal indicaba que fuera demasiado chulo.

—¿Por qué no? —le indiqué a Amy encogiéndome de hombros, antes de levantarme y caminar hacia la pista.

El chico pareció leer mis intenciones, dado que se acercó a mí, por lo que nos encontramos a medio camino.

—Hola —me saludó con una sonrisa bastante decente, cuando estuvimos lo suficiente cerca como para poder escucharnos.

—Hola —le respondí. No se me ocurrió ninguna otra cosa que decir.

—Me llamo, David.

—Sarah.

—¿Te apetece bailar? —preguntó.

Si le parecí un bicho raro por la forma tan seca en la que le contestaba, tras haberme acercado a él, no lo dijo.

Nos adentramos un poco en la pista y comenzamos a movernos.

Cuando me puse a bailar con ese desconocido, me di cuenta de dos cosas muy rápido. La primera, no soportaba las manos de otro

233

hombre que no fueran las de Matt sobre mi cuerpo, y, la segunda, que estaba muy jodida.

En mi cabeza brillaron las palabras: «Esto no ha sido una buena idea».

Esta noche estaba nervioso.

No me había duchado más rápido en la vida.

La actitud que había tenido Sarah la última semana, algo distante y distraída, me ponía nervioso. Al límite.

Traté de vestirme con la misma rapidez, pero no fui capaz.

Me costó toda una vida decidir qué ponerme, y nunca me había preocupado en exceso por eso.

Esta noche me sentía indeciso e hiperconsciente de mi cuerpo.

¿Qué coño me pasaba?

Bajé a la sala cuando por fin me decidí por unos pantalones y una camisa azul oscura que, según mi madre, hacía juego con mis ojos.

Me pareció que eso debía molar.

Cuando entré en el salón de casa todos me esperaban.

Llamamos un taxi para ir a la discoteca por si bebíamos. Aunque yo tenía claro que no iba a hacerlo, ya que no me gustaba nada beber, había que ser cuidadoso.

Prefería tener siempre la mente clara.

—Mola mucho el sitio que has elegido para venir este sábado —me dijo Kent cuando dejamos las cazadoras en el guardarropa mirando a todos los lados—. Vamos a pasar una buena noche. Reconozco que, cuando lo propusiste, pensaba que iba a ser una mierda.

Me reí por sus palabras.

—Eres un idiota —le dije negando con la cabeza y sonriendo.

—¿Qué? Nunca te ha molado salir por ahí. Eres muy aburrido, tío.

—Tiene razón, Matty —indicó Erik, hablando antes de que pudiera darle una buena contestación a Kent, metiéndose en medido de la conversación.

—Lo que digáis —señalé cuando el chico del guardarropa nos entregó nuestros tiques.

No me apetecía discutir con ellos. Quería encontrar a Sarah. Quería que pasáramos un buen rato.

Paseé la vista por el local y encontré a Ellen en un reservado.

Me dirigí allí a grandes zancadas, pero, cuando llegué a su altura, no vi ni rastro de Sarah.

—Buenas noches, chicas —las saludé.

—Hola, Matt —me respondieron Ellen y Amy que estaban acarameladas la una sobre la otra.

Estaban tan apretadas que no había visto a Amy hasta que no me había acercado del todo.

—¿Sabéis dónde está Sarah? —les pregunté.

—Claro —me respondió Ellen con un brillo en los ojos al que no supe ponerle nombre—. Está allí, bailando con un chico —dijo señalando un punto en la pista de baile.

Giré tan rápido la cabeza que me mareé y todo.

Me quedé quieto como una estatua mirando a Sarah.

Llevaba un vestido negro que se abrazaba a su cuerpo, resaltando todas y cada una de sus curvas. Por algún motivo, mis ojos cayeron sobre sus piernas que parecían interminables.

Toda esa piel hizo que se me secase la boca.

Levanté la vista y me encontré con una melena de rizos que estaban sueltos alrededor de su rostro.

El corazón comenzó a latirme a toda leche en el pecho.

Nuestros ojos se encontraron y los de ella brillaron llenos de emoción.

Sentía como si estuviera viviendo un sueño.

Sin apenas ser consciente, me encontré caminando hacia ella. Era como si su persona tirase de mí, atrayéndome hacia su gravedad.

Cuando en mi línea de visión apareció la mano de un hombre sobre la cintura de Sarah, apreté el paso.

¿Qué cojones? ¿Por qué el idiota ese la estaba tocando? ¿Sarah quería eso?

—¿Está todo bien? —grité fuerte para que me escuchara cuando llegué frente a ella.

Mi mirada se desvió a la mano en su cintura y ella se revolvió haciendo que la mano cayera.

—Sí, sí... Tranquilo —aseguró dando un paso hacia mí y separándose del desconocido, como si este le hubiera molestado.

Él la observó confundido, pero, antes de que abriera la boca, le miré para que se diera cuenta de que no iba a dejar pasar ni una sola tontería.

—Esto..., me voy —comentó el chico mirando entre nosotros.

—Mejor —respondí y luego me di la vuelta para seguir hablando con Sarah.

—¿Todo bien? —insistí mientras la analizaba con la mirada.

Ella dudó durante unos segundos en los que vi cómo sus ojos brillaban con un sentimiento que no supe identificar.

—Sí, todo perfecto.

—¿Quieres tomar algo o te apetece más bailar? —le pregunté señalando primero hacia el reservado y luego al lugar en el que nos encontrábamos.

—Beber. Quiero beber —gritó para hacerse escuchar por encima del ruido de la música.

Sin esperarme, se dio la vuelta y salió disparada hacia el reservado.

La seguí y en un par de zancadas me puse a su altura.

Cuando llegamos, se sentó al lado de Ellen y me quedé preocupado porque la notaba distante, pero me dije que igual quería estar con las chicas, y decidí darle espacio.

No era un mejor amigo agobiándola. Ella tenía derecho a pasar el rato con quien le apeteciera. Solo que se me hacía raro que estuviera tan distante. Estaba demasiado acostumbrado a estar con ella.

Me di cuenta de que la decisión de dejarla tranquila había funcionado cuando, menos de media hora después, estábamos todos juntos riéndonos.

Sarah estaba justo a mi lado y no paraba de bromear conmigo.

Estábamos alucinando con la forma de bailar de un chico en la pista.

—Tiene que ser un bailarín profesional. No me jodas —dije cuando hizo un mortal hacia atrás—. Eso me parece demasiado exagerado.

—¿Esa es tu manera de sentirte mejor por ser un mal bailarín? ¿Estás haciendo control de daños? —me picó ella levantando y bajando las cejas de manera absurda.

Me rei a carcajadas porque no pude evitarlo, pero no porque tuviera razón.

—Ven —le dije agarrándola de la mano y levantándola del sofá—. Vas a tener el honor de descubrir lo buen bailarín que soy.

Sarah todavía se reía cuando llegamos a la pista.

No la solté la mano, y ella tampoco hizo amago de querer soltármela.

Comencé a bailar y ella empezó a moverse también.

Pocos minutos después, el demostrar que sabía bailar acabó convirtiéndose en ver cuál de los dos era capaz de hacer la tontería más grande.

Agarré a Sarah por la cintura y la levanté del suelo ligeramente para dar una vuelta con ella, así como habíamos hecho muchas veces en la pista de hielo. Pero, al atraerla contra mi cuerpo, me di cuenta de que la escasez de ropa que ahora teníamos hacía que las sensaciones, que en la pista eran divertidas, aquí se sintieran completamente de otra forma.

La bajé sobre sus pies, pero no le solté la cintura.

Tampoco la separé de mi cuerpo.

Empezamos a mecernos hacia los lados juntos, bailando el mismo ritmo, sin dejar de mirarnos a los ojos.

Casi no podía escuchar la música por el ruido ensordecedor que hacía mi corazón al latir. Podía escucharlo en mis oídos.

Sentía la piel tersa de la espalda de Sarah contra mis manos, su calor… Su olor llenaba cada átomo de mi cerebro haciendo que fuera incapaz de pensar.

Solo podía sentir, y me encantaba lo que estaba sintiendo.

Apreté un poco más su espalda, acercándola más a mí y acortando el inexistente espacio que quedaba entre nosotros mientras nos mecíamos juntos.

—Voy al baño —anunció de repente Sarah, alejándose de mí y dejándome descolocado.

Estuve a punto de tropezar con mis propios pies. Sentí que salía como de una especie de trance.

Cuando se alejó, se llevó todo el calor con ella.

—Te acompaño —le dije justo cuando las neuronas se despertaron dentro de mi cerebro.

—No, tranquilo. Estoy bien.

Algo en su voz hizo que entendiera que quería que la dejase sola.

Cuando Sarah se marchó al baño, fui al reservado para coger mi botella de agua.

Necesitaba beber algo para bajar todo el calor que sentía en el cuerpo. Sentía que me abrasaba.

En cuanto llegué al baño y me refugié en uno de los retretes, me puse a llorar.

Lloré por todo.

Por lo duro de la situación. Porque le amaba y no era para mí. Porque me había comportado mal conmigo misma tratando de estar con otra persona para olvidarle.

¿Qué clase de pensamiento tóxico era ese? ¿Cuánta falta de amor propio había allí? Yo, que me había llenado la boca diciendo que lo primero era hacerse feliz a uno mismo.

Necesitaba irme de allí. Necesitaba irme de la discoteca. Poner distancia porque la situación me hacía daño, porque solo podía pensar en que me moría de ganas de tener las manos de Matt sobre mi cuerpo, sus labios... Porque me preguntaba qué se sentiría si me hiciera el amor.

Tenía que escapar de la intensidad de este momento.

Ese era el problema.

Mañana me resultaría más sencillo hacer las cosas de forma correcta.

Me odiaba un poco por no ser capaz de comportarme solo como su amiga, pero es que nunca en la vida había conocido a nadie más especial que él. A nadie que me hiciera sentir una milésima parte de lo que Matt me hacía sentir con solo una mirada. Con solo una sonrisa.

Cuando estuve un poco más bajo control, salí del cubículo y me lavé la cara para retirar los restos acusadores de las lágrimas que pudieran haber quedado sobre mi rostro.

Me encontraba mucho mejor ahora que no estaba con ese remolino de sentimientos que me producía Matt. No quería ni pensar en cómo habíamos bailado el uno con el otro. En cómo había dejado de existir el resto del mundo. En cómo me había excitado.

Salí del baño y paseé la mirada por la pista para buscar a Matt.

Iba a decirle que me marchaba.

Cuando lo encontré, me acerqué con paso decidido.

—Me tengo que marchar —le anuncié cuando llegué al reservado en el que estaban todos nuestros amigos.

—Te acompaño —me dijo al segundo siguiente.

Lo hizo sin dudar porque me quería. Yo sabía que lo hacía.

—No, Matt —le corté en un tono demasiado fuerte—. No hace falta —añadí un poco más suave. Él no tenía la culpa de cómo me sentía.

—Estate tranquilo, grandullón —le dijo Ellen interrumpiéndome—. Nosotras nos vamos ya para casa.

—Hasta luego —se despidió Amy agarrando mi mano.

Para cuando me quise dar cuenta, estábamos en la calle con nuestros abrigos puestos y esperando a que llegara el taxi que alguna de ellas había llamado.

—Gracias por todo —les dije.

—Para eso estamos las amigas.

Dicho esto, las tres nos fundimos en un abrazo que me hizo sentirme un poco mejor. Un poco menos sola y comprendida.

No sé cómo habían sabido que irme era lo que necesitaba, pero estaba muy agradecida por ello.

Cuando Sarah se marchó de la discoteca, me senté en uno de los sofás del reservado.

Ya no me apetecía bailar.

Ya lo había hecho suficiente con ella.

Además, estando solo, nunca sería lo mismo.

Sentí que el sofá se hundía a mi lado y levanté la cabeza para ver quién era.

—¿Se ha ido ya tu novia? —preguntó Erik.

—Mi novia no ha estado aquí —le respondí, preguntándole con el gesto de mi cara si era gilipollas.

—No me refiero a Macy. Me refiero a tu otra novia. A Sarah —aclaró—. Eres consciente de que tienes dos novias, ¿verdad?

Juro que en ese momento le habría dado un puñetazo en la cara solo para que no dijera chorradas, pero tomé una inspiración profunda, ya que estaba totalmente en contra de la violencia.

—No tengo dos novias, idiota. Sarah es mi mejor amiga. ¿Eres tan cerrado de mente que no entiendes que un hombre y una mujer pueden ser amigos?

—Oh..., claro que lo entiendo. Y estoy de acuerdo con que lo pueden ser, pero vosotros no lo sois.

—Pero ¿qué dices?

—Digo que eres un gilipollas, Matty. ¿De verdad todavía no te has dado cuenta de que estás enamorado de Sarah?

Su pregunta se quedó flotando en el ambiente mucho tiempo después de que se levantara y se fuera, dejándome solo con mis pensamientos.

Fui incapaz de contestarle nada.

No sabía muy bien a quien quería demostrarle que no estaba enamorado de Sarah. Si a mí mismo o a los demás, pero la cuestión fue que, en cuanto me levanté al día siguiente, fui corriendo hasta la casa de Macy.

«Esto no ha sido una buena idea», fue lo primero que pensé cuando llegamos a la habitación de Macy y empecé a besarla.

No había chispa.

No estaba ahí.

Besar a mi novia, que se estuviese restregando contra mí, no tenía ni la décima parte del efecto que tenía en mí una sonrisa de Sarah.

Joder… Cuando ese pensamiento se me cruzó por la cabeza, me acojoné como nunca me había acojonado. No quería ni pensar en las implicaciones que tenía eso.

¿Tendrían razón mis amigos? ¿Qué coño me pasaba?

Sentí cómo Macy levantaba mi camiseta por el estómago para que me la quitara y dudé durante unos segundos antes de levantar los brazos para ayudarle a desprenderme de ella.

Caímos en la cama y seguimos besándonos, pero yo estaba en otro lugar.

Me sentía una mierda por estar haciendo esto. Me sentía mal. Era incorrecto.

¿Cómo iba a ser siquiera capaz de conseguir que se me pusiera dura? No estaba ni un poco excitado.

Me había dado cuenta de que no era el lugar en el que quería estar.

Cerré los ojos con fuerza. Tenía que decirle algo. Prefería estar millones de veces tumbado en el sofá, viendo una película con Sarah.

Sarah… quien me volvía loco.

Sin que yo les diera permiso, unas imágenes de Sarah de la noche anterior, con el vestido que llevó a la discoteca, empezaron a reproducirse en mi cabeza. Los recuerdos de cómo habíamos bailado el uno con el otro. Lo loco que me había sentido con su cuerpo pegado al mío. La forma en la que olía, como si fuese la cosa más deliciosa del mundo. Lo suave que era su piel al contacto con las yemas de mis dedos…

Para cuando me quise dar cuenta, estaba más duro de lo que recordaba haber estado nunca.

Apenas me había tocado y estaba a punto de correrme.

Macy se arrodilló delante de mí en la cama y le agarré del pelo para evitar que se la metiera en la boca, pero fue demasiado tarde.

Cuando mi miembro se metió entre sus labios, cerré los ojos e imaginé que era la boca de Sarah.

Una embestida, dos, tres... y gemía en voz alta sin poder controlarme.

Cuatro, cinco y seis..., y comencé a sentir cómo las bolas se me apretaban.

La imagen de Sarah mientras le secaba el cuerpo en mi habitación, apareció en mi mente como un fogonazo.

Cada uno de los momentos que habíamos pasado juntos.

Siete, ocho y nueve... El beso.

Recordé a la perfección el sabor y la textura de sus labios.

Saqué la polla de la boca de Macy y con un bombeo más me corrí sobre mi estómago, mientras mi cabeza y el mundo daban vueltas a mi alrededor.

Joder... Esto no podía estar pasando.

«Esto no ha sido una buena idea», volví a repetirme por segunda vez ese día mientras miraba al techo de la habitación de Macy, después de lo que había sido el mejor orgasmo de mi vida.

No me podía creer lo que acababa de pasar.

No podía creer que acabara de acostarme con Macy pensando en Sarah.

Debería haberme sentido más culpable, pero no lo había hecho a mala leche. No lo había hecho de manera consciente.

Esta mañana había ido allí para quitarles la razón a mis amigos de que estaba enamorado de Sarah, para abrirles los ojos, pero al que se le habían abierto los ojos era a mí.

Estaba enamorado de Sarah Harrison hasta las trancas.

Estaba enamorado de ella y no podía negarlo durante un solo segundo más.

Me excusé con Macy y me largué de allí.

No podía estar ni un minuto más con ella cuando estaba enamorado de otra mujer.

Sentía que estaba fallando a Sarah.

Me sentía como el mayor cabrón que había sobre la faz de la tierra.

Quizás lo era.

¿Qué iba a hacer a partir de ahora?

Ni siquiera recordaba el camino hacia casa.

Lo único que recordaba era que, cuando llegué, lo primero que hice fue ducharme.

Me sentía sucio por lo que acababa de hacer.

Me sentía sucio por todo.

No podía dejar de pensar en otra cosa que no fuera en el beso que le di a Sarah en aquel entrenamiento.

Me di cuenta de que, si antes no había pensado en él, había sido porque me había prohibido a mí mismo hacerlo.

Era un puto idiota.

Un idiota y un cobarde.

El recuerdo de la dulzura de sus labios me golpeó y me puse duro en un instante.

Capítulo 21

Era casi la hora

Odiaba que las cosas estuvieran tensas y raras entre nosotros.

Al principio, había pensado que era yo, pero a lo largo de la semana me había dado cuenta de que el que de verdad estaba raro era Matt.

O al menos estaba más raro que yo, y eso era decir mucho.

Odiaba no saber qué era lo que le sucedía, pero lo que más odiaba era no atreverme a preguntárselo.

Estábamos comiendo en la cafetería de la universidad, rodeados de un montón de gente, y yo solo era capaz de concentrarme en el silencio que había entre nosotros.

Tenía que superar esto y lo tenía que hacer ya si no quería que nuestra amistad se rompiera para siempre.

Cerré los ojos dolida cuando ese pensamiento se cruzó por mi cabeza.

Era lo último que deseaba en la vida.

Estaba haciendo las cosas mal y lo sabía. No había que ser un lumbreras para darse cuenta.

Sabía que tenía que hacer algo. ¿Pero el qué?

Ahora que me había dado cuenta de que deseaba a Sarah, ahora que me había dado cuenta de que no solo me gustaba como mi mejor amiga, quería más de ella.

Estaba acojonado por lo que ella podía decir si lo supiera.

¿Cómo se lo tomaría?

Tenía que hablar con Macy, también, pero no podía hacerlo en ese momento.

Necesitaba estar concentrado para poder jugar el partido de este sábado contra Princeton. Un partido para el que llevaba entrenando meses con Sarah.

Le debía tanto.

Ahora mismo no podía hacer un solo cambio en mi vida.

Hoy era el gran día.

Hoy era el día del partido que necesitaba ganar.

El partido por el que había estado entrenando cada puto día desde que el año anterior nos arrebatasen la Frozen Four.

Me sentía muy inquieto y necesitaba estar centrado.

Podía hacerlo.

Estaba seguro de que podíamos ganar.

Miré el reloj y descubrí que era la tercera vez que lo hacía en el último minuto.

Seguían siendo las seis de la mañana.

Pensé en llamar a Sarah, pero imaginé que no apreciaría que la despertara un sábado a esa hora.

Lo haría después de correr.

No importaba lo raras que estuvieran las cosas entre nosotros en este momento, sabía que me apoyaría cuando lo necesitara.

Me puse una camiseta, unos pantalones cortos y las zapatillas de correr.

Bajé las escaleras y agarré las llaves antes de salir por la puerta.

Casi me choqué de bruces con Sarah.

—¿Necesitas compañía? —me preguntó con una sonrisa.

—Más de lo que te imaginas —le contesté devolviéndosela.

—Pensé que tardarías más en despertarte —indicó—. He llegado por los pelos antes de que te marcharas.

—Has llegado en el momento exacto. Igual que siempre —añadí y me quedé observándola, como si con solo hacerlo pudiera saborearla.

Nos quedamos mirándonos durante unos segundos eternos.

Esto era lo que sucedía cuando estabas delante de la mujer que te volvía loco siendo consciente de que lo hacía.

Durante el resto de la semana había tratado de guardar la distancia, que no fuera tan obvio que estaba loco por ella, pero hoy la necesitaba tanto que era casi insoportable.

Toda la distancia que había entre nosotros, ya fuera física o emocional, era demasiada.

—¿Salimos o nos quedamos? —preguntó Sarah señalando hacia la calle.

—Salimos —respondí sin dudar—. Necesito quemar toda esta energía.

Cuando estas palabras salieron de mi boca, por mi cabeza pasaron unas imágenes muy gráficas de cómo podía quemar energía junto a Sarah en la cama.

Maldije en bajo y me puse a caminar.

Tenía el cerebro demasiado alterado.

Necesitaba ponerme a correr y lo necesitaba ya.

Nos pasamos el resto del día haciendo ejercicio. Primero corrimos y luego fuimos a dar unas vueltas a la pista en plan tranquilos, mientras hablábamos de las jugadas que podía hacer el otro equipo.

Después, fuimos a comer a un restaurante y, antes de marcharnos al estadio, tomamos un café para hacer feliz a Sarah.

Era increíble cómo, gracias a estar a su lado, había pasado momentos del día en los que se me había olvidado de que hoy iba a jugar el partido que más había esperado del año.

La compañía de Sarah tenía un efecto calmante en mí como no lo había tenido nunca nada ni nadie.

Sentía que podía pasar el resto de la vida mirándola y que no necesitaría nada más que eso.

A veces me asustaba de la fuerza de mis sentimientos por ella.

Cuando llegamos al estadio, tuvimos que marcharnos cada uno a nuestras respectivas ocupaciones, pero, saber que estaba allí conmigo, me hacía feliz.

Era casi la hora.

Desde los vestuarios podía escucharse el murmullo de voces, los gritos de excitación y la música. Incluso se podía oler la comida.

No había nada más bonito que un estadio el día de un partido.

Sería un idiota si no amara este deporte.

¿Iba a ser tan cobarde de renunciar a ello por complacer a mi padre? Me maldije por estar pensando justo en este momento en eso. No era el día ni el lugar para hacerlo, pero sabía que pronto tendría que enfrentarme a este dilema.

Tendría que enfrentarme a muchos dilemas.

Tenía que hacer cambios en mi vida.

Estaba ya muy cansado de fingir.

Sarah había conseguido con su apoyo y cariño que sintiera que podía enseñarles a los demás lo que había dentro de mí y, aun así, que quisieran quedarse a mi lado. También, me había enseñado con sus actos, que si alguien se iba de tu lado cuando conocía tu verdadero ser, lo mejor que te podía pasar era que lo hiciera.

Me levanté de mi asiento del vestuario, vestido por completo con la equipación para el partido, y, cuando salí al pasillo, no tuve ninguna duda de que encontraría a Sarah allí.

Me dio un abrazo antes de que saliéramos a la pista, que me ayudó a relajarme muchísimo.

No sabía que haría sin ella.

Había perdido la cuenta de las veces que había pensado en eso este día. O cualquier otro día desde que la conocía, para el caso.

Caminé junto a mis compañeros hasta la pista y, cuando salimos al hielo, a dar la vuelta de presentación, todas las voces y todo el barullo que había en el estadio cesaron.

Solo estábamos, mis compañeros de equipo, nuestros rivales y yo.

Cuando el árbitro nos hizo la señal, el capitán de Princeton y yo nos pusimos en el centro del campo.

Me puse en posición y me enfoqué en ser el primero en golpear el disco.

El partido comenzó en ese momento y fue un no parar de nervios, pero, a la vez, de disfrute.

Sentía que tenía una ventaja sobre ellos.

Conseguía escaparme un montón de veces.

Al final de la primera parte, estábamos empatados.

Salí al banquillo y bebí el agua que Sarah me tendía.

—Tienes que relajarte un poco más —me dijo acercándose mucho a mí para que fuera el único que la escuchase—. Lo estás haciendo muy bien, pero sé que puedes hacerlo mucho mejor.

—Tienes razón —le contesté cerrando los ojos y apoyando el casco sobre su frente—. Nos estamos jugando mucho y estoy muy tenso.

—Normal. Venga, Matt, que tú puedes —me alentó y, cuando volví a la pista, sentí que de verdad podía hacerlo.

El partido estaba muy ajustado, pero, si todos estábamos enfocados, y si yo usaba todo lo que había aprendido, podríamos ganar.

El resto de los tiempos se me pasaron en un borrón.

No pude volver a hablar con Sarah, ya que el entrenador decidió explicarnos una táctica en el siguiente descanso.

En la última parte, cuando marqué el tanto que nos distanciaba de dos puntos de nuestros rivales, tuve que dedicárselo a Sarah.

Era de ella.

Así como cada una de mis respiraciones.

Cuando sonó el silbato del árbitro anunciando el final del partido, solo tenía una cosa en mente: llegar hasta Sarah.

Estaba lleno de felicidad y quería compartirlo con ella.

Solo con ella.

Cuando nos separamos de nuestro abrazo.

Un abrazo que no supe a cuál de los dos tranquilizó más, me marché al banquillo.

El partido comenzó y lo viví con un nudo en el pecho.

No recordaba haber estado tan nerviosa en ningún otro partido anterior, pero es que ninguno había sido tan importante para Matt.

Podía ver lo tenso que patinaba y quería decirle algo. Quería poder ayudar a que se relajase, pero, cuando hacían los cambios, me resultaba imposible hablar con él.

Hasta que no terminó la primera parte, no pude hacerlo.

Cuando volvió a salir a la pista, después de nuestra pequeña charla, supe que me había hecho caso.

Estaba mucho más relajado y se le notaba.

Al final de la segunda parte, íbamos ganando por un tanto y a mí me dolía la voz de tanto gritar.

Nunca un partido se me había hecho tan largo.

En el último descanso, no pudimos hablar entre nosotros porque mi tío les juntó para explicarles un par de jugadas.

Le vi volver a la pista con el corazón apretado.

Deseaba tantísimo que ganasen. Se lo merecía. Lo daba todo cada día. Se dejaba la piel entrenando.

Era la última parte y podían hacerlo.

Cuando Matt anotó el último tanto, salté en el asiento llena de emoción.

Él se giró y me señaló para dedicármelo.

El corazón no me cabía en el pecho de la emoción.

Se merecía ganar. Se había esforzado tanto. Matt se lo merecía todo.

Íbamos por delante de los oponentes por dos tantos.

Teníamos la victoria casi en la mano.

Me mantuve pegada al asiento durante los últimos minutos solo por fuerza de voluntad.

Cuando sonó el silbato, que indicaba el final del partido, empecé a saltar llena de alegría.

¡Lo habían logrado! ¡Matt lo había conseguido!

Todo mi cuerpo se llenó de emoción. Mis ojos no se apartaron de él a pesar de que apenas podía verlo, ya que los tenía llenos de lágrimas.

Lo observé mientras abrazaba a sus compañeros.

La puerta del banquillo se abrió y el resto del equipo saltó a la pista.

Estaba siendo una noche mágica.

Matt se deshizo del abrazo y me buscó con la mirada, como había hecho tantas veces esa noche.

En ese justo instante, todas las lágrimas que hasta ese momento había logrado contener, fluyeron libres resbalando por mis mejillas.

Para cuando quise darme cuenta de lo que sucedía, Matt había entrado al banquillo y me cogía de las piernas para levantarme.

—Todo esto es gracias a ti —me dijo mientras salía a la pista conmigo en brazos.

—Matt, tú eres el que te has esforzado —le indiqué abrazando su cuello con fuerza.

Su risa me llegó a pesar de todo el ruido.

—Sin ti nada habría sido lo mismo —dijo mirándome a los ojos con los suyos llenos de cariño—, y no hay más que añadir.

—En ese caso, no lo haré.

—Ahora vamos a disfrutar de nuestro triunfo —me indicó, antes de comenzar a dar vueltas a la pista conmigo en brazos.

El resto del equipo lo celebró con nosotros y me sentí feliz. Muy feliz de poder formar parte de él. De formar parte de sus vidas. De formar parte de la vida de Matt.

Si hubiera sabido que le conocería en Yale, nunca hubiera tenido un segundo de duda sobre asistir. Nada hubiera podido impedir que viniera.

Macy y yo esperábamos fuera de los vestuarios de los chicos, mientras se cambiaban.

Habíamos mantenido unas palabras de cortesía, pero la verdad es que yo no me encontraba cómoda a su lado.

No sintiendo lo que sentía por su novio.

Pensé en que, para haber sido yo a la que Matt había ido a buscar para celebrar su victoria, se comportaba de una manera demasiado elegante.

A veces, me llegaba incluso a plantear si se querían, pero no era un asunto en el que me quería meter.

Respetaba a Macy. Era una buena persona y, desde luego, si Matt fuera mi pareja, yo no disfrutaría de que alguien metiera sus narices en nuestros asuntos.

Solo porque la palabra Matt y mi novio se pasara a la vez por mi cabeza, sentí cómo el estómago hacía una triple pirueta en mi interior. Dios, necesitaba acallar esa voz interna.

—Parece que salen ya —indiqué, solo para romper el silencio sepulcral que había entre nosotras, cuando escuché pasos acercarse a la entrada del vestuario.

—Eso parece —contesto ella sonriéndome.

Matt fue el tercero en salir del vestuario.

Lucía una sonrisa enorme que a punto estuvo de paralizarme el corazón. Su pelo rubio parecía oscuro al estar mojado, pero sus ojos se veían más azules que nunca. Más felices que nunca.

«Dios, cómo me gustaba».

Nos estábamos mirando a los ojos, cuando Macy se colocó a mi lado llamando la atención de Matt.

—Hola —nos saludó.

—Hola —le respondimos Macy y yo al unísono.

Nos sonrió y se pasó la mano por el pelo como si se sintiera incómodo.

Fue Macy la que rompió el silencio:

—No puedo ir a la fiesta. Tengo que ir a casa de mis padres. La abuela está de visita y quiere pasar tiempo conmigo —explicó.

Me sentí culpable por ponerme tan contenta por ello.

Hoy era un día especial y no me apetecía para nada verlos juntos.

—Claro, tranquila. No pasa nada. Ocúpate de tu familia —le contestó Matt.

Macy revisó su reloj y se despidió justo después.

Me alegré de que no fuesen cariñosos y no solieran despedirse ni saludarse con besos.

No sabía si tenía suficiente fuerza como para ver eso. No sabía si mi corazón habría podido aguantarlo.

Cuando Matt me miró, me alegré de que pareciera feliz. No parecía para nada molesto con que Macy se hubiera marchado.

Capítulo 22

Al final todo había explotado,
porque no podía ser de otra manera

Íbamos a celebrarlo por todo lo alto.

Esta noche la fiesta se había organizado en nuestra casa.

Era una victoria tan especial que, en el caso de que ganásemos, habíamos querido que se celebrase en un lugar especial. ¿Y qué lugar había más especial para nosotros que nuestro espacio?

No había mucha gente invitada. Solo una treintena de personas. Queríamos que la noche fuera especial, y eso hacía que solo nos apeteciera estar con nuestras personas más allegadas.

Me sentía eufórico. Pletórico. Capaz de cualquier cosa. Todo lo que el día anterior me había asustado de muerte, después de esa noche, me parecía posible. Sabía que necesitaba a Sara y sabía que iba a luchar por ella, costara lo que costara.

Solo tenía que ser capaz de convencerle de lo mismo.

—¿Te apetece tomar un tequila? —le pregunté a Sarah.

No nos habíamos separado ni un solo segundo desde que había salido del vestuario cuando había terminado el partido.

Sentía como si ella también fuera feliz.

Sentía como si ella también tuviera esa necesidad de estar a mi lado.

Nada me podía hacer más feliz.

—¿Vas a beber? —me preguntó de vuelta con una expresión entre sorprendida y divertida.

Asentí con la cabeza, mientras le sonreía juguetón.

—Hoy es un día muy especial y quiero celebrarlo —respondí, arrastrándola a la cocina.

Cuando llegamos, no fui capaz de despegar los ojos de ella más que el tiempo estrictamente necesario.

Esperamos nuestro turno para beber.

Cuando me llegó la botella, coloqué dos vasos pequeños frente a nosotros y serví el líquido transparente.

Sarah movió la mano hacia su cara para chupar el hueco entre el dedo gordo y el índice, y, antes de que pudiera hacerlo, se la agarré para hacerlo yo por ella.

No sé qué me llevó a comportarme de esa manera.

Quizás fue la euforia de la victoria. Quizás fue el ser consciente por fin de que la amaba, pero el hecho fue que lamí su mano sin apartar mis ojos de los de ella.

Le miré fascinado y muy excitado cuando abrió ligeramente la boca y un sonido tan sexi, como nada que hubiera escuchado antes, se le escapó.

Aparté los labios de su suave piel y le eché sal.

Luego, cogí un trozo de lima entre mis dedos.

Después de unos segundos de indecisión, Sarah se llevó la mano a la boca, en el mismo lugar en el que habían estado mis labios, y solo ese pequeño gesto me puso a cien. Provocó que el estómago me hiciera un doble mortal.

Luego, tomó el vaso de un trago y, cuando lo apartó, con unas gotas de lágrimas en la comisura de sus ojos, por lo fuerte que estaba el alcohol, se inclinó hacia mí para chupar la lima que tenía entre mis dedos.

Fue lo más erótico que había presenciado nunca.

Nos miramos a los ojos durante unos segundos interminables sin hacer nada.

Solo podía escuchar los latidos de mi corazón y de mi entrepierna.

—Tu turno —dijo Sarah señalando el vaso.

Antes de que pudiera descubrir si iba a ofrecerse voluntaria para chupar mi mano, agarré la de ella, donde momentos antes habían estado sus irresistibles labios, y me la llevé de nuevo a la boca bajo su atenta mirada.

La humedecí y eché sal.

Mientras lo hacía, observé complacido como Sarah agarraba otra rodaja de lima.

Sus ojos brillaban de una emoción que se parecía mucho al deseo.

Parecía que estábamos juntos en esta locura.

Lamí la mano de Sarah para tomar la sal, deleitándome de nuevo en el sabor de su piel y en lo erótico del momento.

Después, vacié de un golpe el vaso y me agaché para tomar de su mano la lima.

Después de eso, solo tenía una cosa clara: no quería que se acabara nunca la noche.

Ahogué la voz que me decía que esto estaba mal.

La voz que me decía que era una mala idea.

La voz que me decía que era una mala decisión y que me arrepentiría más tarde.

Que me arrepentiría muy fuerte.

Porque le amaba.

Porque le amaba y la realidad era que quería sentir, aunque fuera una vez, lo que era tener sus manos sobre mi piel. Sus labios sobre los míos.

Era muy consciente, antes de que todo se precipitase, de que los dos estábamos a punto de dejarnos llevar por la atracción innegable que había entre nosotros.

La fiesta empezaba a terminarse.

Cada vez quedaba menos gente en la casa, lo que me hizo sentir agradecido.

Esta noche, si por mí fuera, y todas las demás, si era sincero conmigo mismo, solo seríamos Sarah y yo.

Había sido una noche divertida. Habíamos pasado gran parte de ella bailando. Un par de veces fuimos a la cocina para tomar más chupitos.

Me sentía achispado. Lo suficiente para haber alcanzado la desinhibición, pero no tanto como para no saber lo que hacía.

No, era el dueño de cada uno de mis movimientos y de cada uno de mis actos.

Agarré a Sarah de la mano y la llevé al pasillo.

Me sentía demasiado nervioso y excitado. Con todas las emociones recorriéndome la piel.

La necesitaba.

La necesitaba muy cerca de mí.

Quería respirar su mismo aire, que nuestros cuerpos fueran uno. Quería… Lo quería todo de ella.

Cuando llegamos al pasillo, la apoyé contra la pared y la enjaulé entre mis brazos.

Bajé la cabeza para que mis palabras le llegasen altas y claras. Para que escuchara lo que le quería decir, a pesar del ruido de la música.

—Conocerte ha sido lo mejor que me ha pasado en la vida —le dije mirándole a los ojos.

Sus pupilas se dilataron y la punta de su lengua salió para humedecer sus labios secos.

Ese gesto me hipnotizó y ya no pude apartar los ojos de sus labios. El corazón comenzó a latirme frenético en el pecho. Me sentía ansioso.

—Me muero por ti. —Cuando esas palabras salieron de mi boca me sorprendí. No porque no pensara cada una de ellas, si o por haberme atrevido a decirlas en alto.

A decírselas.

—Matt... —susurró mirándome con intensidad y abriendo los labios—, siento lo mismo.

Esa confesión hizo caer de golpe la fina barrera que hasta ese momento había existido entre nosotros. Hizo que la fina cuerda que sujetaba mi autocontrol se rompiera.

Fue increíble como todo el mundo dejó de existir en el mismo instante en que las manos de Sarah se apoyaron sobre mi pecho, cuando levantó la cabeza y me miró con los ojos cargados de deseo.

Cuando su aliento golpeó sobre mis labios, todo mi puto interior se despertó.

Necesitaba besarla más de lo que necesitaba mi próximo aliento. Más de lo que necesitaba nada en la vida.

Amaba a esta mujer más de lo que había amado nada. Más que al *hockey*. Más que a mí mismo.

La necesitaba.

Lo quería todo de ella.

Bajé la cabeza y coloqué mis labios sobre los de ella.

Piel con piel.

Fue una descarga que me encendió.

El mundo se puso del revés o, mejor dicho, recto, como siempre debía de haber estado.

Saboreé sus dulces labios, que eran suaves y estaban húmedos. Deliciosos.

Saqué la lengua para poder saborearlos mejor.

Cuando lo hice, Sarah gimió contra mí, abriendo la boca.

Aproveché ese pedazo de espacio para meter la lengua dentro y deleitarme con su sabor.

Agarré su cabeza con delicadeza, pero sin querer soltarla, y el beso que había empezado siendo suave, acabó convirtiéndose en un ciclón.

Éramos dos personas intentando devorarse.

Lamí, mordí, besé y saboreé cada centímetro de su boca hasta que nos quedamos sin aliento.

Pudieron ser minutos u horas.

Daba igual.

Solo sabía que necesitaba más. Mucho más.

Más fuerte, más profundo, más rápido…

Quité las manos de su cabeza y las deslicé por su cuello, por la curva de su espalda, hasta su culo, mientras nos mirábamos el uno al otro.

Sarah tenía los labios rojos, hinchados por mis besos.

La visión hizo que estuviera a punto de correrme en los pantalones.

No recordaba haber estado tan excitado, ni tan duro en la vida.

Nunca había deseado a nadie ni una milésima parte de lo que deseaba a Sarah.

—No pares —me pidió con voz entrecortada, creyendo que me había apartado de ella porque quería detenerme.

No tenía ni idea de lo mucho que la necesitaba.

Ni idea.

Si lo hiciera, se hubiera dado cuenta de que lo único que me podía haber parado en ese momento, era que ella no lo deseara.

—Nunca —le indiqué antes de bajar las manos para apretar su culo y levantarla.

Sarah me rodeó la cintura con las piernas y yo volví a atacar sus labios. A degustarlos.

Me sentía mareado e hiperconsciente.

Me acerqué a las escaleras y las subí con ella en brazos sin parar de besarla ni un solo segundo.

Cuando llegamos a la puerta de mi habitación, la abrí con una mano y la cerré de una patada cuando estuvimos dentro.

Caminé hasta la cama y Sarah desenredó las piernas de mi cintura para ponerse de pie sobre el colchón.

Ese gesto hizo que quedásemos separados por unos centímetros. Lo que me permitió ver, gracias a la luz de la luna que se colaba por la ventana del cuarto, su figura.

Era una puta diosa.

Era la mujer más hermosa que había visto en mi vida.

Alargué la mano y enredé los dedos en su pelo para poder acunar su rostro con la mano.

—Eres preciosa —le dije con un tono cargado de amor—. Quiero verte entera. ¿Me dejarás? —le pregunté.

Sarah asintió con la cabeza, y se lanzó a mis labios.

Comenzamos a quitarnos la ropa el uno al otro —a arrancárnosla más bien—, llenos de necesidad.

Ninguno de los dos quería que hubiera nada entre nosotros.

Sarah se tumbó en la cama para poder quitarse los pantalones y yo me deshice de los míos a la vez, sin apartar la vista de su cuerpo.

Tuve que apretarme la punta de la polla para evitar correrme cuando estuvo desnuda sobre mi cama.

Parecía una diosa.

Los labios de su sexo estaban brillantes. Sus senos eran grandes y firmes.

No sabía dónde mirar. Quería verlo todo a la vez. Quería memorizar cada centímetro de su cuerpo. Cada puto centímetro.

Puse una rodilla sobre la cama para subirme y llegar hasta su cuerpo.

Cuando la tuve debajo de mí, me tumbé sobre ella y gemí al sentir el contacto de su piel desnuda contra la mía. De su suavidad contra mi dureza.

Besé sus labios tragándome los gemidos que emitía.

Comencé mi camino descendente por su cuerpo.

Lamí y mordí su cuello, consiguiendo que se retorciera.

No sabía cómo iba a conseguir llegar hasta el final sin correrme encima. Mi miembro no dejaba de gotear con presemen.

Bajé un poco más hasta apresar uno de sus pezones con mi boca. Lamí su punta y agarré con las dos manos ambos pechos juntándolos. Deleitándome en su tacto, en su firmeza, en su forma...

Sus gemidos cada vez eran más fuertes, haciendo que apenas pudiera pensar.

Solo podía sentir.

Rodeé con la lengua su ombligo y besé todo el camino hasta su monte de Venus.

Tenía solo una línea de vello que apuntaba hasta su clítoris y que hizo que me relamiera solo con verlo.

Acaricié sus piernas desde los tobillos hasta llegar a sus muslos para poder abrirla.

Gemí cuando su vagina rosada se abrió frente a mí y me abalancé sobre ella para darle placer.

Lamí su clítoris con cuidado y con pasión. Disfrutando de cada lamida y de cada contoneo que hacía.

Supe que estaba al borde de correrse cuando llevó las manos hasta mi cabeza y tiró de mi pelo.

Cuando segundos después gritó mi nombre al llegar al clímax, me sentí como el puto rey del mundo.

Me encantaba haber sido capaz de darle placer.

Trepé por su cuerpo mientras todavía estaba disfrutando de los restos de su orgasmo y volví a tumbarme sobre ella.

Gemí cuando la punta de mi polla golpeó su coño húmedo.

Sarah abrió los ojos y me miró. Tenía las mejillas sonrosadas y aspecto complacido.

Esa sola visión lanzó una corriente de placer directa a mi polla.

Necesitaba estar dentro de ella.

Besé sus labios, lamiéndolos para poder disfrutarlos, para que pudiera saborearse en los míos.

Después de unos minutos, me separé de ella con mucho esfuerzo para levantarme.

—¿Adónde vas? —me preguntó, agarrándome de la mano e incorporándose.

Vi preocupación escrita en su cara.

—Voy a coger un condón —le dije girándome para besarla una vez más.

Fue un pico suave con el que quise demostrarle todo lo que sentía.

—Vale —me respondió.

Mientras me acercaba a mis pantalones para coger mi cartera, recé para que el preservativo que llevaba allí, desde hacía meses, estuviera en buenas condiciones. Si no, iba a estar dándome cabezazos hasta que amaneciera.

Vi por el rabillo de ojo como Sarah se sentaba en la cama.

Rebusqué en la cartera y estuve a punto de gritar de alegría cuando comprobé que el envoltorio estaba intacto.

Joder, sí.

Regresé a la cama y me subí en ella lleno de nervios, preocupado porque Sarah se estuviera arrepintiendo de lo que habíamos hecho, de lo que estábamos haciendo. Preocupado de que no quisiera llegar tan lejos conmigo.

Yo estaba seguro de lo que sentía, pero no tenía ni idea de lo que sentía ella.

¿Le gustaba como algo más que un amigo? ¿Me deseaba?

Hacía un momento lo tenía claro, mientras nos besábamos en el calor del momento. Ahora, me temblaban hasta las manos del miedo.

Dios, la deseaba tanto. Deseaba tantísimo esto.

Cuando me senté a su lado, ella se movió hasta ponerse entre mis piernas.

—Deja que te ayude —me dijo cogiendo el condón de mi mano y acariciando mi miembro.

Me deshice en sus manos.

Me moví un poco hacia abajo para poder tumbarme.

Las manos de Sarah sobre mí fueron el mayor de los placeres. Me ardía cada lugar que me rozaba.

Cuando estuve tumbado, se colocó entre mis piernas y volvió a acariciarme el miembro.

Vi cómo se inclinaba para meterse la punta en la boca y un ramalazo de placer me recorrió por completo cuando sus labios se colocaron sobre ella.

Sarah comenzó a lamer mi miembro arriba y abajo dándome tanto placer que apenas podía respirar.

Tuve que contenerme para no empujar en su húmeda y caliente boca.

Unos segundos después, me moví para sacarla de allí.

—Joder, Sarah. Tienes que parar. Voy a correrme —le indiqué—. No quiero correrme así, pequeña.

Ella paró al segundo y me moví para agarrarla por la cintura, y tumbarla sobre mí, antes de dar la vuelta para que ella quedase debajo.

Cogí el condón, que se había quedado sobre la cama, y lo rompí con la boca, con cuidado de no dañarlo.

Me lo coloqué sin apartar la mirada de la de ella.

No quería volver a apartarla en la vida.

Me sentía mareado, excitado, pletórico... Amaba a esta mujer e íbamos a estar todo lo cerca que dos personas podían estarlo.

Me tumbé con cuidado sobre su cuerpo, entre sus piernas abiertas para mí.

Metí la mano entre los dos, para dirigir la punta de mi miembro, y, cuando estuve colocado en su entrada, saqué la mano y la besé antes de meterme hasta dentro de un solo empujón.

Nuestros gemidos rompieron el silencio de la habitación.

Empecé a moverme dentro de ella, una vez, dos, tres... No podía parar.

Casi no podía pensar en todo lo que estaba sintiendo.

Después de unos minutos, las uñas de Sarah se clavaron en mi espalda haciendo que el placer se volviera todavía más intenso.

Cuando su coño se apretó alrededor de mí, mientras se corría, me dejé ir y terminé yo también.

Joder... Había sido una sensación mágica.

Apenas podía pensar. Solo sentir.

Me levanté de su cuerpo para no aplastarla y me tumbé a su lado antes de atraerla hacia mis brazos.

Me sentí pleno, cálido y feliz. Pensé que, al final todo había explotado, porque no podía ser de otra manera.

Comprendí, tumbado en la cama, con la chica que amaba sujeta entre mis brazos, que ella y yo habíamos estado destinados a encontrarnos.

Estábamos destinados a estar juntos.

Sarah me había enseñado lo que significaba la palabra amor.

Capítulo 23

No puedo hacer esto

Cuando me desperté esa mañana en la cama de Matt, con él rodeándome entre sus brazos, con nuestros cuerpos desnudos..., me hubiera gustado pasar más de dos segundos sin que mi mente se encendiera y me reprochase todo lo que había hecho mal.

Habría dado algo muy valioso por haber podido disfrutar de esa sensación durante unos minutos.

Pero, lo cierto fue, que en el mismo momento en el que me desperté, toda la realidad de lo que habíamos hecho la noche anterior había caído sobre mí como un jarro de agua fría.

Me gustaría poder decir que todo había sucedido porque habíamos bebido, pero habría sido una mentira.

Había sido muy consciente de lo que estábamos haciendo en cada momento.

Muy consciente y necesitada.

Había bloqueado de forma consciente la voz dentro de mi interior que me decía que lo que estábamos haciendo estaba mal, porque la realidad era que había querido vivir ese momento con él.

Había querido hacerlo por una vez en la vida.

Y ahora tenía que pagar las consecuencias de esa decisión.

Necesitaba castigarme a mí misma por haber sido tan débil. Por haber traicionado cada una de las convicciones que tenía. Por haberme dejado llevar por lo que sentía hacia él. Por haberme convertido en lo que dije que nunca sería.

Me separé de su cuerpo como si me hubiera quemado.

No le culpaba solo a él. Los dos éramos igual de culpables en esto.

Me incorporé en la cama, sintiéndome perdida. No sabía qué hacer.

Cuando vi que Matt se sentaba a mi lado y la sábana, que hasta ese momento le había cubierto el pecho, caía hasta sus piernas, me puse a sollozar.

No sabría decir muy bien el porqué.

Todo me llegó de golpe: la culpabilidad por lo que habíamos hecho, la pena por saber que nunca más iba a suceder, que Matt no era mi novio, que tampoco era mi amigo…

Habíamos llegado demasiado lejos como para seguir escudándome detrás de aquello.

—Sarah —dijo él con la voz llena de preocupación—, ¿qué te pasa?

—No puedo hacer esto —le contesté entre sollozos.

—Tranquila, pequeña —me dijo colocándose detrás de mí y envolviéndome entre sus brazos—. ¿Qué es lo que no puedes hacer? —me preguntó acariciándome el pelo.

Me odié a mí misma por sentirme reconfortada por ese gesto. Arropada por su sincera preocupación.

—Esto —le respondí señalando entre nosotros con el dedo—. No puedo volver a acostarme contigo. Tienes novia. No quiero hacer daño a Macy. No quiero ser un segundo plato. No soy un segundo plato. Lo que hemos hecho no está bien —dije, mientras podía sentir las lágrimas corriendo por mis mejillas—. Tampoco puedo seguir fingiendo que soy tu mejor amiga. Eso no me basta. Te quiero —le confesé y estallé en un llanto cargado de dolor, mientras le miraba a los ojos.

No quería perderle de vista.

Sabía que esos iban a ser nuestros últimos momentos juntos.

Matt estaba tan metido dentro de la vida que le habían organizado, que nunca se saldría de esa línea.

Estaba segura de eso.

—Me quieres —repitió como si no se pudiera creer lo que le había dicho.

Era como si estuviera probando cómo sonaban esas palabras en su boca.

Sabía que él me quería también, pero sabía que no lo suficiente. No de la misma manera en la que yo lo quería a él.

Sentí la obligación de hacérselo entender.

—Te amo, pero esto no está bien. Nunca va a volver a pasar. Tienes una novia y es con ella con la que tienes que estar.

Sarah tenía razón en todo lo que estaba diciendo.

Yo me había dado cuenta de que no quería a Macy, que nunca la había querido, pero ella no lo sabía. Había tenido el tiempo necesario para saber que tenía que hacer algo, que no podía seguir así, pero Sarah no estaba en mi mente para saberlo.

Había hecho muy mal las cosas.

No tendría que haber dejado que eso pasara.

No tendría que haber manchado nuestra perfecta relación con esto.

Odiaba haber hecho daño a la mujer que amaba.

Tendría que haber pensado en lo que se merecía Sarah, en el respeto que se merecía Macy, e, incluso, en el respeto que me merecía yo mismo.

—Tienes razón. Esto nunca más volverá a suceder.

Me vestí en silencio, poniéndome la ropa de la noche anterior, y me marché de la habitación.

No podía seguir permitiéndome hacer más daño a Sarah.

Capítulo 24

Merecía saber la verdad

Bajé las escaleras de la casa con el corazón apretado por un puño invisible que apenas me dejaba respirar.

Lo que más me dolía de todo, era haber hecho sufrir a Sarah.

Si hubiera hecho bien las cosas primero, antes de dejarme llevar por la pasión, esto no habría sucedido.

Tendría que haber priorizado hablar con Macy antes que estar centrado en el partido. O, por lo menos, tendría que haber sido capaz de resistirme a acostarme con Sarah.

Me sentía como el mayor cabrón del planeta.

De hecho, lo era.

Había hecho daño a la persona de la que estaba enamorado y a la chica con la que llevaba saliendo toda la vida, aunque Macy todavía no lo sabía.

Saqué el móvil del bolsillo antes de llegar al final de las escaleras.

Escribí un rápido mensaje a Macy para preguntarle dónde estaba, y antes de salir por la puerta, ya me había respondido.

Cuando me monté en el coche, camino de la urbanización, tenía la convicción absoluta de arreglarlo todo. De hacer de una vez por todas las cosas como tenían que hacerse.

Cuando llegué a su casa, llamé al timbre y esperé.

Apenas pude mantenerme quieto. Tenía la imperiosa necesidad de pasear de un lado a otro. Estaba muy nervioso.

Cuando la puerta se abrió, me recibió el ama de llaves.

—Buenos días —me saludó Agatha con calidez. Siempre había sido muy amable—. Macy te espera en el jardín.

—Gracias —le respondí con una sonrisa que esperaba que no se viera demasiado forzada.

No es que no quisiera ser amable con ella, es que estaba demasiado nervioso como para que cualquiera de los gestos que hacía pareciesen reales.

Pasé a su lado y me dirigí hacia el jardín.

Macy estaba sentada en el columpio, con un libro sobre las piernas.

Levantó la cabeza cuando escuchó ruido.

Nuestros ojos se cruzaron y supe que no estaba contenta. Su cara era una máscara de piedra.

Me abstuve de tragar con fuerza. No quería ser un cobarde, pero sentí la necesidad de hacerlo.

Iba a pasar por un momento difícil.

Me merecía pasar por un momento difícil.

Me senté a su lado en el columpio y pensé en la mejor manera de decirle lo que le tenía que decir.

Como siempre, Macy esperó paciente a que empezara a hablar.

—¿Necesitas un empujoncito para comenzar? —me preguntó seria, pero, a la vez, como si quisiera aligerar el ambiente—. ¿Por qué estás aquí?

Era un puto cobarde.

272

—Estoy enamorado de Sarah —dije y, cuando esas palabras escaparon de mi boca tan crudas, me maldije por no haber sido más delicado.

Miré a Macy para ver cuál había sido su reacción, pero seguía luciendo la misma cara en blanco. Esperaba a que añadiera algo más.

—Siento haber sido tan bestia. Lo siento, de verdad —me disculpé—. Lo que he querido decirte es que no podemos seguir saliendo juntos. Lo siento, Macy. —Ella siguió sin decir nada. De hecho, ni siquiera se inmutó—. ¿Por qué no pareces sorprendida? —le pregunté.

—Porque no lo estoy. No me sorprende lo que me estás diciendo. Si lo hiciera, significaría que soy tonta y tú sabes muy bien que no lo soy. Odio que esto se haya acabado, porque me siento perdida. Pero es una realidad.

—Lo siento mucho —repetí, porque era la verdad.

No lo sentía, porque no estuviéramos juntos. Lo sentía por ella, porque le había dejado tirada en esta asociación que habíamos tenido durante años sin haberle consultado primero.

Pero se suponía que todas las rupturas eran así.

Siempre había una parte de la pareja que era la que quería acabar y otra la que no lo hacía.

—Ayer, cuando después de ganar en el partido fue a ella a la que fuiste a coger en brazos para celebrar tu triunfo, comprendí que lo nuestro ya no tenía futuro, pero ya me había dado cuenta mucho antes. Aunque, fue en ese instante cuando comprendí que no había retorno hasta la tranquilidad que teníamos como relación. A mí nunca me has cogido así para celebrar algo, y, lo que es peor, es que nunca lo habrías hecho. Has forjado con ella en unos meses una relación mucho más profunda de lo que lo has hecho conmigo en años.

—Lo siento —repetí, porque no sabía que más añadir. Parecía idiota.

273

Macy tenía razón en cada una de las palabras que habían salido por su boca.

En nuestra relación nunca había existido la pasión.

Hubo un tiempo en el que habíamos sido amigos, pero hacía años que ya no éramos ni eso.

—Ayer por la noche, no tenía nada que hacer. No fui a la fiesta porque no pintaba nada. Sabía que nuestra relación estaba acabada.

Tenía que decírselo. Merecía saber la verdad.

—Ayer por la noche me acosté con Sarah —las palabras salieron con dificultad de mi boca.

No quería hacerle daño, pero el daño ya estaba hecho.

En ese momento, solo me quedaba ser sincero y asumir las consecuencias de mis actos.

Macy hizo una especie de suspiro, mientras ponía los ojos en blanco.

—Era inevitable que pasara, Matt —dijo dejándome de piedra.

Abrí la boca para preguntarle si estaba loca, pero me calló levantando un dedo frente a mí y mirándome con dureza.

—Con eso no quiero decir que esté bien. Te has comportado como un cabrón. Ayer éramos novios. Tenías que hablar antes conmigo. Está muy mal lo que has hecho —me indicó, echándome la bronca.

—Lo sé. Os he hecho daño a las dos —reconocí.

—Ella se siente mal porque os hayáis acostado, ¿verdad? —preguntó.

—Mucho. No te puedes imaginar lo destrozada que está.

—Es una buena chica. Tienes suerte.

—Esta conversación no es normal, Macy —le dije, porque no tenía sentido.

—No estoy enamorada de ti, Matt. Te quiero, pero como a una persona a la que conozco desde hace años. No como a un novio. Ni siquiera tenemos los mismos intereses. He tenido mucho tiempo desde que Sarah apareció en nuestras vidas, y vi cómo te comportabas con ella, como para pensar en lo que siento por ti. Sería muy hipócrita por mi parte ofenderme porque te hayas acostado con ella cuando no te quiero.

—Ni te imaginas lo que me alegro por eso. Me jodería mucho hacerte daño.

—¿Sabes? Cuando te veía con ella, me daba envidia, pero no porque quisiera estar en su lugar, sino porque yo quería experimentar lo que sentía una persona cuando alguien la miraba así. Quería sentir la misma conexión que teníais vosotros, pero no contigo. Siempre hemos sido más unos amigos que unos novios. Pensar eso, me tenía que haber hecho darme cuenta antes de que no éramos una pareja de verdad; que lo que sentía por ti, no era lo suficiente fuerte. Me estaba aferrando a algo que no existía. He visto en tus ojos lo que es estar enamorado.

—Tienes razón. Apestábamos como novios —le comenté con una sonrisa de alivio.

—Lo hacíamos —secundó ella.

El silencio se coló entre nosotros, y me dio tiempo a reflexionar sin el peso de tener que contarle toda la verdad encima.

Me di cuenta de algo: quería lo que yo había encontrado para Macy.

—Deseo que encuentres a una persona que te haga feliz —le confesé porque Macy se lo merecía.

Era una persona divertida, inteligente, cariñosa y amable. Pero no era para mí. No era lo que mi corazón quería. Ahora estaba tranquilo de saber que yo tampoco era lo que ella quería.

—La verdad es que siento un cierto tipo de alivio por esto. Porque hayamos roto. Ahora no me quedará más remedio que encontrarme a mí misma y a lo que quiero. ¿Sabes? Me gustará muchísimo encontrar el amor.

—Lo encontrarás —afirmé antes de darle la mano—. Estoy seguro de que lo harás.

Ambos nos quedamos en silencio mirando hacia el cielo en el columpio del jardín de su casa.

Ya estaba todo dicho entre nosotros.

Ambos lo teníamos claro.

Ahora solo hacía falta que cada uno siguiese su camino.

Cada uno se quedó sumido en sus pensamientos.

Yo, nervioso, pensando en lo que haría a continuación.

Giré la cabeza hacia la izquierda y miré a la casa que estaba al lado.

Esa era mi siguiente parada.

Me esperaba un día de lo más intenso.

Sabía que, de las dos conversaciones que quería tener hoy, la que me esperaba ahora iba a ser la más intensa.

Un rato después, me despedí de Macy.

La despedida fue tranquila y sin sobresaltos. Entre nosotros todo estaba dicho. Habíamos hecho algo que teníamos que haber hecho hace años.

Salí por la puerta sin esperar a que nadie me acompañara y me monté en el coche.

Cogí aire, armándome de valor, y arranqué el coche.

Mientras aparcaba el vehículo en el camino de entrada de la casa de mi familia, el pensamiento de que ojalá que mi padre no estuviera en casa, se pasó por mi cabeza.

Me sentí patético de inmediato.

Era más valiente que todo eso. Tenía que serlo.

Quería pensar en mi vida y sentirme orgulloso por estar viviendo acorde a como quería. Debía enfrentarme a los problemas que fueran necesarios. Las discusiones que hicieran falta. Era un adulto y pensaba empezar a comportarme como tal.

Salí con decisión.

Subí las escaleras y llamé a la puerta.

Fue en ese segundo cuando decidí que si no estaba en casa, le iría a buscar a donde fuera que se encontrara.

Iba a tener esta conversación este día, costara lo que costara.

Pero, siendo domingo como era, había muchas posibilidades de que estuviera en casa.

—Matty... —me saludó Daira cuando abrió la puerta.

Me escrutó con la mirada. Era extraño que fuera a casa si no había ningún compromiso y ella era la primera en saber si eso sucedía, porque le tocaba organizarlo.

—Buenos días —respondí antes de darle un abrazo. No porque lo necesitara ella, sino que era yo el que lo necesitaba.

—¿Está todo bien? —preguntó mirándome.

—Todo perfecto, Daira —le dije para tranquilizarla—. ¿Está mi padre en casa?

—Sí, cielo. Está en su despacho.

—Gracias. —Le apreté la mano antes de pasar a su lado para dirigirme hacia allí.

Caminé con decisión y, cuando estuve delante de la puerta, aspiré aire profundamente para armarme de valor.

Levanté los nudillos y golpeé la puerta.

—Adelante. —Se escuchó la voz de mi padre dando permiso al otro lado.

Giré el pomo y empujé la puerta.

—Matthew —me llamó sorprendido cuando entré.

—Buenos días, papá —le dije sentándome frente a él.

—¿Pasa algo, hijo? —preguntó sorprendido y quizás algo desconcertado.

Que todos se extrañasen de que fuera a casa sin que me hubieran invitado previamente, me hizo sentir como una mierda.

Nunca iba a verlos por placer.

Teníamos una relación en la que yo, por lo menos, no era feliz, pero eso estaba a punto de cambiar ahora mismo. Si le decía la verdad, podríamos tener una buena relación.

—No, nada. Es solo que quería hablar contigo del futuro —comenté.

—¡Qué grata sorpresa, hijo mío! —dijo echándose hacia delante en su sillón con una sonrisa enorme en la cara y con los ojos llenos de interés.

Estaba seguro de que no se esperaba para nada lo que iba a contarle.

No tenía pinta de que esto fuera a terminar muy bien.

—Quiero dedicarme al *hockey* profesional cuando acabe la universidad —solté a bocajarro.

No había manera alguna de endulzar esto. No quería tener que estar dando vueltas alrededor del verdadero asunto por el que había ido hasta allí.

—Perdona, ¿qué has dicho? —preguntó como si, al hacerlo, las palabras que acababa de decir no fueran a volver a salir de mi boca.

Tenía que mantenerme firme. Era mi vida. Mi futuro. No el de él.

—He dicho que, cuando termine la universidad, voy a dedicarme al *hockey* profesional. —Si es que algún equipo me quería, pero ese era otro tema.

Lo que de verdad importaba en este momento, era que él descubriera cuál era mi intención.

—¿Y la empresa? —preguntó. Se le veía anonadado.

—Estoy seguro de que encontrarás a alguien que pueda llevarla. Hay miles de personas mucho más preparadas que yo, papá.

—Pero no son mi hijo.

—No voy a dirigir la empresa. Lo siento.

—Pero siempre hemos hablado de que lo hicieras —repitió como si no estuviera entendiendo nada de la conversación que manteníamos.

—Tú siempre lo has dicho. Yo nunca lo he querido.

—Es por ella, ¿verdad? —la pregunta de mi padre me cogió por sorpresa.

—¿Por quién?

—Por la chica esa que trajiste una vez a cenar. Sarah se llamaba —dijo con un tono cargado de desaprobación.

Tuve que respirar profundo para calmarme. No quería perder los nervios. Quería tener una conversación sincera y de adultos por primera vez en la vida con mi padre, pero que hablara de Sarah con ese tono, me ponía al borde.

—No es por ella, papá —le aseguré porque era cierto—. Es por mí. Por lo que yo quiero y he querido siempre. Ella lo único que ha hecho es apoyarme. Quererme por lo que de verdad soy. Ha sido la que ha hecho que quiera dar un paso adelante y mostrarme al mundo. Me ha dado la fuerza que necesitaba para poder hacerlo. Ha evitado que sea infeliz durante el resto de mi vida.

Supe que te había cambiado desde la primera vez que te vi con ella. Parecías... —dijo y se quedó callado pensando durante unos segundos, como si estuviera buscando la mejor manera de definirlo—... diferente. Parecías diferente —repitió esta vez con más seguridad.

—No pienso meter a Sarah en todo esto. No te voy a permitir que hables mal de ella. Me ha hecho darme cuenta de que la gente que te quiere, por lo que tú eres, se queda a tu lado. Si no lo hacen, es que no te quieren por lo que de verdad eres.

—Estás cometiendo un error. No lo voy a permitir.

—No tienes que permitir nada, papá. Si quieres aceptar lo que te estoy diciendo, estupendo. Si no, no tenemos nada más que hablar.

Mi padre abrió la boca como si quisiera decir algo, pero, en el último momento, la volvió a cerrar.

—Perfecto, entonces —le indiqué y me levanté de la silla—. Cuando tengas algo que decirme, ya sabes donde estoy.

Dicho esto, di media vuelta y me marché de casa.

Capítulo 25

Soy un auténtico cabrón

Me sentía muy mal.

Desde que esa mañana me había despertado en la cama de Matt, en sus brazos, después de haber pasado la mejor noche de mi vida, para luego tener que decirle que esto no podía volver a suceder, no había podido dejar de llorar.

Me dolía el alma desde que Matt se había ido de la habitación diciendo que lo nuestro había sido un error.

Lo había sido. Estaba de acuerdo, pero, a la vez, habérselo escuchado decir a él, como si yo no fuera más que un error en su impoluta y organizada vida, un sucio secreto, me había dolido más que nada en esta vida.

Si hasta ese momento no había sabido que estaba enamorada de Matt, por cómo me sentía ahora, desgarrada por dentro, no tenía ya ni la más mínima duda.

Me sentía como si alguien hubiera metido la mano dentro de mí y me hubiera arrancado no solo la felicidad, sino también la capacidad de volver a sentirla.

Ahora no tenía ninguna duda de que lo que sentía por él era muy fuerte.

Me había costado más de media hora parar de llorar lo suficiente como para que, si me cruzaba con alguno de los chicos, no me vieran envuelta en un mar de lágrimas.

No quería que nadie me preguntara. No quería hablar de lo que había pasado.

Me sentía avergonzada de lo que había hecho.

Me sentía una persona de mierda.

¿Cómo me había permitido a mí misma enamorarme de un hombre que tenía pareja? ¿Cómo, joder? ¿A cuántas personas había tenido que hacer daño para darme cuenta de que debía parar? ¿De que había estado jugando al borde del engaño todo el rato?

Me sentía avergonzada de mí misma.

Me hice un ovillo todavía más apretado en la cama, lo que fue un error, ya que hizo que la atención de Ellen recayera de nuevo sobre mí.

Llevaba desde que había llegado a la residencia en la cama.

Era una mierda que fuera domingo y que ella y Amy no se hubieran ido a ninguna parte.

—Tienes que comer algo, Sarah —me dijo con la voz cargada de pena—. No puedes estar todo el día sin comer.

Me giré en la cama para mirarla. Odiaba que me tuviera pena.

—Sabes tan bien como yo que, por que no coma en un día, no me va a pasar nada —le contesté frunciendo el ceño.

Quería que me dejaran tranquila con mis pensamientos. Con mi pena.

Necesitaba sentir esto.

Me lo merecía por haber hecho mal las cosas.

—Me alegro de que ya estés mejor —indicó Amy sentándose al otro lado de la cama.

No respondí nada. No me apetecía lo más mínimo hablar.

Me senté y apoyé la cabeza en el hombro de Ellen.

Esta envolvió sus bazos alrededor de mi cintura.

Quería estar sola, pero a la vez quería que estuvieran a mi lado.

¿Cómo se podían experimentar unos sentimientos tan contradictorios al mismo tiempo?

—Unos cuantos mimos te vendrán muy bien.

—Sí —estuve de acuerdo.

Era reconfortante tenerlas en este momento, aunque no me apeteciera nada hablar.

Estar sola sería mucho peor.

Estuvimos sentadas en silencio las tres juntas durante un rato.

Traté por todos los medios de no pensar en Matt. No quería hacerlo, pero es que le quería tanto que era imposible.

Cerré los ojos con fuerza y casi sin darme cuenta recordé aquel día en la pista de hielo cuando le conocí.

Ese día que lo cambió todo.

Lo mucho que me impresionó su manera de ser. Lo guapo que me pareció.

Por mi mente empezaron a pasar innumerables imágenes de todos los momentos que habíamos vivido juntos, como si estuviera viendo una película.

Las veces que habíamos hecho patinaje artístico sobre la pista, cada una de las veces que habíamos cocinado juntos en su casa, cuando había jugado a los videojuegos con ellos, cuando habíamos corrido bajo el diluvio universal...

Todos y cada uno de los momentos en los que había sido feliz y me había ido enamorando poco a poco de él.

Me dolía el corazón.

Me dolía, pero a la vez, sabía que había vivido algo mágico.

Ojalá hubiéramos podido ser un hasta siempre.

Abrí los ojos para detener el torrente de imágenes y me encontré que Amy estaba rebuscando en mi mesilla.

Cuando le vi coger mi móvil, me preocupé.

—¿Qué estás haciendo con mi teléfono? —le pregunté con desconfianza.

—Estoy arreglando este problema.

—¿Qué problema? —le interrogué.

—Tú eres un problema. Nuestro problema para ser más exactos.

—Sabemos que estás así por Matt, pero, como no nos lo quieres contar, conseguiremos a alguien que sí que lo logre —me dijo alejándose de la cama para que no pudiera atraparla.

La vi marcharse, pero me dio igual.

No tenía ni las ganas, ni la energía suficiente como para levantarme y perseguirla.

Sabía, antes de que me lo dijera, que era con Dan con quien hablaba.

Sencillamente genial.

Si ya no le gustaba Matt antes, ahora no iba a parar de repetirme que tenía que haberle hecho caso y alejarme de él.

Observé a Amy mientras hablaba con Dan desde la puerta de la habitación, lo más alejada posible de mí, y suspiré porque sabía lo que me esperaba.

Después de un par de minutos, colgó el teléfono y estuve a punto de respirar aliviada hasta que se acercó a mi escritorio para coger mi portátil de encima de la mesa.

No me lo podía creer. Íbamos a hacer una videollamada con Dan. Sencillamente estupendo.

Me resbalé hacia abajo en la cama, deseando hundirme en el colchón y desaparecer de la vista de todos. Si no sabían dónde estaba, no podían molestarme.

¿Qué les pasaba a estas personas que no me querían dejar sola retozándome en mi miseria?

No pensaba ponerles las cosas fáciles. No iba a decirles mi clave para desbloquear el ordenador. Puede que con eso consiguiera que tuviéramos esta absurda reunión por teléfono.

Cuando escuché el sonido de lo que era sin duda el tono de llamada de la aplicación de Skype sonando en mi ordenador, me incorporé en la cama con rapidez.

—¿Cómo has sabido mi clave? —le pregunté a Amy sorprendida.

—Dan me la ha dicho —contestó sin prestarme la más mínima atención.

Se sentó y puso el portátil sobre mis piernas.

No me resistí. No tenía sentido hacerlo a estas alturas y no me apetecía comportarme de manera más infantil de lo que ya lo estábamos haciendo todos.

Ellen le dio al botón de descolgar la llamada.

Pocos segundos después, la imagen nítida de Dan apareció en la pantalla.

—¿Qué te ha pasado, Sarah? —preguntó con la voz cargada de preocupación.

—No me apetece hablar. ¿Por qué no sois capaces de respetar eso? —indiqué cabezona.

—Porque te queremos y que te estés regodeando en el dolor, no es bueno. Tú tampoco me dejarías hacerlo a mí —me replicó mirándome con seriedad.

Su razonamiento me molestó porque tenía razón.

—No quiero hablar. Me hace daño —expliqué al borde del llanto.

—No conseguimos que coma. Tampoco conseguimos que nos cuente qué le pasa —le explicó Ellen.

—Lo que le pasa es que el imbécil ese le ha hecho algo. Estoy seguro. Si es que no me gusta nada…

—Basta —le dije a Dan enfadada—. Él no ha hecho nada. Los dos lo hemos hecho. Nadie me ha obligado a acostarme con él —grité enfadada.

Odiaba que le echase toda la culpa a Matt, ya que los dos éramos igual de culpables.

Ninguno pareció sorprendido por mi confesión.

Pensaba que iban a estar escandalizados por lo que habíamos hecho, ya que Matt tenía novia. Pero nada.

—¿No pensáis decir algo sobre lo de que nos hayamos acostado? —les pregunté, porque necesitaba saberlo.

Me sentía avergonzada de mí misma y ellos ni siquiera se inmutaban.

—Todos sabíamos que iba a terminar pasando tarde o temprano —respondió Ellen—. Hay que estar muy ciego para veros juntos y no darse cuenta de lo que sentís el uno por el otro.

—Tiene novia —señalé y una lágrima me resbaló por la comisura del ojo.

—Nunca han sido una pareja. Nunca se han comportado de esa manera entre ellos.

Ellen tenía razón, pero eso no cambiaba nada.

—Sigue siendo su novia —respondí para dejarlo claro, aunque la verdad era que no necesitaba decirlo para que todos los presentes lo supiéramos.

Ese hecho sobrevolaba por la habitación.

No pude evitar ponerme a llorar.

—Sabía que el gilipollas ese te iba a hacer daño.

Sus palabras me hicieron ponerme furiosa y casi lo agradecí. Prefería sentirme así, que no destrozada.

—¡Qué listo eres! —le contesté enfadada, burlándome de él.

—Es un cobarde. Te quiere, pero no se atreve a enfrentarse a sus padres, a decirles que va a hacer con su vida lo que le dé la gana. No se atreve a hablar con Macy para confesarle que no la quiere.

—Es muy fácil decirlo, pero es más difícil hacerlo.

—Si te quisiera lo suficiente, lo haría —dijo Dan enfadado.

Cerré los ojos con dolor cuando esas palabras salieron de la boca de mi amigo. Cuando sacó a relucir la gran verdad que todos habíamos pensado, pero que ninguno se había atrevido a decir en alto.

—Lo siento mucho, Sarah —se disculpó muy preocupado, con el tono cargado de pena, cuando se dio cuenta de lo bruto que había sido—. Cariño, de verdad que lo siento.

Cerré los ojos con más fuerza para evitar que se me salieran las lágrimas.

Prefería su enfado a su pena. Lo prefería mil veces más.

La mano de Ellen me acarició la espalda y ahí sí que no pude contener el llanto por más tiempo.

Todo era una mierda.

Había hecho mal las cosas. Las había hecho muy mal, pero, lo peor de todo es que no me arrepentía de haberlo conocido. No me arrepentía de haberme enamorado de él.

Había sido tan sencillo como respirar.

Matt era una persona increíble.

Todo lo que había vivido a su lado había sido mágico.

De lo único que me arrepentía, era de haberme acostado con él. Eso era lo que había terminado con nuestra amistad. Con la posibilidad de que viviéramos en un equilibrio entre la pasión y la amistad.

—Si queréis que coma, tenéis que pedir unas pizzas. Nunca se ha podido resistir a unas pizzas cuando está triste —explicó Dan rompiendo el silencio en el que nos habíamos sumido.

—Te odio —le dije.

—Me amas —respondió.

—Nosotras sí que te amamos —indicó Ellen—. Tenemos a Sarah aquí sin manual de instrucciones. Llega a casa destrozada, y éramos incapaces de hacerla comer.

Amy se encargó de pedir la cena, mientras ellos seguían enzarzados en una conversación.

Estaban arreglando mi vida como si yo no estuviera presente.

En otro momento me hubiera enfadado, pero, en este, con la poca energía que tenía, me dediqué a escucharles lo menos posible.

Por mucho que tratasen de decidir por mí, era yo a fin de cuentas la que iba a hacer lo que quisiera. La que tenía la última palabra. La que tenía el poder real de decisión.

Cuarenta minutos después, llamaron a la puerta de la habitación.

—Por fin ha llegado la cena —anunció Ellen antes de levantarse para abrir.

Seguí escuchando a Dan despotricar a todo volumen:

—Cuando vuelva a ver al idiota ese, le voy a partir la cara. ¿Cómo se atreve a tratarte de esa manera? ¿Cómo se atreve a hacerte daño? —decía mientras tenía la cabeza apoyada contra la cabecera.

¿Por qué tenía que aguantar esta tortura como si fuera una niña pequeña? ¿Es que acaso no se daba cuenta Dan de que era totalmente capaz de defenderme? ¿Que no necesitaba ni su ayuda ni su aprobación? ¿Que solo necesitaba su apoyo?

—Buenas noches. —Se escuchó la voz de Matt por dentro de la habitación, haciendo que abriera los ojos de golpe.

Abrí la boca para hablar, pero no me salió ni una sola palabra.

—¿Qué estás haciendo aquí, idiota? —le increpó Dan desde el ordenador.

Cogí el dispositivo entre mis manos y lo enfoqué en mí.

—O estás callado o cierro el portátil —le amenacé sin darle tiempo a que añadiera nada más.

Dan se calló al instante, sabiendo que iba muy en serio.

—¿Qué haces aquí, Matt? —le pregunté cuando conseguí serenarme lo suficiente como para no ponerme a llorar.

—He venido a hablar contigo —me dijo.

Lancé una mirada de muerte a Dan para que no se le ocurriera decir nada. Iba a defenderme yo solita.

—No es un buen momento, Matt. Quizás dentro de unas semanas podamos hablar, pero ahora…

No pude terminar la frase, ya que él se acercó de una carrera hasta mi cama y se arrodilló en el colchón justo frente a mí. Dejándome sorprendida.

Bueno..., a mí y a todos.

—Por favor, Sarah. Necesito hablar contigo —me suplicó mientras me agarraba la mano—. Déjame que arregle todo lo que he hecho mal —me pidió mirándome a los ojos de forma sincera y profunda.

No pude negarme.

¿Qué daño me iba a hacer hablar con él si ya se me había partido el corazón?

Tenía claro que bajo ningún concepto íbamos a volver a acostarnos. Quizás, dejar las cosas claras, dejarlo todo cerrado entre nosotros, era lo mejor. Quizás, era lo que necesitábamos hacer para poder ser amigos dentro de un tiempo. No tan cercanos como habíamos sido, pero sí amigos.

—Vale —acepté y miré a Amy y a Ellen—. ¿Nos podéis dejar a solas, por favor? —les pedí.

—¿Estás segura de esto? —me preguntó Ellen, pero sabía que hablaba por las dos.

—Lo estoy —respondí asintiendo con la cabeza.

—Llámanos si nos necesitas.

—Gracias —les dije haciéndoles una inclinación con la cabeza.

Bajé la vista al ordenador para poder despedir también a Dan.

—No estoy de acuerdo con lo que vas a hacer —indicó cruzando los brazos sobre el pecho.

—Lo siento mucho por ti, pero la realidad es que no tienes que estarlo —le contesté con amor.

Agradecía que se preocupara por mí, pero ya era mayorcita para hacerlo por mí misma.

—Tienes razón. Te quiero mucho —dijo, pero todavía no se le veía muy convencido. Tenía el ceño fruncido.

—Y yo a ti —indiqué antes de cerrar la pantalla.

Justo en ese mismo momento, la puerta de la habitación se cerró también.

Estábamos solos.

Nos observamos durante unos segundos y supe, por la forma en la que contorsionaba la cara, que se fijaba en mis ojos hinchados por las lágrimas.

—Soy un auténtico cabrón —soltó, y me pareció un comienzo alentador.

Capítulo 26

Juntos somos magia

Cuando la puerta de la habitación de Sarah se cerró dejándonos solos, sentí como un peso se me quitaba de encima.

Era un gran comienzo que quisiera quedarse a solas conmigo para permitirme explicarle.

Sus preciosos ojos verdes estaban rojos y tenía la cara hinchada, como si hubiera estado llorando. Sentí, como el corazón me pellizcaba, y me odiaba por haberla hecho sufrir.

—Soy un auténtico cabrón —dije porque era la verdad.

Me sentía así y quería que ella lo supiera.

Me quedé callado durante unos segundos por si ella añadía algo, pero no lo hizo.

Cuando quedó claro que no iba a hacerlo, seguí hablando:

—He pasado toda la tarde buscando la mejor manera de decirte lo que siento. He estado ordenando mis ideas, pensando en cada momento que hemos pasado juntos desde que te conozco. Ha sido precioso, nena. Cada puto instante que he pasado a tu lado. Eres con mucha diferencia la mejor persona que he conocido en la vida.

—Da igual lo que sintamos el uno por el otro, Matt. No voy a estar contigo mientras tengas novia —indicó llena de convicción.

Me gustó que pensase así, porque yo tampoco quería que lo nuestro, lo que sentíamos, lo que éramos juntos, se viera empañado por nada. Además, que reconociera que sentía algo por mí, aun después de lo que había pasado, me llenó de alegría y esperanza.

Aunque, si era realista, nada podría hacer que dejara de quererla.

—No tengo novia —le anuncié porque quería que eso quedara claro ya.

No quería que pensara que era una conversación para tratar de mantener mi vida anterior y a la vez estar con ella. Eso tenía que quedar claro desde el principio.

—¿Cómo dices? —preguntó abriendo mucho los ojos, como si no hubiera entendido mi afirmación.

—He dicho que no tengo novia.

—¿Cómo? ¿Por qué? —preguntó arrodillándose en la cama.

Sus ojos brillaban llenos de esperanza. Me gustó verla. Me gustó ser el que la causaba, el que la ponía en sus ojos. Iba a conseguir que toda esa esperanza se convirtiera en felicidad.

Me di cuenta de que estar en la misma habitación que ella era como jugar un partido por primera vez. Estaba emocionado, nervioso, feliz... Ansioso de que me perdonase.

—Lo primero que he hecho cuando nos hemos levantado esta mañana ha sido ir a hablar con Macy.

—¿Y qué le has dicho? —preguntó en un susurro, como si tuviera miedo de la contestación.

No pude evitar dejar escapar una pequeña carcajada. Eran tan adorable.

—Le he dicho que estaba enamorado de ti y que no podíamos estar juntos —expliqué mientras me acercaba a la cama poco a poco.

—¿Y qué ha dicho ella? —se interesó con sincera preocupación.

—Que llevaba un tiempo dándose cuenta de que no teníamos una relación de verdad, y que se alegraba de que hubiera dado el paso. No éramos una pareja. ¿Sabes qué le he dicho yo?

—No —me respondió, negando a la vez con la cabeza y mirándome con intensidad.

—Que esperaba que encontrara a alguien que la hiciera feliz, porque yo he encontrado a alguien que lo hace.

—¿De verdad? —me preguntó Sarah, mientras me sentaba delante de ella en la cama.

—Sí, de verdad, aunque no te merezco porque soy un gilipollas —le confesé—. Soy un gilipollas porque llevo enamorado de ti desde el primer día que te vi patinar en esa pista de hielo, pero, soy tan tonto que no me había dado cuenta porque nunca me había enamorado antes. No tenía ni idea de lo que era este sentimiento. Lo eres todo para mí. Si tienes que estar enfadada conmigo por algo es porque soy gilipollas, porque no he sabido luchar por ti, pero, ahora, estoy aquí. Te quiero y estoy dispuesto a hacer lo que haga falta. No quiero perderte. —Tomé aire y seguí hablando, mientras veía que estaba emocionada con mi confesión y a mí me sentaba de maravilla poder sacar todo lo que sentía de dentro. Todo lo que llevaba meses atascado. Todo lo que no me había permitido sentir—. Odio no haberme dado cuenta antes de lo que sentía por ti. Odio no haber dejado a Macy desde el mismo segundo en que te conocí porque he manchado nuestro amor y todas nuestras primeras veces estando con otra persona. Tú te lo mereces todo. Eres lo mejor que me ha pasado en la vida. Eres la única persona que me ha visto desde un primer momento y que se ha molestado en conocerme. A mis gustos, a mis virtudes, a mis defectos… Y yo lo he visto todo de ti también. Cada pequeña parte que iba conociendo, ha hecho que me enamorara un poco más de ti. Perdóname, por favor.

—Oh, Matt… —dijo acariciándome la cara con la mano.

—El domingo pasado, después de haber estado juntos en la discoteca, fue cuando me di cuenta de que estaba enamorado de ti.

Me abstuve de contarle cómo había sucedido, ya que sabía que no le haría ninguna gracia.

No pensaba ocultárselo, se lo contaría más adelante, pero estaba seguro de que no apreciaría que le explicara eso cuando le estaba declarando mi amor.

Desde luego que yo no lo haría.

Sarah me observaba con los ojos brillantes llenos de lágrimas, pero con la esperanza pintada en cada una de sus facciones. Me escuchaba porque quería confiar en mí, quería que no la defraudara.

—Esa noche fue muy intensa para mí, también —confesó.

—En ese instante, fue cuando tenía que haber arreglado las cosas, pero me escudé en que no era el mejor momento. En que tenía que centrarme en el partido. Pero, ahora, tengo que reconocer que no lo hice porque tuviera miedo. Me odio por haber tomado esa decisión de mierda, y no sé si algún día me podré perdonar por eso. Me mata haberte hecho daño.

—No voy a negar que ahora lo estás arreglando —me dijo sonriendo, con los ojos anegados de lágrimas—. Y no eres el único culpable. Yo sí que era consciente de que me estaba enamorando de ti y, aun así, seguía a tu lado.

—Doy gracias a Dios por eso. Desde el primer instante que te vi, supe que eras especial. Lo sentí en cada hueso de mi cuerpo. Juntos somos magia, nena. Lo he sabido desde el primer momento.

—A mí me costó un poco más darme cuenta. Algo así como un par de días —comentó riendo, y noté que se le había quitado un gran peso de encima. Lo que hizo que yo también lo sintiera, y me relajara.

—También he ido a hablar con mi padre para decirle que no quiero dirigir la empresa cuando acabe la universidad. Le he dicho que quería dedicarme al *hockey* de forma profesional.

—¿Cómo se lo ha tomado? —me preguntó ella muy preocupada automáticamente.

—No muy bien, pero ese no es mi problema —señalé porque era la verdad.

Yo no estaba haciendo nada malo. Solo trataba de ser quien era.

Casi no me podía creer lo que me decía.

Había dudado de él. Había dudado de que fuera capaz de plantarse y decir que no quería lo que otros habían decidido por él.

Pero me había equivocado.

Había luchado por él. Había luchado por mí. Había luchado por nosotros.

—Te amo —le confesé porque no pude evitarlo, porque ya no hacía falta que me lo callara, mientras me sentaba en sus piernas a horcajadas.

—Joder, nena. Yo sí que te amo —respondió llevando sus manos hasta mi culo y apretándome contra su cuerpo.

Estaba duro.

Sentirlo así, saber que le afectaba de esa manera, lanzó un rayo directo a mi centro, excitándome.

Comencé a besarle.

Sus labios eran grandes y exigentes. Me volvían loca. Cada vez que los había probado, me había derretido.

Abrí la boca para lanzar un gemido y Matt aprovechó la oportunidad para meter la lengua dentro.

Llevé las manos a su pelo y nuestras lenguas comenzaron a enredarse.

Sentía el cuerpo ardiendo.

Necesitaba más. Más cerca, más fuerte... Le necesitaba en todos los lados.

Las manos de Matt empezaron a acariciar mi pelo, a apretarlo con fuerza, mientras me besaba con intensidad.

Todo eran dientes, lengua, deseo...

Empecé a frotarme contra su miembro en un intento por liberarme.

Los besos de Matt fueron bajando por mi cuello, mientras lamía y mordía cada zona que alcanzaba.

Comencé a tirar de su camiseta hacia arriba. No quería nada entre nosotros.

Haber estado la noche anterior con él, no había conseguido saciar ni un poco mi necesidad. Ahora éramos solo nosotros.

Estaba vez, lo que estábamos haciendo, era hermoso y estaba bien.

Cuando la camiseta desapareció, me quedé mirando sus abdominales.

Madre mía, estaba muy bueno. Toda esa piel tirante por los músculos y morena. Solo deseaba besarlos.

No pude hacerlo, porque justo en ese momento Matt se lanzó a por mi camiseta de pijama.

Cuando me la quitó por la cabeza, mis pechos saltaron libres delante de él. No llevaba sujetador.

Los agarró con sus manos y los miró como si fueran la cosa más hermosa que había visto en la vida.

—Dios, nena. Eres un puto regalo para la vista. Nunca he visto a una mujer más perfecta.

Después de decir eso, se abalanzó a lamerlos.

Se metió uno en la boca y con el dedo gordo y el índice de la otra mano comenzó a pellizcar el pezón del otro pecho.

La habitación se llenó de gemidos. Una mezcla entre los suyos y los míos. La melodía más hermosa que había escuchado en la vida.

Cuando se sació lo suficiente, comenzó a bajar por mi estómago llenando cada centímetro de piel que encontraba de besos, mordiscos o lametones.

Estaba tan sobre estimulada que sentía que iba a correrme en cualquier momento.

Cuando llegó a la cinturilla de mis pantalones de pijama, los bajó de un tirón y los lanzó al otro lado de la habitación.

Bajó la cabeza y me devoró.

Lamió mi clítoris de una forma que apenas me dejaba pensar. Solo era capaz de sentir.

Pocos minutos después estaba corriéndome.

Me dejé caer hacia atrás en la cama, disfrutando de mi orgasmo.

Sentí como Matt se removía a mi lado y como luego se bajaba de la cama antes de colocarse de nuevo sobre mí.

—Me muero por follarte, cariño. Me muero por volver a estar dentro de ti —me dijo besándome.

Pude saborearme en sus labios.

—Quiero que me folles —le dije agarrándole del pelo para que me mirara mientras lo hacía—. Te quiero.

—Yo te quiero más a ti, créeme —indicó mientras alineaba la cabeza de su pene en mi entrada.

Nos miramos a los ojos.

Los de él estaban cargados de deseo, y me volvió loca verle así por mí, antes de que de una sola estocada se colara en mi interior.

El gemido de placer que Matt emitió inundó toda la habitación rompiendo el silencio de la noche.

Empezó a empujar al principio con un ritmo lento, disfrutando de cada embestida, hasta que sus empujes se volvieron desiguales y fuertes. Frenéticos.

Sabía que estaba a punto de perder el control. Estaba a punto de correrse. Sabía que le iba a acompañar cuando lo hiciera, porque yo también estaba de nuevo al borde.

—Joder, joder, joder... —empezó a decir hasta que sus palabras se volvieron ininteligibles.

Se derramó arrastrándome a mí con él.

No recordaba haber sentido nunca nada más intenso. Nada mejor.

Cuando terminamos de hacer el amor, Matt me besó y acarició durante unos minutos antes de levantarse para tirar el condón.

Regresó a la cama con una toalla mojada con agua caliente y me limpió.

Fue un gesto muy tierno que hizo que me deshiciera un poco más.

En ese momento, fui consciente de que ya no tenía que esforzarme por contener mis sentimientos y podía demostrarlos de forma libre. Mi amor por Matt iba a crecer de una forma imparable.

Si no hubiera estado tan enamorada ya, y Matt no acabara de demostrarme lo mucho que me quería, haciendo lo que más había temido durante toda su vida, me hubiera muerto de miedo al darme cuenta de eso.

Pero ahora mismo eso no era un problema.

Dejé fluir mis sentimientos hacia él de forma libre.

Cuando regresó a la cama, después de llevar la toalla al cuarto de baño, y se tumbó a mi lado, rodé sobre mi costado y apoyé la barbilla sobre su pecho para poder mirarlo.

Era tan guapo que quitaba el sentido. Era mucho más guapo y sexi que la gran mayoría de los modelos que salían posando en las revistas, y eso no era lo mejor de él.

—No sé si me voy a acostumbrar alguna vez a esto —le dije en voz baja, en un tono confidente cargado de amor.

—Oh..., sí lo vas a hacer, nena —me indicó tirando de mi cuerpo, para tumbarse completamente sobre mí—. Vas a tener todo el tiempo del mundo para hacerlo ahora que somos novios —me dijo y el estómago me hizo una pirueta, lleno de emoción, al escuchar que nos llamara por esa palabra.

—¿Somos novios? —le pregunté alzando las cejas y bajándolas de forma sugerente.

—Tienes razón. No parece una palabra lo suficiente fuerte como para expresar lo que siento por ti.

—Matt... —le dije sin añadir nada más. Me había dejado sin palabras.

—Me voy a pasar el resto de nuestras vidas compensando no haber sido capaz de darme cuenta antes de que estaba loco por ti.

Esa noche, tumbada entre sus brazos en esa pequeña cama, me sentí feliz y protegida. Como si por fin hubiera encontrado el lugar en el que encajaba en el mundo.

Capítulo 27

¿Adónde vamos?

Cuando me dijo que fuéramos novios, por la cabeza se me pasó el estúpido pensamiento de que las cosas cambiarían, de que teníamos que encajar.

Pero la realidad fue que todo siguió igual que antes.

Nuestra relación era prácticamente la misma que había sido desde el principio, con la única diferencia de que ahora nos besábamos en cada instante en el que podíamos sin que nos denunciasen por escándalo público, y hacíamos el amor. Pero, la base de nuestra relación era la misma.

Eso me hizo pensar si no habíamos tenido una relación desde el principio.

Me sentía muy afortunada. Matt era mi mejor amigo, mi amante, mi compañero y el hombre más sexi que había sobre la faz de la tierra.

Aparté la vista de la carretera donde mi mente se había marchado a divagar y la coloqué sobre él. Sobre sus enormes manos, que sujetaban el volante con seguridad en ese momento y que me habían hecho muy feliz esa mañana al despertarme.

Noté que las mejillas se me calentaban al recordar el maravilloso sexo que habíamos tenido recién despertados.

Seguí con mi repaso, deslizando la vista de sus manos a sus fuertes y musculosos brazos.

Me volvía loca ver cómo los músculos se le contraían cuando giraba el volante para cambiar de un carril a otro. ¿Era yo o de repente hacía mucho calor en el coche?

Desvié de golpe la mirada a su cara, que era un lugar mucho más seguro. Estaba segura de que si me veía mirarle con deseo, acabaríamos aparcando el coche en cualquier lado y haciendo el amor de forma inevitable.

Tenía la sensación de que no podíamos quitarnos las manos de encima el uno al otro durante más de una hora seguida.

Cuando Matt apartó la mirada de la carretera para mirarme, esbozando una sonrisa enorme y cargada de amor, el corazón se me aceleró en el pecho. Casi no podía creerme que todo lo que estábamos viviendo era real. Era tan bonito y perfecto que costaba creer que no fuera un sueño.

No pude evitar sonreírle de vuelta.

Sus ojos azules brillaron llenos de felicidad antes de que apartara la mirada de mí y la centrase de nuevo en la carretera.

No se podía querer a una persona más de lo que yo le quería a él.

—¿Adónde vamos? —le pregunté a cuando giró en un cruce hacia la derecha, cuando deberíamos de haber girado a la izquierda.

—Pronto lo verás —me dijo apartando los ojos de la carretera durante unos segundos para mirarme con una sonrisa preciosa en la cara.

Su forma de mirarme, tan cargada de amor, con esos ojos azules que me volvían loca, hicieron que el corazón me aletease en el pecho.

Me pregunté si algún día dejaría de crecer el amor que sentía por él.

Llevábamos ya unos meses juntos y cada vez que pensaba que era imposible querer más a alguien, Matt me miraba a los ojos, o hacía alguna tontería, o simplemente me besaba, y me daba cuenta de que sí que se podía.

Era curioso porque, a pesar de que tenía el poder de hacerme añicos el corazón, me sentía totalmente a salvo. Me sentía segura con él. Sabía que nunca dejaría que me ocurriera nada.

—¿Estamos yendo al aeropuerto? —le pregunté extrañada cuando reconocí el camino por el que me llevaba.

—Puede… —respondió eludiendo la pregunta.

—Matt, no juegues conmigo que me va a dar un infarto —le pedí porque estaba segura de saber quién era la persona a la que íbamos a recoger.

—¿De verdad necesitas que te diga a quién vamos a buscar? —comentó dibujando una sonrisa traviesa.

—¡Noo…! —chillé levantando los brazos dentro del coche llena de emoción.

Los pocos minutos que quedaban para llegar al aeropuerto se me antojaron eternos.

Cuando Matt dejó el coche en el aparcamiento, prácticamente salté del vehículo y eché a correr hacia la terminal.

Mientras corría, alguien se me cruzó por delante y estuve a punto de caerme.

En el último momento, unos brazos me agarraron por detrás y lo evitaron. Supe sin necesidad de darme la vuelta que era Matt quien me había sujetado. Lo que no esperaba, al levantar la vista, era encontrarme a Dan. Sin pensármelo dos veces, di un salto y me agarré a su cuello.

—¡Estás aquí! —grité y escuché la risa de los dos.

—Lo estoy. Ya no te vas a librar de mí —me contestó.

—No puedes decir eso y que no sea verdad —le indiqué separándome de su cuello y haciendo pucheros sin que me diera la más mínima vergüenza.

—Lo es, cariño —respondió Matt por él. Sabía que odiaba verme preocupada.

—Aquí tu novio me ha ayudado a acelerar las cosas para poder venir, para mudarme de una vez por todas —dijo señalando a Matt.

—Ah…, ya entiendo. Ahora sois vosotros los mejores amigos y actuáis a mis espaldas —los acusé como si estuviera molesta, aunque lo cierto era que no se podía estar más encantada.

—Nunca haríamos eso —dijo Dan riendo.

—Ya tengo una mejor amiga. No quiero al tarugo este —contestó Matt abrazándome y dándome un beso tan intenso que hizo que todo lo que había a nuestro alrededor desapareciera.

Alguien, aclarándose la garganta a nuestro lado, me devolvió a la realidad.

—Podrías por lo menos esperar a que no estuviera delante de vosotros para morrearos. Gracias.

Me reí y me separé de Matt.

—Bueno… ahora ponedme al día de todo —les pedí—. ¿Dónde te vas a quedar a dormir? ¿Has cogido un piso? ¿Una habitación en la residencia?

—De momento se va a quedar a vivir con nosotros hasta que encuentre algo. En mi habitación para ser exactos —dijo Matt haciendo una mueca de pena enorme—. Va a ser el mayor bloqueador de polla de toda la historia.

De golpe comprendí su cara de pena.

—Seguro que no le importa dormir en el sofá —indiqué, y tanto Matt como yo estallamos en carcajadas.

—Ja, ja… Me parto con vosotros. Sois una pareja tan asquerosamente compaginada. No esperaba esto de ti, Sarah —me dijo Dan fingiendo molestia.

—Te encanta que por fin estemos juntos y que yo sea feliz.

—Exacto —confirmó antes de envolverme en un abrazo apretado.

No podía ser más feliz. Ahora tenía todo lo que necesitaba en este lado del país.

Salí del despacho de mi tío junto a Dan.

—Todo ha ido muy bien —le comenté a mi amigo colocándole un bazo alrededor de la cintura para abrazarle.

—Eso es lo que parece —afirmó rodeándome del cuello y acercando mi cara para poder darme un beso en la sien.

—Te dije que a mi tío le parecería bien que empezaras a trabajar en el equipo con nosotros.

—No sé por qué. No tengo ninguna habilidad especial aparte de ser tu mejor amigo.

Me reí por su comentario.

—Tienes muchísimas virtudes y lo sabes. No seas idiota. Puede que nunca hayas hecho un trabajo de ayudante, pero tienes tiempo para aprender —empecé a explicarle.

—Tu tío parecía un poco tenso. ¿No te ha dado la sensación?

Me quedé pensando durante unos segundos, analizando la conversación y tuve que estar de acuerdo con él.

—La verdad, es que sí que parecía raro. Le habremos sorprendido. ¡Qué sé yo! Eso no importa. Estamos muy felices. ¡Has venido a vivir aquí y vamos a trabajar juntos! —dije levantado loas brazos para celebrarlo.

Todavía no me había dado tiempo a asimilarlo del todo, pero era muy feliz.

Cuando llegamos a los vestuarios, me paré en la puerta y le dije:

—Ve con el equipo. Yo voy a ponerme la ropa de entrenamiento. Nos vemos enseguida. Puedes ir solo al vestuario de los chicos, ¿verdad?

—Claro —me respondió—. No sabía que tuvieras necesidad de ver a más deportistas desnudos. Igual tengo que hablar con Matt para explicarle cómo se complace a una mujer.

—Muy gracioso. Mi vida sexual está estupendamente, gracias —le respondí antes de sacarle la lengua.

Me hacía muy feliz que por fin hubiera podido venir a New Haven.

Me giré y empujé la puerta del vestuario para acceder al interior.

Antes de que pudiera reaccionar, Matt estaba sobre mí, levantándome en sus brazos y apoyándome contra la pared.

De forma instintiva, envolví las piernas alrededor de su cintura.

—Me moría de ganas de verte, nena —me susurró al oído disparando rayos de placer por todo mi cuerpo.

—Nos hemos visto esta mañana —le indiqué entre gemidos mientras frotaba su erección contra mi centro.

—Eso es demasiado tiempo. ¿Es que no te has dado cuenta de que soy adicto a ti?

De golpe, pasé de estar de un humor normal a estar más que excitada.

Matt comenzó a besarme con pasión, como si fuera un caramelo de su sabor favorito, mientras se frotaba contra mí.

Apartó la boca y la llevó hasta el lóbulo de mi oreja.

Me dio un mordisco, para acto seguido comenzar a lamerlo.

Su aliento, golpeando contra la carne tierna y húmeda de mi oreja, hizo que todo mi cuerpo se erizara. Tenía los pezones duros.

Bajó la cabeza y continuó lamiendo y mordiendo mi cuello mientras me excitaba hasta el punto de que le necesitaba dentro de mí, llenando ese vacío que sentía en mi interior, esa necesidad...

Sabía que lo que hacía dejaría durante unas horas algunas marcas, pero en ese momento no podía importarme menos.

Alargué las manos y las llevé a su pelo para tirar de él para que me besara de nuevo.

Nuestros gemidos se escuchaban por todo el vestuario.

—Bájame —le pedí entre gemidos.

Matt lo hizo al instante.

Cuando estuve en el suelo, frente a él, me miró con los ojos inundados de deseo.

Me observó mientras abría mi pantalón y me lo bajaba por las piernas.

Él abrió la bragueta de su pantalón y sacó su miembro muy erecto, mientras me observaba quitarme la ropa.

—Eres una preciosidad, nena —me dijo mordiéndose el labio como si no pudiera resistirse a mí. Lo que hizo que todavía me excitase más.

Estaba imponente frente a mí, vestido con su uniforme, el miembro duro en la mano y los ojos llenos de lujuria.

Lo necesitaba.

Me lancé hacia su cuerpo y me levantó entre sus brazos, cuando me tuvo lo suficientemente cerca.

Le rodeé con las piernas y le besé.

Metí la mano entre nuestros cuerpos y guie su erección a mi entrada.

Se metió dentro de mí de una estocada, arrancándonos a los dos sendos gemidos de placer.

Fue rápido, duro y muy placentero.

Con las manos de Matt agarrando mi culo con fuerza, con sus músculos encajonándome.

Disfruté de cada una de sus embestidas hasta que poco después me corrí, llevándome a Matt conmigo en mi orgasmo.

Se quedó quieto dentro de mí y me abrazó con fuerza.

—No te puedes imaginar lo mucho que te amo —me dijo con la cara apoyada en mi cuello.

—Me hago una idea —le respondí.

Ambos nos reímos porque nos dimos cuenta de lo enamorados que estábamos el uno del otro.

Todo iba bien.

Estaba siendo un entrenamiento bueno, hasta que un movimiento en las gradas llamó mi atención y me encontré mirando a los ojos de mi padre que se acababa de sentar para observarnos.

Me duele decir que casi trastabillé, pero es que no me esperaba para nada verle sin que quedásemos primero, y mucho menos en el estadio, en uno de los entrenamientos.

Sí, quizás era en el último sitio que esperaba verlo.

De golpe me sentí observado y juzgado. Entendí que, desde lo alto de las gradas, estaba decidiendo si tiraba mi vida por la borda.

Me puse de mala leche por sentir eso y dejar que me afectara.

Algo en mi forma de patinar, o en mi lenguaje corporal, debió de llamar la atención de Sarah que me miró girando la cabeza, tratando de descubrir qué me pasaba solo con observarme.

Me hizo sentir muy bien que se preocupara por mí. Tener a alguien que te apoyaba y que te quería era la mejor sensación del mundo.

Desvié la mirada para señalarle el foco de mi incomodidad y, como si estuviéramos hablando sin palabras, siguió la dirección.

Supe el momento exacto en el que vio a mi padre. Lo supe por cómo sus hombros se tensaron y volvió a mirarme para preguntarme sin palabras si estaba bien, si necesitaba algo.

Pero no lo necesitaba.

Pensaba actuar como si no estuviera presente. No podía hacer nada para que entendiera lo mucho que amaba el *hockey*, la decisión que había tomado de lo que quería hacer con mi vida. Estaba solo en su mano aceptar esta decisión o no hacerlo. Nada de lo que yo hiciera o dijese podría cambiar eso, por lo que me dediqué a pasar de él y a tratar de estar concentrado.

Cuando el entrenamiento terminó, me acerqué al banquillo y, mientras tomaba agua, miré a las gradas hacia donde había visto a mi padre sentado.

Ya no estaba.

Se había ido.

Odiaba darme cuenta de lo mucho que su gesto me había dolido.

Dejé la botella y le di la mano a Sarah cuando se puso a mi lado.

—¿Estás bien? —me preguntó en bajo para asegurarse de que nadie la escuchaba.

—Lo estaré —respondí. Me conocía tan bien que no serviría de nada mentirle.

Salimos al pasillo de camino a los vestuarios.

Cuando estábamos casi al lado, vi que mi padre estaba de pie al lado de la puerta, cerca de la pared. Estaba serio y su postura era muy rígida.

—Te dejo, cariño —me dijo Sarah soltando mi mano y la miré—. No me voy a ir muy lejos —me indicó cuando se dio cuenta de que estaba nervioso.

—Gracias. —Le di un suave beso en los labios, antes de separarme de ella, y me acerqué a mi padre.

—Hola, hijo —me saludó cuando estuve frente a él.

—Papá —le devolví el gesto.

Ambos nos quedamos en silencio.

Me controlé para no removerme incómodo. Creía que tenía que ser mi padre el primero en hablar puesto que había sido el que había venido a la pista buscándome.

—Ha sido un buen entrenamiento —dijo al fin y tuve que contenerme para no levantar las cejas asombrado por sus palabras.

—Gracias —respondí.

De nuevo silencio.

—¿Te apetece venir este sábado a cenar? —preguntó, dejándome descolocado y el pecho blando.

Joder... Era la primera vez que me preguntaba si quería hacer algo.

—Por supuesto —respondí con sinceridad porque me sonaba bien la idea de ir a casa a cenar.

—Perfecto, hijo. Nos vemos el viernes, entonces —indicó y se dio la vuelta para marcharse.

—Hasta el viernes —me despedí.

Miré su espalda mientras se marchaba, con una mezcla de incredulidad, alegría y precaución. Sentí que Sarah se colocaba a mi lado.

—Creo, cariño, que tu padre ha venido porque quería estar contigo. Me parece que este es el primer paso para un acercamiento, para que por fin tengáis una relación de verdad —dijo con los ojos brillantes por las lágrimas de emoción que se amontonaban en ellos—. No te imaginas lo feliz que soy de que puedas tener esto —comentó lanzándose a mis brazos.

La apreté contra mí, todavía en un estado confuso. La forma de actuar de mi padre me había dejado tocado.

—Ha vuelto porque soy encantador —señalé para poner un toque de humor al momento.

¿Qué le iba a hacer? Yo era así.

—Cierto. Nadie se puede resistir a tus encantos —dijo riendo.

—Conozco una pequeña chica que al principio me lo hizo pasar mal. No querías ni siquiera ser mi amiga —le recordé mirándola con los ojos como platos como si no pudiera creérmelo—. Menos mal que al final entraste en razón.

—Estoy segura de que me resistí porque la primera vez que te vi supe que ibas a ser un montón de problemas para mí y para mi corazón —me dijo con los ojos brillantes de picardía—. Menos mal que al final me dejé llevar, porque no sé lo que haría sin ti. Te amo —afirmó en un susurro antes de ponerse de puntillas para besarme.

El puto corazón estuvo a punto de explotarme en el pecho. ¿Cómo podía merecerme a esta mujer tan perfecta?

Le devolví el beso con pasión y la apreté contra mi cuerpo con fuerza. Me hubiera gustado tantísimo que ella también lo tuviera todo.

—Ojalá pudieras vivir lo mismo con tu padre —le dije acariciando su mejilla, tratando de transmitirle con ese simple toque lo amada y perfecta que era.

—Mi padre no es de esa forma, pero no pasa nada. Tiene su vida y yo no tengo cabida en ella —dijo y supe que lo pensaba de verdad. Sarah se había reconciliado con esa realidad. Me dejaba sin palabras lo fuerte que era, y esa era una de las cosas que más me habían atraído de ella al principio—. La familia no es la que tiene tu sangre, sino la que te apoya en los momentos en los que lo necesitas. Estoy eligiendo mi propia familia.

No pude estar más de acuerdo con ella.

Conmigo nunca le iba a faltar ni apoyo ni cariño.

Epílogo

Estoy dentro

14 de agosto de 2022

Lo primero que pensé cuando me desperté esa mañana, fue que la vida era buena.

La vida era la hostia.

Nunca se me había pasado por la cabeza que, con una persona, con una pareja, se pudiera compartir todo, pero estar con Sarah era algo increíble. Nos divertíamos juntos, hablábamos juntos… Siempre que me sucedía algo, era la primera persona con la que quería estar. Siempre que estaba sobre el hielo, en un partido, era la persona por la que levantaba la cabeza para mirar a ver si estaba allí, para apoyarme, para disfrutar, para todo.

No había tenido ni puta idea de lo que era tener una novia hasta este momento.

¿Cómo podía haber pensado que tenía novia antes de Sarah?

Me sentía amado, querido, deseado, respaldado... Ella hacía que hasta los días de mierda fueran mejores. Hacía incluso que la vida fuera mejor.

La observé y el cuerpo se me llenó de amor.

La noche anterior la había despertado a las doce para ser el primero en felicitarla.

No iba a consentir que el puñetero de Dan, que andaba al acecho, se me adelantara.

—Felicidades, cariño —le dije, girándome en la cama de mi habitación para abrazarla, después de haber apagado la alarma. Tenía pensado pasarme todo el día felicitándola.

Había puesto la alarma para que no llegásemos tarde, y así tener tiempo de darle su regalo antes de que nos tuviéramos que marchar.

Cuando sus ojos se iluminaron llenos de felicidad, supe que había merecido la pena despertarla solo para poder hacerlo.

—Matt... —me dijo con la voz adormilada antes de ponerme la mano sobre la cara y besarme.

Gemí. Nunca me iba a cansar de sus besos. De la suavidad de su piel.

Metí la mano por debajo de la camiseta que llevaba puesta y acaricié su espalda.

Su olor inundó mis fosas nasales y me sentí en el puto paraíso.

Estaba duro como una roca, por supuesto. Siempre estaba duro a su alrededor.

Empecé a besarle el cuello, a acariciarle los pezones, el estómago...

Cuando empezó a frotarse contra mi erección, que estaba apoyada contra su culo, deslicé la mano hasta su coño y comencé a acariciar su clítoris.

Deslicé la mano hasta su entrada para asegurarme de que estuviera preparada y...

Dios..., sí que lo estaba.

Me sentía tan excitado con los gemidos de Sarah entremezclándose con los míos en la habitación, con nuestros cuerpos acariciándose.

Agarré mi miembro y lo llevé hasta su entrada. Aparté la mano y empujé.

Cuando me metí dentro de ella, se me escapó un gemido brutal.

Los ojos se me cerraron de placer.

Estaba en el paraíso. No quería volver a salir de ella nunca más.

Hacía unos meses que había empezado a tomar la pastilla y poder entrar dentro de ella sin que hubiera nada entre nosotros, era el mayor placer que existía.

—Estás tan caliente y apretada. Me siento como un adolescente tratando de no correrme después de dos minutos haciéndote el amor —le susurré de forma sucia.

Sarah se contorsionó en mis brazos, lo que consiguió que todavía me apretase más.

Me mordí el labio con fuerza tratando de no correrme.

Deslicé una de las manos hasta su clítoris para conseguir que se corriera a la vez que yo.

Daba estocadas cortas, disfrutando de todo el camino. Despacio, luchando contra el orgasmo.

Cuando Sarah comenzó a apretarme, supe que estaba a punto de terminar y la follé más fuerte.

Pocos segundos después, su canal se apretaba alrededor de mi miembro arrastrándome con ella hasta el orgasmo.

Joder... No había nada más perfecto que esto.

La abracé con fuerza todavía dentro de ella.

—Te amo —le dije.

Ella me respondió con un gemido cansado que me hizo reír y, a su vez, por lo que terminé expulsado de su cuerpo.

Pero no por ello la solté.

Más tarde limpiaríamos el desastre que acabábamos de hacer.

Me levanté de la cama, a pesar de que no quería abandonar nunca el calor del cuerpo desnudo de Sarah, porque nos íbamos a quedar dormidos otra vez y no podíamos.

Habíamos quedado para pasar el día en la playa. Sabía que a Sarah le apetecía muchísimo. Además, le quería dar su regalo.

Me acerqué al armario y levanté el brazo para coger el paquete que había escondido sobre él.

—Por eso no lo encontraba —me dijo apoyándose sobre un codo y riéndose.

—Eres muy revoltosa, cariño —respondí divertido—. Sabía que ibas a buscarlo. Te conozco mejor que nadie.

Sarah se puso de pie en la cama y comenzó a saltar mientras me miraba acercarme.

No quitaba los ojos del regalo.

Me lo arrebató de las manos y se sentó sobre el colchón para abrirlo.

—Es una caja muy grande —comentó emocionada. Hablaba más consigo misma que conmigo.

La miré y sentí un amor tan profundo que me quedé sin aliento. Cada pequeña cosa era preciosa a su lado.

La vi deshacer el paquete con manos rápidas y hábiles.

—¡Madre mía, Matt! ¡No me lo puedo creer! —exclamó llena de emoción, lanzándose a mis brazos—. Es demasiado. No lo puedo aceptar —dijo en bajo con la cara enterrada en mi cuello.

—No es demasiado. Necesitabas un ordenador que pesase menos y que fuera potente con lo muchísimo que estudias. Odio que tengas que andar cargada todo el día y, aunque me encante darte masajes, no me gusta que te duela la espalda.

Se quedó callada durante unos segundos aspirando el aroma de mi cuello.

—Muchísimas gracias —dijo cuando decidió que se podía quedar con el ordenador. No pude evitar sonreír con ternura. Me gustaba demasiado su forma de ser—. Eres el mejor novio del mundo —indicó y me besó en el cuello.

—Ya era hora de que lo reconocieras —le dije tirándola sobre la cama. Mientras le hacía cosquillas.

Como era de esperar, cada vez que estábamos solos y nos tocábamos, terminábamos haciendo el amor.

Puede que llegáramos tarde a donde habíamos quedado, pero llegaríamos felices.

—¿No te parece que Macy y Dan harían muy buena pareja? —le pregunté a Matt, girándome entre sus piernas para poder susurrarle al oído y que el resto de los amigos que estaban a nuestro lado no me escucharan.

Matt miró a Macy, que estaba sentada sobre la toalla con una revista.

Dan estaba a su lado tumbado sin hacer nada. Solo miraba el mar.

Se lo pensó solo durante unos segundos antes de responderme:

—Tienes razón. Quedan muy bien juntos. Además, me gusta Dan.

—Ah..., ¿sí? —le pregunté llena de diversión—. Pues antes no parecía hacerte mucha gracia.

—El chico me gusta para cualquiera que no seas tú. Puede que fuera muy tonto, pero mi subconsciente siempre ha sabido lo que tú eras para mí —me indica apretando los brazos en torno a mi cuerpo y pegándome al de él. Me envuelve en un abrazo que me hice sentir amada y protegida—. Pero, hablando en serio, sé que es un buen chico. Es una buena persona. Creo que eso es lo que necesita Macy: encontrar a alguien bueno y que le haga feliz.

—Alguien que de verdad sea para ella y solo para ella —añadí sabiendo lo importante que era eso, y sabiendo también que ella lo iba a valorar por encima de todo lo demás.

—Pues parece que tenemos un trabajo entre manos —me dijo Matt.

—Lo tenemos —le secundé.

Me sentía más perdida de lo que me hubiera gustado sentirme nunca. Mirando a todos los lados sin ser capaz de encontrar mi lugar.

Odiaba sentirme así y últimamente me pasaba mucho.

Era como si me hubieran sacado del lugar en el que encajaba de un empujón y ahora estuviera mirando desde fuera para descubrir dónde pertenecía.

Había días en los que me decía que era una oportunidad de oro; en el que me decía que esta situación me abría la puerta a posibilidades maravillosas… Pero, la mayoría de los días apestaba.

Me apetecía el plan de hoy. Siempre me había gustado la playa, o por lo menos me apetecía mucho más que tener que negarme cuando mi exnovio, si es que realmente habíamos sido novios alguna vez —cosa que dudaba mucho después de ver cómo se comportaba con Sarah—, me invitaba a una salida por el cumpleaños de su novia.

Me alegraba no amar a Matt, porque si no sería realmente doloroso.

Cuando los miraba juntos, tenía la sensación de que habían nacido el uno para el otro.

Me moría de envidia.

¿Sería tan complicado encontrar a alguien al que le gustara la mitad de lo que se gustaban entre ellos? Seguro que sí.

—¿Te has dado cuenta de que están intentando liarnos? —me preguntó Dan que, por algún extraño motivo, parecía a gusto a mi lado.

Le observé durante unos segundos evaluándole.

De las veces que le había visto, jamás me había planteado si era un chico guapo o no. Para mí siempre había sido el que yo pensaba que era el amor de Sarah.

Pero hacía poco había quedado claro que no.

Dan era un chico guapo. Con rasgos delicados y labios llenos. Apenas tenía barba. Era delgado, pero tenía un cuerpo fibroso y muy definido.

—¿Crees que hay alguien a tres kilómetros a la redonda que no se haya dado cuenta? —le respondí devolviéndole la pregunta.

Lo estaban haciendo de una manera tan descarada que me daba hasta vergüenza decirles que parasen.

—Lo dudo —me susurró inclinándose sobre mí como si me estuviera diciendo algo superimportante—. Pero me temo que, si no lo hacen entre nosotros, nos buscarán a otras personas para liarnos.

—¿Por qué crees eso? —pregunté alarmada.

—Fácil. A ti te han quitado el novio —dijo levantando un dedo como si fuera a enunciar un millón de razones—, y conmigo se sienten en deuda porque han hecho que me mudara aquí siguiéndola. Desean que sea feliz, y lo que quiere Sarah, lo quiere Matt.

—Lo que dices está tan mal en tantos niveles que no sé ni por dónde empezar. —Pero a la vez, mientras lo decía, me di cuenta de que podría tener razón en su razonamiento—. A mí no me han quitado el novio. No éramos una pareja de verdad. Lo cierto es que ha sido una liberación. ¿Que me gustaría encontrar el amor? Me encantaría, y más después de ver desde fuera lo que es el amor de verdad, pero no es algo que desee a toda costa, y, menos con la primera persona que se me cruce por delante. No te ofendas —le indiqué mirándole con una disculpa pintada en la cara. Dan le restó importancia a mi comentario, haciendo un gesto con la mano—. Y tú has venido a vivir aquí porque te ha dado la gana.

—Tienes razón, pero ellos no quieren darse cuenta —dijo señalando en su dirección. Tanto Sarah como Matt nos miraban encantados, mientras hablaban entre ellos. Si supieran la verdad...—. Son tan felices que se sienten culpables por habernos hecho daño.

Los observé con disimulo, analizando las palabras de Dan. Pensando en la manera cuidadosa en la que se comportaban a mi alrededor, tanto Matt como Sarah. Era como si tuvieran miedo de dañarme con cualquier gesto, cuando lo único que necesitaba era que se comportaran de manera normal.

—Vamos a pasar un curso muy duro.

—Así es —respondió Dan sonando pensativo.

Giré la cabeza para mirarle y, aunque no lo conocía lo suficiente como para saberlo a ciencia cierta, me pareció ver un destello de picardía en sus ojos.

—Quizás deberíamos darles lo que quieren —comentó sorprendiéndome.

—No pienso salir con alguien sin que haya amor —contesté a la defensiva.

—No digo que salgamos juntos —indicó, girando la cabeza para mirarme como si estuviera loca—. Digo que nos hagamos amigos para que nos dejen en paz y piensen que nos estamos conociendo —explicó haciendo comillas con las manos—. Con suerte, para cuando se den cuenta de que lo nuestro no va ningún lado, ya se les habrá pasado la tontería de sentirse culpables. —Sonaba... La verdad era que sonaba inteligente—. Y por el camino ganas un amigo y un apoyo. Cuando me conoces soy irresistible —dijo esbozando una sonrisa traviesa que me hizo rodar los ojos—. Por supuesto, espero lo mismo de ti.

—¿Qué sea irresistible? —le pregunté bromeando.

—Que seas un apoyo —aclaró, aunque no habría hecho falta que lo hiciera—. ¿Qué me dices?

Lancé una última mirada a la playa, al lugar donde cuchicheaban entre ellos Sarah y Matt, sin quitarnos los ojos de encima, y no dudé al responder:

—Estoy dentro.

Agradecimientos

En primer lugar, quiero dar las gracias a todos los lectores que han dedicado su tiempo a leer este libro. Hacéis que todo esto merezca la pena. Gracias por todos los mensajes privados y por todas las reseñas.

Es imposible poner en palabras lo que significan para mí. Estoy enormemente agradecida con vosotros.

A Teresa por apostar por esta novela, por apostar por mí. No tengo palabras de agradecimiento suficientes para expresar todo lo que has hecho por mí. Es un placer poder publicar con esta maravillosa editorial. Gracias por ayudarme a cumplir mis sueños.

A mi hijo Lander, porque el mundo es un sitio mejor solo porque tú estás en él. Lo eres todo para mí. Te quiero hasta el infinito.

A Alain, por escribir a mi lado la historia de nuestras vidas. Por los buenos, malos y maravillosos momentos.

A mi madre, por estar siempre ahí.

A mi tía Judith, porque no ha existido nadie más divertido y cariñoso que tú en el mundo. Siempre te querré.

A Xiomara, por ser la primera en leer la novela aun sin corregir. Por obligarme a crear el capítulo «Tráfico de galletas». Porque cada conversación contigo es maravillosa. Por esos audios cargados de sinceridad. Por mil proyectos a tu lado.

A Maru, por leer cada una de las novelas que escribo, por tus maravillosos consejos y por tu apoyo. Porque hablar contigo siempre me tranquiliza, y por las ideas tan maravillosas que se te ocurren siempre. Por muchos años juntas.

A Fransy, por más cosas de las que puedo enumerar en unos agradecimientos. Por las lecturas conjuntas, por tu cariño, por ser un lector cero tan profesional. Por muchos años juntos.

A las maravillosas personas que he conocido en Instagram y que se han convertido en amigos: Nieves, Silvia, Noelia, Vicky, Gemma, Nani… ¡Ha sido maravilloso conoceros!

A todos vosotros, gracias.

@LARANNA_ART

@LARANNA_ART